ŒUVRES POSTHUMES

DE

SÉNECÉ

PARIS. — IMPRIMERIE DE J. CLAYE

RUE SAINT-BENOIT, 7

ŒUVRES POSTHUMES

DE

SÉNECÉ

PUBLIÉES POUR LA PREMIÈRE FOIS

Par

MM. ÉMILE CHASLES ET P. A. CAP

PARIS

Chez P. JANNET, Libraire

—

MDCCCLV

NOTE

SUR LES MANUSCRITS INÉDITS

DE SÉNECÉ

n publiant comme inédit ce second vo-
lume, je dois faire une réserve : il est
possible que quelques-unes des pièces
qu'on va lire aient été publiées en France
ou en Hollande et qu'elles aient trompé
mes recherches ; mais elles ne sauroient être nombreu-
ses, et d'ailleurs on les retrouveroit assez difficilement
pour qu'on les puisse considérer comme relativement
inédites. Quoi qu'il en soit, ce volume est pris tout entier
sur les manuscrits réunis par M. Cap et par moi. Je
laisse au lecteur et au critique le soin de les apprécier.

Cette *note* préliminaire a pour objet de donner une
idée, et même quelques extraits, des pièces inédites qui
restent en portefeuille et dont la publication intégrale
auroit inutilement grossi ce volume.

Et d'abord, il existe sans doute des manuscrits en
diverses mains ; mais aucun, je crois, de quelque importance. Ces manuscrits resteroient curieux à titres
d'autographes. Pour en reconnoître l'authenticité, je
rappellerai aux collectionneurs qu'il faut distinguer trois
écritures, celle de Brice Bauderon de Senescey, père du

poëte, qui est petite, ronde, ramassée ; — celle de Sénecé, qui est large et haute, lettres égales, trait net, ensemble parfait ; — celle de son fils Bauderon de Condemines, haute et large à l'excès, d'un trait mal assuré et peu élégant. Ajoutons que les pièces écrites de la main de ces deux derniers sont généralement terminées par un S traversé, de haut en bas et de droite à gauche, d'une petite barre, et accompagné de trois points. Ce signe, qui étoit d'un usage fort répandu au XVIIe siècle, a ceci de particulier dans les manuscrits dont je parle, que la disposition des trois points vaut presque une signature ; en effet, placés à droite, à gauche et au-dessous, ils sont de Sénecé ; placés en triangle à droite, ils sont de son fils. Quant aux manuscrits qui restent inédits entre nos mains, la publication n'en est utile ni à l'histoire de notre littérature, ni à la réputation de Sénecé ; je vais faire connoître d'une façon sommaire les principaux.

PORTRAITS.

Il a été parlé en passant, dans le premier volume, des *Précieuses de Mâcon*. J'ai donné ce titre à un recueil d'une vingtaine de crayons faits sur le modèle des fameux portraits que Segrais réunit chez Mademoiselle et publia : on sait que Mademoiselle donna l'exemple en 1657, en faisant elle-même le sien, celui de Condé, celui de M. de Béthune, etc. L'abbé de Pure et Molière en prirent le thème de leurs comédies ; plus tard, dans ce même cadre si frivole, La Bruyère dessina, avec la finesse de l'observateur et la profondeur du philosophe, sa galerie de *Caractères* (1687). Un moment, on avoit vu toute la France s'engouer de ces pastels littéraires, qui intéressoient fort l'amour-

propre de chacun. Après les beaux esprits de Paris et
de la cour, ceux de la bourgeoisie et de la province
s'exercèrent à l'envi à faire des portraits. Voici un des
monuments du genre : dans un manuscrit sans titre,
sans marges, de six grandes feuilles remplies jusqu'au
bord, on trouve les silhouettes des précieux et précieuses de *Molusium* (une seule fois on a écrit *Mascon*
pour *Molusium*, puis on a biffé). Quel est l'auteur de
ce manuscrit? C'est un Bauderon, mais non Sénecé
probablement, car il s'est moqué de la mode usée des
portraits. Je l'attribue à Brice Bauderon; en effet, celui
qui a écrit ces pages déclare qu'il n'est pas poëte, mais
orateur; le style et l'écriture trahissent également le
magistrat, qui d'ailleurs a donné d'autres portraits.

Bien entendu, jamais il ne nomme directement les
personnes ni les villes voisines dont il parle; si Mâcon est Molusium, Cluny est Clusium, Lyon est
Milet, Paris est Athènes. L'église devient le temple
des druides et le curé le grand sacrificateur. Le tableau
de Mâcon est presque tout entier dans ces pages; la
fureur du jeu, la galanterie, le luth et le clavecin,
les chansons et le doux parler, les collations, les
violons, les vers et tous les genres d'esprit, les ren-
contres sur le cours, la main offerte au sortir de l'église,
le talent à juger des beaux ouvrages, l'habileté à écrire
des lettres, et de temps en temps un duel à quatre,
voilà les traits principaux de la vie élégante de cette
province au XVIIe siècle. L'auteur nous dit l'histoire
de chacun et de chacune, surtout des jolies femmes;
mais que sont devenues, hélas! ces fleurs d'autrefois? Où sont les neiges d'antan? Où est cette Del-
finie qui savoit entendre à trois cavaliers à la fois, qui
considéroit avant tout dans un homme son épée et son
bouquet de plumes, et qui aimoit tant les correspon-

dances mystérieuses et les assignations cachées ? Et ce
Dorante, dont la voix délicate *flattoit plus agréablement
son oreille que celle d'autrui ?* Et toutes ces femmes qui
avoient le charme inévitable du sourire, la grâce infaillible du regard ? Et cette Daphné, la reine des précieuses en vérité, car elle avoit « les trois choses qui
« m'obligent à mettre une femme au rang des pré-
« cieuses, la beauté, l'esprit, et le bruit qu'elle fait dans
« le monde par la diversité de ses aventures et par le
« nombre de ses amants. » Être une précieuse, quelle
gloire ! Plus d'une mère formoit sa fille doctement,
sérieusement, à cette condition nouvelle ; l'auteur nous
laisse entrevoir un intérieur où la mère et la fille étu-
dioient ainsi le *bel air.* « Le bruit commun est que,
« quand elles sont seules, elle lui apprend de cent dif-
« férentes sortes de révérences plus simples et plus
« profondes, suivant la différence des lieux ou des per-
« sonnes. Elle en a pour les personnes qui sont au-
« dessus d'elle, pour ses égales, pour ses inférieures,
« pour les galants qu'elle veut engager à l'aimer, et
« d'autres plus négligées pour ceux dont elle ne se
« soucie pas. Il en est de même pour les compliments :
« elle lui en apprend pour l'entrée, pour le sortir, pour
« les hommes et pour les femmes ; enfin, comme j'ai
« déjà dit, il n'est pas jusqu'à ses regards qui ne mar-
« chent par ressort et qui ne la doivent faire passer
« pour la personne la plus régulière et la plus con-
« certée de Molusium, si elle suit les enseignements de
« sa mère. »
Lisons quelques portraits :

« *Charite* est une jeune précieuse de campagne, d'auprès de Molusium ; mais comme elle a passé un hiver dans
cette ville, où il lui est arrivé des aventures assez consi-

dérables, on peut lui donner rang parmi les précieuses de Molusium. Elle est petite et a beaucoup d'embonpoint, qui est une chose assez désagréable ; elle a l'air assez jeune et le teint assez frais, mais elle ne l'a pas fort uni, et la petite-vérole lui a fait beaucoup de tort. Elle a les yeux bien fendus et à fleur de tête, mais on n'y remarque pas beaucoup d'esprit, bien qu'elle en ait assez. Le trait le mieux fait qu'elle ait, c'est sa bouche, qui a bien de l'agrément. Sa gorge et ses mains ne peuvent pas manquer d'être belles, puisque j'ai déjà dit qu'elle a le teint beau et qu'elle a de l'embonpoint. Elle a compté entre ses soupirants Rupilius, Clitophon et Géliodante. Les premiers soupiroient pour sa fortune, qui est assurément fort grande et dont ils avoient besoin pour raccommoder la leur. Mais comme le dernier aimoit plus la personne que son bien, aussi n'en fut-elle pas ingrate, et elle lui donna ses plus tendres affections pour reconnoître son mérite et son amour.

« *Géliodante* est un gentilhomme véritablement précieux. Sa naissance est illustre, son courage grand, sa mine fière et noble, sa taille fort haute et sa fortune n'est pas médiocre. Il a de l'esprit galant et de l'esprit du monde ; il a du sérieux et de l'enjoué, et il le tourne en toutes les manières qu'il veut. Enfin, il a cet air qui donne d'abord bonne opinion des gens, et il se fit aimer de toutes les personnes qui le virent aussitôt qu'il arriva à Molusium, où il suivoit Charite. Il lui fit sa cour quelque temps avec son succès ordinaire, et il en reçut autant de satisfaction que ses rivaux de honte et de déplaisir. Mais le hasard, qui se mêle de toute chose, l'empêcha bien de se louer longtemps de sa bonne fortune. Un oncle de Charite eut un démêlé avec un autre de ses oncles pour le partage d'une suc-

cession, et comme les gens d'esprit vident ordinairement leurs procès à la pointe de leurs armes, il y eut
appel de part et d'autre. Géliodante avoit trop de cœur
pour ne pas offrir son bras et son épée à l'un des deux;
il se présenta donc pour être le second de celui que sa
maîtresse aimoit le plus. Il se battit contre le second
de l'autre; il le désarma, il le blessa à mort et lui-
même fut blessé très-dangereusement, sans que les
deux auteurs de la querelle se fissent point de mal,
par un caprice aveugle du hasard et de la fortune.
Cependant, les juges de Molusium apprirent le combat et voulurent donner une preuve de leur intégrité
et de leur justice, en appuyant par leur sentence l'édit
que le grand Alexandre a fait contre les combats sin-
guliers. Le pauvre Géliodante, tout blessé qu'il étoit,
fut contraint d'éviter en se cachant la sévérité de
l'Aréopage, et le père de Charite, qui ne sait pas
faire le discernement du mérite, fut tellement choqué
de ce duel qu'il jura de ne faire jamais justice à celui
de Géliodante. Ce pauvre amant désespéré ne chercha
plus qu'à mourir et à perdre les auteurs de sa disgrâce;
et Charite, qui avoit beaucoup de tendresse pour Géliodante, se mit à couvert des violences de son père parmi
les vestales de Venusium, en attendant une conjoncture
plus favorable à son amour. Ce n'est pas la seule
amour où Géliodante a été malheureux. Il a autrefois
aimé Clarine, à présent Alcidiane, et il n'a pas pu y
réussir. On dit qu'elle lui disoit souvent : Voyez, Géliodante, j'admire votre esprit, je considère fort votre
bonne mine, et j'ai bien de la reconnoissance pour l'affection que vous me témoignez; mais je n'ai pas assez
bonne opinion de votre fortune, et je n'ai jamais été
d'humeur à faire celle d'un jeune homme comme vous.
Cependant, l'événement a fait voir qu'elle auroit été

bien plus heureuse avec Géliodante qu'avec le mari qu'elle a pris, lequel, se servant du crédit qu'il a auprès du grand Alexandre, l'a rendue la plus malheureuse femme du monde et a répandu par toute la terre le bruit de ses mauvais traitements et de la déplorable condition de cette ambitieuse.

« *Polygène*. Son pays est Venusium, le lieu de son établissement Milet. Il est grand, il est bien fait, il a du cœur et de l'esprit, il fait bien de la prose et encore mieux des vers. Il a une passion merveilleuse pour tous les beaux ouvrages et principalement pour la poésie. Il a une grande facilité à retenir des vers, et il les récite avec une grâce toute particulière et un ton de voix qui excite la tendresse dans une âme, quelque dure qu'elle soit. Ce mérite extraordinaire ne lui a pas peu servi à établir sa fortune. Comme il voyoit à Milet une fille de condition, qu'il tâchoit de s'en faire aimer et qu'il n'y réussissoit pas mal, la mère de sa maitresse le pria de ne plus penser à sa fille et de ne pas continuer sa poursuite, parce qu'elle ne consentiroit jamais à ce mariage. Polygène fut fort surpris de ce discours, et se préparoit à en demander la raison, lorsqu'elle lui dit : « Ce que vous croyez un effet de mon caprice et de votre malheur en est un très-grand de votre mérite aimable, Polygène. Quoique j'aime ma fille avec passion, je me réserve pourtant mes premières et mes plus tendres affections. En un mot, je vous aime et je ne saurois souffrir que ma fille soit heureuse pendant que je serois misérable. Elle est jeune et belle, je suis riche et ne suis pas vieille ni désagréable. Voyez donc si vous voulez préférer l'apparent au solide, et une beauté que quelques années terniront à une fortune dont l'éclat doit durer autant que votre vie. » Polygène ne put pas s'empêcher de témoigner son étonnement et sa surprise ; mais étant revenu à soi : « Madame, dit-il, la grâce que je reçois de vous est du nombre de celles qu'on ne peut attendre sans témérité ni recevoir sans étonnement ; mais aussi elle ne se peut pas refuser sans injustice, et je prétends de vous faire voir en l'acceptant que si vous pouviez choisir un plus honnête homme, vous n'en pouviez pas trouver un qui eût plus de reconnoissance. » Enfin les noces se firent avec la satisfaction des deux partis. Mais comme il falloit à Polygène d'autres objets que sa vieille femme, il commença bientôt à chercher des sujets à l'amour qui se lassoit d'être oisif dans son cœur. Sa femme le sut, elle l'observa, elle s'en plaignit et le tint de fort près. Pourtant, elle ne put pas l'empêcher d'aller à Molusium assister au mariage d'un de ses oncles. Ce fut là qu'il vit Damasie, qu'il l'aima et qu'il en fut aimé, à ce que l'on dit. Il est bien difficile, quand le hasard assemble deux personnes qui ont également du mérite, que l'amour n'assemble pas aussi leur cœur. Cette intelligence éclata assez dans Molusium, et même on fit des vers fort au désavantage de Damasie, qui furent trouvés à sa porte. Enfin, le bruit en courut jusqu'à Milet. Il arriva jusqu'aux oreilles de la vieille jalouse de Polygène, qui ne manqua pas aussitôt de le rappeler. Pourtant, quoi qu'elle ait pu faire, on dit que son intelligence continua avec Damasie, et qu'il a été plusieurs fois à Clusium sous divers prétextes pour voir cet objet de sa flamme.

« *Grimaldus* est un druide qui a demeuré longtemps à Molusium et qui y demeure encore à présent. Je ne sais si je dois dire que c'est un homme d'esprit ou un homme de bonne fortune, et s'il doit le crédit qu'il a dans l'esprit

de quantité de dames à son adresse ou à son bonheur.
De quelque façon que la chose aille, il est certain qu'il
a enchanté la moitié des dames de Molusium et qu'elles
le croient comme un oracle; jusque là que l'on a entendu dire à une fille de Molusium que si Dieu étoit
d'un côté et Grimaldus de l'autre, qui disent deux
choses différentes, sa mère croiroit le druide, au pré-
judice de la parole de Dieu. Cela ne seroit rien s'il
n'en abusoit pas; mais cette facilité qu'il trouve dans
l'esprit des dames de Molusium le fait bien aller plus
avant; il veut savoir tous les secrets des familles afin
de s'y rendre nécessaire, et il abuse souvent pour cela
des mystères d'Eleusis. Il ne se fait rien chez celles
qu'il gouverne dont il ne veuille être l'arbitre et le
dispensateur, et même on dit qu'il se mêle quelquefois
d'être le dispensateur de leurs plus chers plaisirs. Cet
esprit dangereux s'est fait déjà une fois chasser de Molusium pour ses intrigues; elles furent si décriées pendant quelque temps que les druides furent obligés de
l'éloigner afin de vaincre l'orage en lui cédant, bien
qu'il leur apportât beaucoup de profit. Mais, comme la
corruption du siècle couronne pour l'ordinaire le vice,
il est revenu plus estimé que jamais, et, comme le
torrent qui a emporté une digue est plus impétueux
qu'auparavant, il continue à tyranniser l'esprit des plus
faibles dames avec une insolence intolérable, à laquelle
pourtant la sagesse ne sauroit trouver de remède, parce
que ce faux druide se couvre de son manteau et qu'elle
passeroit pour l'imposture si elle prétendoit de combattre les actions de l'infâme Grimaldus.

Voici la liste des principaux manuscrits de Sénecé qui restent inédits :

Le brouillon d'une *Relation de ce qui s'est passé au Parnasse au sujet de la cherté des vivres;* revue allégorique de l'état des lettres, des sciences et des arts. Inachevé.

Parmi les compositions dramatiques, le scenario d'une tragédie de *Thémistocle;* — deux opéras, la *Naissance de Bacchus* et l'*Amour châtié;* — trois scènes à mettre en musique : *Julie et Ovide, Ariane, Héro et Léandre;* — une Lettre à Bellocq sur les divers genres de ballets, suivie d'un plan de ballet allégorique, la *Valeur couronnée par la Vertu*, et d'un plan de ballet historique, *Achille déguisé.*

Toutes ces pièces étoient destinées à la cour; celles qui suivent également : une *Préface* aux dialogues des dieux; — un *Dialogue* entre Jupiter, Neptune et Pluton : allusion à la lutte de la France et de l'Angleterre; — la *Conquête de Savoie*, églogue : Acanthe, berger de Bourgogne, démontre à Daphnis, berger de Savoie, que c'est un grand bien pour la Savoie d'être conquise par Louis XIV; — l'*Église des Invalides*, poëme, un premier chant; éloge de Mansard; — des *Emblèmes et Devises* en l'honneur de diverses personnes, deux entre autres assez singulières : pour Mansard, un zodiaque « dont les signes sont les maisons du soleil; » pour Adélaïde de Savoie, un dauphin sur la mer. « Les voya-« geurs et les naturalistes ont remarqué que quand « les dauphins sautent et se jouent sur la mer, c'est « un présage infaillible d'un gros temps et que peu « de moments après l'onde devient enflée et les flots « grossissent. De cette remarque on peut tirer le sujet « d'une devise sur la consommation du mariage de « monseigneur le duc et de madame la duchesse de

« Bourgogne. Il faudra pour cet effet représenter un
« dauphin qui se joue sur la surface des ondes, avec
« ce mot : *Agitante tumescet.* »

Viennent ensuite quelques lettres, la première à mademoiselle de Chevigny sur les *belles mains*, la seconde
au marquis de Digoine sur la différence des mots *plan-
cher* et *platfond*; une troisième à madame de Rambu-
teau, suivie d'une théorie régulière, didactique, du jeu
de l'*Afflat*. Ce jeu « est un apanage de la nation mâ-
« connoise, qui l'a reçu de ses ancêtres par tradition
« et l'a toujours fidèlement conservé depuis que les
« cartes sont en usage, comme un monument de l'in-
« dustrie de ses pères, sans que la manière de le jouer
« se soit répandue au dehors, peut-être par la diffi-
« culté d'y réussir et par l'application extraordinaire
« que cette espèce de jeu demande... Nos bons grands-
« pères, qui aimoient beaucoup ce jeu, étoient curieux
« d'avoir toujours dans une bourse, qu'ils appeloient
« leur jeu d'afflat, une pareille quantité de monnoie
« ordinairement étrangère ou de quelques pièces qui
« n'eussent point de cours, pour être moins exposés aux
« friponneries des valets. Les uns en avoient d'argent,
« les plus curieux ou les plus riches en avoient d'or.
« Il étoit peu de maison commode qui n'eût un ou plu-
« sieurs jeux d'afflat, et j'ai vu dans ma jeunesse les
« pères les donner à leurs filles pour présent de noces. »

Il nous reste encore des études de Sénecé : — plusieurs fragments de traductions; une seule est complète,
celle du *Ravissement d'Hélène*, poëme de Coluthus; —
deux monographies entières, l'une d'*Homère*, l'autre de
Boèce. L'Italie, ancienne ou moderne, attira toujours
Sénecé; je trouve dans ses manuscrits : une Nouvelle,
traduite de Boccace, inachevée; — une traduction du
Tasse (*Jérusalem délivrée*), inachevée; — l'*Arioste*

rajeuny ; — puis un morceau d'un genre à part, un dialogue sur les *Expéditions françoises en Italie.*

Ces deux derniers manuscrits, qui sont considérables, méritent une attention particulière.

Dans l'un et dans l'autre il y a de bonnes parties ; les plus originales sont celles que la fantaisie a dictées au poëte, les écarts de ses souvenirs ou de son imagination. Pour le fond, il vaut mieux lire soi-même l'Arioste ou l'histoire de l'Italie ; mais les hors-d'œuvre forment de petites pièces assez curieuses. Je vais citer les principales de ces digressions, sans chercher à les réunir par des transitions artificielles :

DIALOGUE

sur les

EXPÉDITIONS FRANÇOISES EN ITALIE.

Sénecé se promenoit un matin, à Condemines, près de la Petite-Grosne, qui est une rivière en miniature. On étoit au commencement de février ; un printemps qui s'annonçoit de très-bonne heure charmoit la promenade du poëte ; il la prolongeoit à plaisir lorsqu'elle fut interrompue par une visite inattendue. A travers les arbres, il vit venir deux hommes en uniforme : c'étoient deux officiers qui, allant de Turin à Paris, avoient voulu en passant lui rendre visite. *Iphicrate* et *Léontidas* (comme les baptise Sénecé, qui prend lui-même le nom d'*Acanthe*), avoient pris part à la dernière campagne d'Italie et à la retraite de Carpi, dont les gazettes avoient récemment parlé avec beaucoup d'éloges. Acanthe comble de louanges les deux héros et les félicite avec enthousiasme de cette belle retraite.

« L'histoire, dit-il, fera admirer à tous les siècles à venir une poignée de François attaquée par toute l'élite d'une armée impériale dans un poste qui n'étoit pas tenable, qui s'est fait un rempart invincible de sa propre vertu, qui a fait face de tout côté, qui est retournée à la charge sans désordre par cinq ou six différentes reprises, et qui, à la vue des ennemis, a rompu un pont sur une rivière considérable ; en état peut-être de remporter une victoire plus complète, si la prudence des chefs ne s'étoit opposée à l'ardeur de leurs troupes.» Ce triomphe est même beaucoup plus beau que celui de Léonidas et des Spartiates contre le roi de Perse. Léontidas fait remarquer que la retraite de Carpi, au début de la guerre, est d'un bon augure. « En effet, reprend Iphicrate, cette ville de Carpi est un lieu d'augures et de prédictions, et vous me faites souvenir de ce fameux astrologue qui fut présenté à Gaston de Foix par Albert Pic, comte de Carpi, et qui parla si juste sur la destinée de Bayard, de la Palisse et de plusieurs autres fameux guerriers qui accompagnoient ce brave prince... » Acanthe appelle en souriant les officiers françois les astrologues de Carpi, car leur bravoure prédisoit la victoire, et, pour en parler comme fait Achille chez un de nos plus célèbres dramatiques,

> Cet oracle est plus sûr que celui de Calchas.

En causant, on arrive à la maison d'Acanthe ; on s'établit sous une tonne de chèvrefeuille qui commençoit à fournir un peu d'ombrage. Iphicrate parle en riant de la manière singulière dont on les regarde partout, comme s'ils revenoient de l'autre monde. L'Italie est-elle si terrible ? La petite rivière d'Oglio est-elle devenue le Styx ? On pardonne aux Israélites d'avoir eu peur au moment d'entrer dans la Terre-Promise pour combattre les Amalécites et les Philistins ; aux soldats de César d'avoir fait leur testament quand approchèrent les Allemands qui passoient les Romains d'une coudée, les Suèves aux cheveux tortillés et les Sicambres au regard farouche. « Mais à présent la nature a eu la bonté de réduire la taille des Allemands à la proportion des autres hommes ; nous ne voyons rien d'effrayant dans leur air ni dans leur physionomie ; nous sommes accoutumés à faire la guerre avec eux, et nous avons connu par plus d'une expérience que leur poudre ne porte pas plus loin que la nôtre, et que nos sabres coupent aussi bien que les leurs. — Je conviens avec vous, reprend Acanthe, que la bravoure françoise est à présent, si elle y fut jamais, sur le pied de ne redouter aucune nation. Mais il semble qu'il y ait une espèce de fatalité attachée à de certains pays, qui fait qu'on n'y réussit point comme ailleurs. » Les Carthaginois échouèrent en Sicile ; chez les Parthes, les Romains éprouvèrent une suite d'échecs avec Crassus, Antoine, Julien, Héraclius. « Vous n'ôteriez pas de l'esprit de la plupart des François que l'Italie ne soit la même chose à notre égard, et la manière commune de parler veut que ce soit le cimetière de notre nation. — Abandonnons, Acanthe, interrompit Iphicrate, abandonnons au peuple des opinions et des expressions qui lui conviennent. Le sort des combats est comme la couronne des souverains : il ne dépend que de Dieu et de l'épée, et c'est un abus de croire qu'il y ait quelque autre fatalité que les ordres de la Providence. D'ailleurs, vous êtes trop instruit dans l'histoire pour ignorer les victoires et les conquêtes de notre nation en Italie. »

Ces retours sur le passé donnent lieu à une digression sur la mémoire ; Acanthe admire celle d'Iphicrate ;

celui-ci dit qu'il l'auroit meilleure encore s'il l'eût cultivée : « Je suis bien éloigné de ces talents merveilleux dont les histoires nous font mention, de celui d'Esdras, par exemple, qui, après la captivité de Babylone, dans la perte qu'avoit faite la nation juive des livres sacrés, en rétablit tous les textes par le seul effort de sa mémoire. Il est vrai qu'il entroit là-dedans de l'inspiration. Mais que dirons-nous de Mithridate, qui donnoit ses ordres à vingt-deux nations auxquelles il commandoit, à chacune dans sa langue naturelle ? De Thémistocle, qui apprit en huit jours dans son exil la langue des Persans, pour pouvoir négocier avec leur roi ? De Cinéas, ambassadeur de Pyrrhus, qui, le lendemain de son arrivée à Rome, salua par nom et surnom tous les sénateurs et les chevaliers de cette ville, sans le secours d'aucun de ces gens qu'on appelle nomenclateurs, double effort de mémoire où il étoit question non-seulement de retenir les noms, mais encore de démêler tous les différents visages. L'antiquité, dit Acanthe, ne nous en a-t-elle point imposé, en nous faisant croire que Xercès savoit tous les noms d'un million de soldats dont son armée étoit composée ? — On a vu quelque chose d'approchant du temps de nos pères, répliqua Léontidas, et j'ai ouï assurer que le feu roi, au siége de la Rochelle, savoit non-seulement les noms de tous les officiers de son armée, mais encore ceux de tous les soldats un peu distingués. Il avoit, reprit Acanthe, un ministre digne du prince qu'il servoit, car on raconte que le cardinal de Richelieu, aussi bien que Jules César, dictoit tout à la fois à cinq ou six secrétaires.— J'ai lu, dit Iphicrate, dans un traité qu'a fait Pétrarque de la mémoire, que le pape Clément sixième, qui régnoit à Avignon de son temps, l'avoit si ferme et si assurée, qu'il ne pouvoit jamais rien oublier, quelque effort qu'il fît pour cela.

— Malheur, reprit Léontidas, à celui qui offensoit ce
pape. Il n'étoit pas comme le dernier cardinal de Gondi,
dont je me souviens d'avoir vu une expérience tout
opposée. Ce prélat, dont le beau génie est encore vivant
dans la mémoire de plusieurs personnes qui l'ont connu,
avoit composé en fort beau latin une histoire des troubles de son temps, où, comme chacun sait, il n'avoit
eu que trop bonne part. Il ne l'avoit jamais écrite;
mais quelquefois il en récitoit par cœur des lambeaux
à ses amis. Ce qu'il y a de singulier en son fait, c'est
que quand il se ressouvenoit lui-même ou que quelqu'un le faisoit ressouvenir de certaines circonstances
qu'il n'avoit pas assez fidèlement rapportées, il effaçoit
des périodes entières de sa mémoire, comme qui les
effaceroit sur le papier avec un trait de plume, sans
que jamais il lui arrivât dans la suite, quand il récitoit les mêmes endroits, de dire un seul mot de ce qu'il
avoit ainsi effacé. — Mais vous ne croiriez pas, reprit
Iphicrate, d'où venoit cette excellente mémoire à ce pape
Clément dont je vous ai parlé ? C'étoit d'un coup de
sabre qu'il avoit reçu à la tête dans une querelle où il
se trouva par bonheur, étant écolier à l'Université de
Paris. Auparavant, il avoit le génie pesant et ne pouvoit retenir aucune chose. Ce coup favorable lui dé-
boucha si bien les organes, qu'il parvint après sa guérison à la perfection que je vous ai racontée. Belle
matière pour exercer les raisonnements de messieurs
de l'École de médecine! — Voilà un beau secret, dit
Acanthe en riant, et dont Hippocrate ni Galien ne
s'étoient point avisés; et ceux à qui on fait venir la
mémoire à coups de sabre, doivent avoir le caquet bien
affilé. Je voudrois bien que Léontidas nous apprît combien il a fait de pareilles cures. Il est tel Allemand à
qui il faudroit la dose un peu forte et l'opération vigou-

reuse pour lui réveiller la mémoire et lui subtiliser l'imagination. »

Iphicrate fait observer que dans la mémoire il entre beaucoup de cet art dont Raymond Lulle et l'abbé Trithème ont enseigné les règles, dont la reine Christine de Suède avoit étudié les principes. Acanthe rapporte l'histoire de Simonide.

Là conversation est interrompue par le dîner. Acanthe offre à ses hôtes d'excellent vin de Bourgogne. On en raisonna beaucoup plus que l'on n'en but. D'abord Acanthe voulut mettre sur le tapis la question de la préséance de la Champagne sur la Bourgogne et soutenir que c'étoit une usurpation, cette dernière étant en possession immémoriale de la primauté, que l'autre ne s'étoit avisée de lui disputer que depuis peu d'années.

Léontidas fut d'avis que l'on pouvoit comparer le vin de Champagne à ces jeunes beautés qui n'ont rien de régulier dans les traits ni de solide dans les manières, et qui ne laissent pourtant pas de plaire infiniment par le brillant de la jeunesse; qu'au contraire celui de Bourgogne est semblable à ces femmes qui n'ont rien d'éblouissant d'abord, mais qui plaisent davantage à mesure qu'on les connoît, et qui ont une solidité et un fonds de mérite qui attachent toujours à elles de plus en plus ceux qui sont en commerce avec elles.

— « Ne remarquez-vous pas, dit Acanthe, que, communément parlant, les climats qui produisent de bon vin produisent aussi de bons esprits? ce n'est pas sans sujet que la Fable a voulu que Bacchus et Apollon fussent frères et bons amis, et il y a apparence que ce dernier ne buvoit pas toujours de l'eau de sa fontaine. — Ajoutons à cela, dit Iphicrate, qu'il semble que le génie d'une nation ait de la conformité avec les vins que son climat produit. Le vin

grec a de la douceur comme l'ancien langage de ce
pays en avoit, mais il est infidèle et traître comme
ceux qui l'ont planté. Les vins d'Espagne sont austères
aussi bien que ceux qui les cultivent. Les coteaux du
Rhin et de la Moselle sont plats et fades comme les
Allemands qui les travaillent. Il semble qu'il n'y ait
que le vin françois qui soit propre à l'usage de la vie.
Il est traitable, il est d'un bon commerce, comme le
peuple qui le fait croître. La plupart des vins étrangers
ne sont bons que pour en faire usage pour en boire
deux fois, à l'entrée et à la sortie du repas. On en use
seulement pour la curiosité, et on fait aisément habitude avec le nôtre. — Les opinions des hommes, dit
Léontidas, ont été partagées sur toutes choses, mais
encore plus sur l'usage du vin. Salomon prétendoit
qu'un roi n'en devoit jamais boire; les rois de Perse
trouvoient que c'étoit la plus grande gloire que d'en
pouvoir boire quantité; témoin l'inscription du tombeau
de Darius : « Ci-gît un roi qui buvoit beaucoup de vin
et qui le portoit à merveille. » De toutes les vertus
royales, il n'en trouvoit point de plus digne de rendre
sa mémoire recommandable à la postérité. — Ses suc-
cesseurs d'aujourd'hui, reprit Acanthe, n'ont pas dégé-
néré, et c'est un charme dans les relations de voyages
de voir boire trois jours de suite le roi Cha-Abbas avec
Pietro della Valle, en mangeant seulement des abricots
secs et des pistaches. — Apparemment, dit Léontidas,
c'est pour faire honneur à leur vin de Schiras, qu'on
dit être le meilleur qui soit au monde; ou bien c'est
l'air du pays qui le porte, car Alexandre, sobre chez
lui, devint buveur en Perse; mais avec les mœurs de
Darius, il n'en avoit pas pris la force, puisque le vin
lui troubloit la raison jusqu'à tuer ses amis de sa main
et à brûler dans la débauche le plus beau palais du

monde. — Jules César, ajouta Léontidas, rival de la gloire d'Alexandre, n'étoit pas en ce point son imitateur. Les historiens le louent d'une fort grande abstinence, et Caton disoit de lui que c'étoit le seul homme sobre qui eût jamais entrepris de renverser la république. — Il y pouvoit ajouter les Gracques, dit Acanthe, à qui la sage Cornélie leur mère avoit inspiré une grande aversion pour le vin. — Les principes des religions, reprit Iphicrate, n'ont pas moins varié sur le sujet du vin. Celle des anciens idolâtres consistoit en partie en des libations et des effusions de vin, et la nôtre, sans la mettre en comparaison avec aucune, le fait entrer dans ses plus augustes mystères. Tout au contraire, les Nazaréens, les Réchabites et les Mahométans, qui leur ont succédé en ce point, se sont fait une maxime de religion de n'en jamais boire. La politique n'a pas tenu là-dessus des règles plus certaines. Zaleucus, fameux législateur, condamnoit à mort un ministre d'État qui auroit négocié après avoir bu du vin. Plusieurs peuples du Nord aujourd'hui ne veulent point parler d'affaires qu'après avoir bien bu; et de nos jours, Apasti, prince de Transylvanie, n'entroit jamais en conférence avec des ministres étrangers qu'il ne leur eût fait avaler plusieurs rasades de Tokai, dont il leur montroit lui-même l'exemple. — C'est apparemment, reprit Léontidas, qu'il se sentoit fort à ce jeu et qu'il prétendoit mettre dans quelque désordre ceux à qui il avoit à faire, pour en tirer ses avantages. — A propos de princes buveurs, j'ai lu un trait d'histoire, dit Acanthe, par lequel, au récit de Marmol, un prince africain et mahométan excusa assez plaisamment son intempérance. C'étoit, si je m'en souviens, Abdallah, prince de Fez. Il étoit buveur à outrance, malgré les lois dont il faisoit profession, et faisoit sans disconti-

nuation des débauches excessives. Sa mère, femme
sage et modérée, lui en avoit fait souvent réprimande
et n'avait rien avancé. Un jour qu'il étoit à table avec
ses amis, elle s'avisa de lui envoyer un moullah ou
ministre de sa religion, homme d'une sublime éloquence
et d'une gravité de mœurs sans égale, pour lui faire la
remontrance. Le moullah trouva la compagnie fort
échauffée et peu en état d'entendre raison. Il fit néanmoins son ambassade du mieux qu'il lui fut possible;
la commission étoit gaillarde : faire entendre raison à
des gens à moitié ivres! Les convives opinèrent d'abord
à le jeter par les fenêtres ; mais le prince, plus modéré ou moins frappé de vin que les autres, le pria de
s'asseoir auprès de lui et de boire un coup avec eux,
après quoi il lui feroit sa réponse. Le docteur eut beau
s'excuser sur la défense de la loi, il fallut obéir ; il
voyoit bien qu'il ne pouvoit s'en dispenser avec sûreté.
On le servit dans une coupe d'or enrichie de pierreries,
qui tenoit une pinte de vin. Il la porta seulement à sa
bouche et la remit sur la table, louant le travail et la
magnificence de cette coupe, qu'il ne se lassoit point
d'admirer. Le prince, qui connoissoit son caractère et
qui savoit qu'avec plusieurs bonnes qualités il en avoit
une fort mauvaise, qui étoit l'avarice, lui dit que cette
coupe lui coûtoit mille pistoles, et qu'il lui en feroit
présent s'il la vouloit boire sept fois à sa santé. L'homme
de bien s'en défendit quelque temps ; mais enfin sa
passion dominante l'entraîna. Il se mit en devoir de
gagner ce vase précieux, et après l'avoir vidé trois fois,
à la quatrième il tomba mort-ivre sous la table. Alors
Abdallah, tout fier de sa victoire, le fit prendre par
quatre hommes et le fit, comme l'on dit, porter à clair
à sa bonne dame de mère, avec ordre de lui dire de
sa part que quand elle voudroit le corriger de ses vices,

il lui plût choisir des gens pour ce ministère qui fussent plus maîtres de leurs passions que celui qu'elle avoit employé. — Que dirons-nous des philosophes? poursuivit Iphicrate. On ne voit pas moins de diversité dans leurs opinions sur le vin et dans l'usage qu'ils en ont fait. Xénocrate n'en usa jamais, non plus qu'Épicure, ce fameux partisan de la volupté, qui la faisoit consister en toute autre chose que dans les plaisirs des sens. Mais je trouve d'ailleurs qu'Arcésilas creva de boire, et que Lacydes en devint paralytique. Si Diogène se contentoit d'eau pure, Aristippe, son contemporain, primoit dans les débauches du tyran de Sicile. Démosthènes étoit un aussi fameux buveur d'eau comme il étoit un célèbre orateur. Eschine, son rival en éloquence, pour lui être opposé en toutes choses, ne but de sa vie goutte d'eau. — A propos d'orateurs, interrompit Acanthe, j'ai lu autrefois un morceau d'éloquence que Valère Maxime nous a conservé, que je trouve assez singulier. Le sénat avoit fait publier une loi contre l'excès de la débauche et l'intempérance des festins. Un certain Duronius entreprit de la faire révoquer, et étant monté sur la tribune aux harangues, commença son discours en ces termes : « On nous enchaine, Romains, on nous accable d'une intolérable servitude ; car enfin, comment puis-je nommer cette loi, qui nous assujettit à la tempérance ? Abolissons cette tyrannie, brisons ces fers injurieux tout couverts de la rouille d'une austère et farouche antiquité. Eh ! que nous peut servir la liberté pour laquelle nos ancêtres ont tant répandu de sang, si on la resserre dans de si étroites limites, s'il ne nous est pas permis de périr par le luxe, quand il nous en prendra fantaisie ? » Apparemment que le reste de ce beau discours étoit de même force, et c'est dommage qu'il ne nous soit pas resté tout entier. La récompense qu'en tira le harangueur, c'est qu'Antoine et Flaccus, qui étoient pour lors censeurs, le chassèrent du sénat. — Je ne trouve pas, reprit Iphicrate, que la médecine soit mieux d'accord avec soi-même que les autres professions sur le chapitre du vin. Les galénistes en ont interdit l'usage dans les fièvres aiguës, comme d'un poison pernicieux. Les modernes s'en sont servis avec succès pour les chasser, en l'imprégnant de suc amer qui sort de l'écorce du quinquina. Les paysans de ma province, surtout ceux chez qui il ne croît point de vin, guérissent toutes leurs maladies quand ils en peuvent recouvrer quelque bonne bouteille, tant il est vrai que le vin seroit le plus excellent des cordiaques, si l'usage en étoit moins ordinaire. . — Du moins conviendrez-vous, dit Léontidas, que le consentement de tous les peuples a été uniforme pour interdire aux femmes l'usage du vin. Les lois de Crète, de Sparte, de Messène, de Carthage, étoient très-rigoureuses sur cet article ; mais les Romains avoient renchéri sur tout cela. Une vestale n'étoit pas moins punie chez eux pour avoir bu du vin que pour avoir laissé éteindre le feu sacré. C'étoit à Rome une matière à divorce quand une femme en avoit goûté, et le Vieux Caton, bien qu'il ne haït pas le vin, non plus que le Jeune, et qu'il réchauffât souvent sa vertu par l'usage du meilleur qu'il pouvoit recouvrer, pour me servir des termes d'Horace, avoit pourtant renouvelé dans sa famille une ancienne coutume, qui vouloit que les parents d'une femme, lorsqu'ils la rencontroient, la baisassent à la bouche pour connoître si elle ne sentoit point le vin. Mais pour venir à des exemples plus récents, la délicatesse d'un prince allemand me paroît singulière sur ce chapitre. C'étoit Frédéric, quatrième du nom ; il avoit épousé une infante de Portugal, qui ne lui faisoit point d'enfants. Ses médecins soutenoient à l'Allemande que la cause de sa stérilité venoit de l'eau qu'elle buvoit, et qu'étant née dans un pays chaud, il falloit par la boisson du vin réveiller son tempérament, altéré par la froideur du climat qu'elle étoit venue habiter. A cette consultation, l'empereur répondit fièrement qu'il aimoit mieux avoir une femme stérile que buveuse. — Je ne sais, dit Acanthe, pourquoi ce prince condamnoit si fort en autrui ce qui lui devoit servir un jour de consolation contre sa mauvaise fortune. Car nous lisons de lui que sur la fin de sa vie, pendant que le roi de Hongrie, Mathias, lui ravageoit l'Autriche et lui prenoit la ville de Vienne, il alloit se promenant par l'Allemagne sans s'en mettre autrement en peine et logeant dans les meilleures hôtelleries qu'il pouvoit trouver; il se divertissoit à écrire sur les poèles avec du charbon une sentence latine, qui se pourroit tourner de la sorte :

Ici du mal qui me possède
Le souvenir est affaibli ;
Des malheurs qui sont sans remède
L'unique remède est l'oubli.

— Quand la débauche du vin n'auroit jamais produit d'autre désordre chez le beau sexe, dit Iphicrate, que la mort sanglante d'Orphée, on ne pourroit assez la détester ; mais elles ne sont pas toujours tenues aux lois sévères que l'on a faites en tant de lieux pour leur en interdire l'usage, et les Grecques comme les Romaines se sont souvent émancipées à les violer. Les poëtes satiriques eurent beau s'élever contre ce désordre, elles n'en allèrent pas moins leur chemin; et ce qui m'en déplaît, c'est que depuis quelque temps il est des dames parmi nous qui semblent oublier que l'usage

du vin n'est pas autrement compatible avec la pudeur.
— J'ai connu une femme de qualité, dit Acanthe, qui
tenoit tête aux meilleurs buveurs de Paris. Elle est
morte, et il ne faut pas troubler ses cendres en la nommant. Je me souviens de l'imitation d'une épigramme
de Martial que je fis à son intention pendant que j'étois
à la cour :

D'où vient que tous les jours, Héleine,
Qui sent le fumet du cellier,
Prend pour corriger son haleine
Des pastilles de Montpellier ?

O quel mélange incompatible
Que son imprudence assortit !
Qu'il est choquant, qu'il est terrible !
L'amour se plaint qu'il l'engloutit.

Quand tu sortiras de ta chambre,
Héleine, à l'avenir, crois-moi,
Laisse ta pastille et ton ambre,
Et sens le vin de bonne foi.

Ici la conversation change d'objet ; on vient à parler
d'un comte de Provence ; à propos de quoi Acanthe dit :
« Nous connoissons un prince, distingué par sa valeur et par ses grandes qualités autant que par le
rang considérable qu'il tient dans l'Europe, qui a
déjà surpassé la bonne fortune de votre comte de Provence dans le mariage de deux princesses ses filles.
Il n'a qu'à se hâter d'en faire d'autres, et je suis persuadé que la chrétienté n'aura pas assez de couronnes
à leur offrir. — J'ai ouï conter un trait, dit Léontidas,
de l'aïeule du prince dont vous voulez parler, qui vient
ici comme s'il étoit moulé. Elle étoit, comme vous savez,
fille de notre roi Henri le Grand, de glorieuse mémoire,

et la cadette de deux autres qui avoient été mariées à de grands rois. Elle voyoit avec chagrin que ses sœurs, quand elles lui écrivoient, accompagnoient la souscription de leurs noms du titre de leur dignité. Enfin, lassée de lire au bas de leurs lettres *Élisabeth, reine*, et *Henriette, reine*, elle s'avisa de souscrire ainsi les siennes *Christine, contente*, pour leur faire voir par là que sa destinée n'étoit en rien inférieure à la leur, puisque la grandeur est en tout inférieure à la félicité de la vie. Et l'événement ne justifia que trop cette princesse, qui passa des jours pleins de gloire et de félicité, tandis que les reines ses sœurs eurent bien des démêlés avec la fortune. »

Pour faire la contre partie de la digression sur le vin, on entame une conversation sur l'eau et sur les effets de certaines sources.

— « Apparemment, dit Léontidas, que les Grecs, qui avoient tant d'esprit, ne buvoient que des bonnes sources dont ils connoissoient la vertu, et que les Turcs, qui leur ont succédé dans la possession de ces provinces, n'ont bu que des mauvaises qu'ils ne connoissoient pas ; et c'est ce qui leur a inspiré tant d'éloignement des belles sciences.

— « Il faut, dit Acanthe, ou que la nature épuisée se soit affaiblie en vieillissant, ou que les naturalistes nous en aient bien imposé sur le chapitre des eaux et de leurs merveilleuses propriétés ; car enfin, qu'est devenue cette fontaine de Biscaye, que le préteur Licinius, au rapport de Pline, éprouva sept jours de suite, qui ne coule point quand on la regarde, et qui recommence d'aller son train quand on cesse de la considérer ? Cette autre

de la Basilicate, dont parle Cassiodore, qui se trouble
quand on parle auprès d'elle, ou quand on la regarde
en marchant à reculons ? Où s'est perdue celle dont
Solin fait mention, qui est si fort touchée de la musique,
qu'elle danse au son des instruments ou de la voix,
tranquille d'ailleurs quand on ne chante pas ? Pourquoi
ne peut-on savoir où s'est perdue cette fontaine de Cy-
zique, nommée par Pline la *Fontaine de Cupidon*, qui
éteint les feux de l'amour à ceux qui en boivent, et qui
a servi apparemment de modèle à Louis Arioste pour
inventer ses deux fontaines magiques, dont l'une donnoit de l'amour et l'autre le guérissoit; fontaines qui
donnèrent tant d'exercice au brave Renaud et à la belle
Angélique? Mais les maris n'ont-ils pas lieu de regretter la perte de cette eau dont parle Solin, qui ne pouvoit jamais se mêler avec le vin, quand la femme qui
la versoit étoit infidèle? C'est apparemment de là que
monsieur d'Urfé avoit tiré cette jolie invention qui est
dans son Astrée, de la Fontaine de la Vérité d'Amour.
A dire vrai, ce sont là de ces curiosités dont il est bon
quelquefois de s'abstenir, et le même Renaud de
l'Arioste, dont nous venons de parler, refusa sagement
de faire l'épreuve d'une coupe enchantée, où on ne
pouvoit boire quand on avoit une femme trop galante.
Je me souviens d'une épigramme que j'ai vue, ce me
semble, dans ce recueil que les Grecs ont nommé Anthologie, qui rapporte comment une bergère s'excusa
plaisamment de faire l'essai de cette eau dont je viens
de vous parler, et vous allez voir comment je l'ai
tournée en notre langue :

> Voici la célèbre fontaine,
> Disoit Arcas à sa Climène,
> Où la puissante vérité
> Des deux cœurs amoureux affermit le commerce;

Quand la bergère qui la verse
A manqué de fidélité,
Son eau refuse l'alliance
Du vin qu'elle y veut mélanger ;
Et si tu voulois m'obliger,
Nous en ferions l'expérience.
Non, dit Climène à son berger ;
Pour voir ces grands secrets que cache la nature,
Tire qui voudra le rideau ;
Pour moi, je n'en saurois éprouver l'aventure ;
Car quand je bois de l'eau, je la bois toute pure,
Et quand je bois du vin, je n'y mets jamais d'eau.

— « Si cette épigramme n'est pas dans l'Anthologie, dit Iphicrate, elle mériteroit d'y être, et sauf le respect de la véritable antiquité, il s'y en trouve de plus froides. Je m'en rapporte à la traduction que nous en a donnée La Ménardière. Mais, mon cher Acanthe, n'avez-vous point peur qu'on vous accuse du crime de faux ? Vous nous avez donné ce matin une épigramme de Martial pour être de votre crû ; à présent vous nous en donnez une des vôtres pour être de l'Anthologie. Voilà comme Joseph Scaliger fut traité par Marc Antoine Muret, et si j'étois poëte, je serois tenté de m'en venger comme il fit.

— « Vous vous entendez bien vous deux, dit Léontidas ; mais pour moi qui n'en sais pas tant que vous, j'ai besoin de votre complaisance pour m'expliquer ce point d'histoire. Acanthe permettra bien en ma faveur que vous lui redisiez ce qu'il sait déjà. — Il est juste de vous contenter, dit Iphicrate. Muret étoit un fort habile professeur d'éloquence, qui enseignoit à Toulouse ; il y fut accusé de trop aimer ses écoliers, et cette galanterie socratique lui fit courir un grand risque. Le parlement de cette ville, qui est connu pour n'entendre pas raillerie, le fit arrêter sur quelques plaintes données contre

lui, et on ne parloit pas de moins que de le faire brûler.
Il trouva le moyen de s'échapper de la prison et s'en-
fuit en Italie, où il espéroit trouver les esprits plus
disposés à avoir quelque indulgence pour ses faiblesses.
Il y trouva Scaliger le fils, autre savant qui faisoit une
recherche curieuse des antiquités de ce pays. Scaliger
avoit de l'argent et Muret n'en avoit point. Ce dernier,
pour en tirer de l'autre, s'avisa d'une ruse. Il fit graver
sur des lames de cuivre des inscriptions en langue latine ; tout en étoit parfaitement bien contrefait, le style
et le caractère. Il fit enterrer ces lames dans un jardin,
et n'eut pas de peine à les trouver ensuite en y faisant
fouiller. Il fit voir ces belles antiquités modernes à
Scaliger, qui donna tout du long dans le piége, et qui,
les prenant pour des pièces originales, les acheta de
lui fort chèrement. Muret ajouta l'insulte à la super-
cherie, et fit des railleries publiques de la tromperie
qu'il avoit faite à ce prétendu connoisseur. Scaliger,
n'en pouvant tirer d'autre satisfaction, s'en vengea par
cette épigramme :

> Muret, ce roi des beaux esprits,
> Fameux par ses amours comme par ses écrits,
> Respire encor la flamme à Toulouse allumée :
> Je ne dois pas être surpris
> Qu'il m'ait vendu de la fumée.

— « La vengeance est ingénieuse, dit Léontidas, et me
paroîtroit suffisante si les paroles pouvoient dédomma-
ger de l'argent comptant. Mais je prie Acanthe de me
pardonner si ma curiosité l'a interrompu. Il me semble
qu'il étoit en beau train de nous expliquer les singu-
larités des fontaines, que je le prie de vouloir continuer.

— « Je ne vous parlerai point, dit Acanthe, de celles

qui sont utiles à la guérison des maladies, ou du moins
que l'on croit telles; rien n'est si connu. Il n'est point de
province qui n'ait les siennes; elles changent de mode de
temps à autre comme les habits. Leur vertu cependant
est une chose fort équivoque. Si l'on en voit revenir
des gens en bonne santé, il en est en récompense bien
d'autres à qui elles avancent les jours ou qu'elles laissent
comme elles les ont trouvés. On ne peut pas nier du moins
qu'elles ne soient le dernier retranchement de l'ignorance des médecins et la dernière ressource de l'amour
que les hommes ont pour la vie. Mais s'il est des sources
utiles et bienfaisantes, les auteurs en récompense nous
en ont allégué de bien pernicieuses. Tous ceux qui
ont voyagé dans les Alpes savent pour l'avoir vu
comme les eaux de ces montagnes font grossir la gorge
à leurs habitants. Ortélius renchérit là-dessus dans sa
description de l'Illyrie, et veut qu'il y ait des sources
en ce pays dont l'usage allonge si fort aux femmes les
peaux de la gorge, qu'elles sont obligées de la jeter
derrière leurs épaules pour allaiter leurs enfants. Ne
trouvez-vous pas cette idée fort ragoûtante? Solin parle
d'une fontaine qui rend les femmes stériles et d'une
autre qui les rend fécondes. Laquelle croyez-vous, selon les mœurs d'à présent, qui auroit le plus de presse
si elles subsistoient encore? Il est fait mention d'une
autre fontaine au delà du Rhin qui fit pourrir les mâ-
choires et tomber les dents aux soldats de Germanicus.
Il en est une en Arcadie, selon Varron, une autre en
Béotie, selon Aristote, dont non-seulement la boisson,
mais la seule vapeur fait mourir. Léander en connoissoit une qui ne tue que les oiseaux qui en boivent;
Œlian, une autre, près de Thèbes, qui fait devenir les
chevaux enragés. Blondus en avoit vu une qui enivre;
Bélon une autre qui fait devenir fou. Et Pomponius

3

Méla soutient qu'aux Iles-Fortunées il y en a une qui,
lorsqu'on en a bu, fait mourir à force de rire.

— « Vous riez, Iphicrate, comme si vous en aviez
goûté, poursuivit Acanthe ; mais vous n'y êtes pas encore,
et il faudra bien, s'il vous plaît, que vous nous en pas-
siez. Je ne vous citerai plus d'auteurs ; cela vous ennuie-
roit. Croyez que je n'invente rien. Il y a des fontaines
très-froides à l'attouchement, où cependant on allume
des flambeaux, et on leur voit jeter des flammes. Il y en
a qui, comme la mer, rejettent toutes les ordures. Il
s'en trouve qui engloutissent tout ce que l'on jette dedans, même les corps qui surnagent sur les autres
eaux, comme au contraire il y en a où les pierres ni
le fer ne peuvent aller à fond. Je ne vous parlerai point
de celles qui imitent le flux et le reflux de la mer. Cela
est commun. Mais que direz-vous de celles qui le con-
trarient, et qui sont hautes quand la mer est basse, et
presque à sec quand elle est élevée ? Cela n'est pas encore si extraordinaire que d'en voir une qui change de
couleur quatre fois l'année ; une autre qui a une espèce
de fièvre quand on la touche, qu'elle marque par un
battement extraordinaire. Cette même source est tiède à
l'entrée de la nuit, à minuit bouillante, froide au lever
du soleil et glacée à midi. Mais qu'y a-t-il de plus commode que cette fontaine au bord de laquelle étoit bâti un
couvent de jacobins dans l'île de Groënland ? Elle sortoit
d'une montagne qui jetoit des flammes, et elle retenoit si
bien la qualité de ce volcan, que les cellules des religieux
au travers desquelles elle passoit étoient échauffées de
sa vapeur, comme du meilleur poêle qui soit en Allemagne. Ils n'avoient point d'autre cuisine pour faire
cuire leur viande, ni même leur pain, qui s'y faisoit
aussi excellent que dans un four. Et quand cette fontaine se jetoit dans la mer, qui est glacée dans ce pays

au moins neuf mois de l'année, elle la dégeloit pendant l'espace d'une lieue. N'est-ce pas grand dommage que cette merveille ait été perdue avec une colonie de Danois qui étoit allé habiter cet aimable pays et que l'on ne sauroit plus retrouver ? Je vous en présenterois bien encore de cinquante espèces différentes, continua Acanthe, car je sais tout mon Majolus, qui s'est donné la peine de faire tous ces extraits pour moi dans son savant ouvrage intitulé : *les Jours caniculaires*. Bien d'autres que moi se sont servis de son travail, qui ne s'en sont pas vantés. Mais vous devez être fatigué de cette conversation d'eau douce, et en voilà plus qu'il n'en faut pour tremper notre vin du dîner. — Voilà, dit Léontidas, qui est savant et curieux ; mais à l'égard de l'usage, pour un verre de l'eau de votre belle fontaine je donnerois toutes celles dont vous venez de parler. Pour moi, je ne trouve rien tel que de boire de bonne eau. On en a la tête plus libre et l'haleine plus douce, on en digère mieux, on en dort plus tranquillement, et le sang circule avec plus de liberté. Et si tous ceux qui cherchent la joie dans le vin vouloient dire la vérité, ils conviendroient que la peine suit le plaisir de près, et que bien souvent elle le passe. »

A propos de la sincérité, Léontidas dit :

— « N'en déplaise à nos écrivains modernes, je ne trouve rien en matière d'histoire qui satisfasse l'esprit à l'égal de la lecture des auteurs contemporains. A la vérité, leur style n'est pas fleuri, mais il y règne un air de vérité qui frappe et qui persuade.

— « Je me range à l'opinion de Léontidas, et j'avoue que la naïveté des écrivains de ce temps-là ne manque

pas dè charme pour moi. Je suis en cela de l'avis d'un
des plus grands hommes que la France ait jamais pro-
duits : c'est le chancelier de l'Hopital, qui, dans une
épître en vers au cardinal de Tournon, s'en explique
à peu près de la sorte :

> Quand je lis de nos rois les modestes chroniques,
> Où la simplicité des écrivains antiques,
> Sans fard, sans ornement, nous raconte des faits
> Dont la sincérité forme les plus beaux traits,
> J'y sens plus de plaisir qu'à parcourir l'histoire
> Où le faste des Grecs impose à la mémoire,
> Où l'art au vraisemblable ose faire la loi,
> Et sous le merveilleux gémit la bonne foi.

« L'empereur Maximilien étoit sujet à une maladie
contagieuse assez commune en Allemagne et qui y
règne encore aujourd'hni plus que jamais. Elle se
nomme Faute d'argent. Ce prince, qui naturellement
n'en avoit guère et qui en dissipoit beaucoup, étoit
connu dans le monde par cet endroit, et les Italiens
de ce temps-là lui avoient donné le sobriquet de Pochi-
denari. On remarque qu'il n'entreprenoit jamais de
guerres que par cette nécessité et dans l'espérance de
remédier à sa disette. Comme il retournoit de cette
expédition du Milanois dont vous venez de parler, il
reçut des sommes considérables que le roi d'Angleterre,
son allié, lui envoyoit pour payer ses troupes. Ce n'est
pas d'aujourd'hui que la jalousie des Anglois les a dépouillés de leur argent. Ils sont en possession de s'appauvrir pour faire les affaires des autres. L'empereur
Maximilien, fort réjoui de cette nouvelle recrue, avoit
fait délier quantité de sacs remplis d'or, et les faisoit
voir avec plaisir à un de ses principaux confidents. Il
fut fort surpris de voir que cet homme, au lieu de

prendre part à sa joie, poussoit de longs soupirs et tenoit une contenance fort triste. « Mais d'où vient, lui dit l'empereur, que vous ne prenez point de part au plaisir que me donne cette vue? Ne sont-ce pas là de beaux sequins, de beaux ducats, de belle monnoie? — Il est vrai, sacrée Majesté, lui répondit son conseiller, et c'est justement ce qui m'afflige, quand je fais réflexion que vous allez distribuer un si riche trésor à tant de fantassins et de goujats qui composent votre armée. Ne vaudroit-il pas bien mieux garder tout cela pour vous, et que ces gens-là fissent leurs affaires comme ils pourroient? » La réflexion plut à l'empereur ; il fit remettre son argent dans ses coffres, et partit le lendemain avec son trésor, accompagné d'un petit nombre de ceux en qui il avoit le plus de confiance. Le même jour, les officiers étant venus à l'ordre, on ne trouva plus d'empereur. L'armée, sans chef et sans paiement, se dispersa dès que la nouvelle en fut divulguée; chacun se retira comme il put, et les Vénitiens avec les François, donnant sur ces troupes débandées avec les paysans du pays, en firent en peu de jours une fort grande exécution. »

———

Voici, pour terminer, un passage sur les guerres d'Italie :

— « Je veux bien convenir avec vous que les François n'ont pas plus de malheur en Italie qu'ailleurs; mais aussi vous demeurez d'accord avec moi que s'ils savent y faire des conquêtes, ils ne savent pas les y conserver, et que les établissements que la valeur peut leur donner dans le pays n'étant pas soutenus par la conduite, ne sont pas ordinairement de longue durée.

— « Il faut, répartit Iphicrate, que vous n'ayez pas

fait grande attention à tout ce que nous venons de dire, car vous ne me feriez pas une pareille objection. Est-ce que le royaume de Lombardie, possédé près de deux siècles par la postérité de Charlemagne; celui de Sicile, où les Normands ont régné autant de temps; celui de Naples, où la postérité de Charles d'Anjou n'a pas moins subsisté, ne sont pas d'illustres exceptions de la mauvaise règle que vous proposez? C'est là le sort des choses humaines: tout est sujet au changement, les souverainetés comme le reste, surtout quand des peuples de mœurs et de nations étrangères commandent aux autres. Commines a fort bien remarqué que dans ce cas les nations assujetties ne manquent jamais de faire des efforts pour rétablir leur liberté, et si elles ne peuvent en venir à bout par la force, elles le font enfin dans la longueur du temps, par des négociations, par des intrigues, par des révoltes, en se jetant dans les bras de quelqu'autre souverain; elles s'imaginent du moins quelque espèce de douceur à changer de chaînes. Mais, dans le cas où nous sommes, dans la guerre que nous faisons présentement en Italie, il n'est point question de faire des conquêtes; il ne s'agit simplement que de soutenir nos alliés, de protéger un prince de la maison de France que l'on veut injustement dépouiller d'un État où il a été appelé par les droits du sang, par la disposition du dernier roi, par le consentement des peuples, dont le droit est fondé sur plusieurs investitures des empereurs qui ont accordé le Milanois tant aux mâles qu'aux femelles, et à leurs enfants qui seront issus de la première branche de la maison d'Autriche. Ce sont des cadets qui veulent usurper la bénédiction de leurs aînés, qui veulent renverser l'ordre de la nature, et qui, pour y réussir, font un vacarme dans toute l'Europe, crient à haute voix que l'on en veut opprimer la liberté et préviennent, par des violences réelles une crainte imaginaire. Je m'en vais vous donner un exemple de cette conduite : il est puéril, mais il vient au sujet. Quand j'étois petit garçon de trois ou quatre ans, j'avois une sœur à peu près de mon âge qui étoit fort méchante. Dès que notre gouvernante n'y prenoit pas garde, si nous avions à partager quelques douceurs ou quelques jouets et qu'elle ne fût pas contente du partage, elle ne manquoit point de m'égratigner ou de me mordre, et crioit ensuite à pleine tête que je l'avois battue. La bonne femme donnoit dans le panneau, et me faisoit quelquefois porter la pénitence d'une faute que je n'avois point commise. Voilà ce que nous fait l'Allemagne. Elle croit sans doute que l'Europe sera aussi dupe que l'étoit ma gouvernante. Mais le ciel par sa lumière lui dessillera les yeux. Il ne manquera point de se déclarer pour la bonne cause ; et la piété du roi le sait si bien mettre dans ses intérêts, qu'on ne doit pas douter un moment du succès de ses armes, appuyées sur le bon droit et la justice. »

L'ARIOSTE RAJEUNY (1683).

L'*Arioste rajeuny* est un magnifique manuscrit autographe, composé de 332 pages pleines, in-4°, en la possession de M. Cap. En tête sont placées une *Dédicace* au duc de Bourgogne, enfant auquel Sénecé se recommandoit par provision ; une *Préface* et une *Vie de l'Arioste*. Cette œuvre n'est ni une traduction, ni une paraphrase, mais, si l'on veut, un abrégé, une refonte. Sénecé ajoute et retranche, amplifie et modifie, écrit tour à tour en

vers et en prose, mêle au texte des réflexions, des allu-
sions sur son temps, des digressions sur divers sujets.
On devine que la cour y tient beaucoup de place. Quand
l'Arioste fait prédire par Mélisse l'illustration future
de la maison d'Este, Sénecé se garde bien de traduire
ces pages exclusivement italiennes. « J'en pourrois
bien dire autant qu'elle si je voulois, et même pousser
ma prédiction quelques générations plus avant, sans
passer pour un grand sorcier. Mais quoique ces princes
aient été d'un fort grand mérite, ils me dispenseront
d'en parler, s'il leur plaît, parce que à moins de faire
une histoire toute entière, dont je n'ai ni le loisir ni
le dessein, je ne serois pas intelligible en France sur
cette matière ; de plus, c'est que je n'attends ni pen-
sions, ni bénéfices de cette maison, comme faisoit sans
doute le seigneur Arioste du cardinal Hippolyte. » Cela
dit, Sénecé substitue Louis XIV au duc de Ferrare,
et, tout en s'excusant d'employer à l'éloge d'un si
grand monarque « un esprit né pour la bagatelle, » il
veut mêler sa voix à celle des poëtes d'élite :

> Je tiendrai ma partie
> Suivant l'humble talent que le ciel m'a donné.
> Quoi ! parce que les cieux du roi de la nature
> Adorent chaque jour le pouvoir sans mesure
> Par des harmonieux et nobles mouvements,
> Les innocents oiseaux, sous la tendre verdure,
> Le célèbrent-ils moins par leurs gazouillements ?

Je regrette que Sénecé ait entrepris de rajeûnir
l'Arioste, que parfois il ait ajouté des inventions dignes
de Scarron à ce poëme raffiné dans lequel se mêlent
si agréablement les formes épiques d'autrefois et l'imagination fantasque ou ironique du xve siècle. Ce n'est
qu'aux légendes, aux fabliaux qu'on peut à son gré

prendre et ôter, emprunter le fond en changeant la forme. En remaniant une œuvre consacrée, Sénecé a eu le tort de délayer ce qui devoit rester court, d'accuser fortement des traits qui, chez son modèle, étoient légers. Mais il lui sembloit, comme à Boileau, que l'Arioste pouvoit être l'objet de plus d'une critique et de plus d'une correction. Toutefois, il ne vouloit point qu'on prît sa manière d'agir pour une ingratitude.
« Qu'on ne s'imagine pas que j'en estime moins Arioste
« parce que je fais en certains endroits quelques obser-
« vations contre lui ; c'est plutôt pour m'exercer et pour
« me former le goût que par envie que j'aie de censu-
« rer. Les fautes des grands hommes sont la meilleure
« leçon que nous puissions prendre, et les remarques
« que l'on en fait ne sont pas même une médiocre
« preuve de l'estime qu'on a pour eux. Je ne dirai rien
« des auteurs vivants, je n'aime point les affaires ;
» mais soyez sûr que vous ne me verrez pas faire
« des volumes pour critiquer la rhétorique de collége
« dont Nervéze et des Escuteaux ont parsemé leurs
« froids écrits. Plût au ciel que dans deux cents ans
« quelque homme d'esprit s'avisât de censurer quel-
« que ouvrage de ma façon ! »

Sénecé avoue qu'il a hésité, au moment de s'emparer ainsi de l'Arioste, entre le plaisir d'écrire et le danger de mal écrire. « Mais enfin, le plaisir que je m'en pro-
« pose l'emporte, et j'ai considéré que je tombois dans
« le ridicule de certaines femmes dont je me suis sou-
« vent moqué, qui n'osent manger dans les festins les
« plus exquis parce qu'elles mangent de mauvaise
« grâce ou qu'elles n'ont pas la main belle. » Du reste, il explique plus nettement son dessein dans une préface trop étendue pour que je la donne entière. Je vais en citer les traits principaux, et je terminerai

cette note en transcrivant les passages les plus curieu
de l'*Arioste rajeuny*, sans essayer de les relier entre eux

« Je sais bien qu'une préface est, pour beaucou
d'écrivains, une honnète occasion de se louer soi-mèm
et d'applaudir indirectement à son propre mérite ; mai
je promets de me louer le moins possible, et seulemen
autant qu'il sera nécessaire pour vous donner une idé
favorable de mon ouvrage...

« Je conviens que la manière que j'ai adoptée pou
enrichir notre langue des agréables imaginations d
l'Arioste doit paroître extraordinaire ; j'avouerai mèm
que je ne sais comment la nommer, et que je manqu
de termes pour m'en expliquer avec vous. Ce n'est pa
une traduction, puisque je ne garde aucune fidélit
à l'original, si ce n'est dans la marche et la liaison d
son intrigue, à laquelle je n'ai rien changé, m'étan
seulement réservé la faculté de conter à ma manière
Ce n'est pas non plus une imitation, car n'ayant altér
ni la fable, ni même les noms, on peut dire que pou
la substance son ouvrage et le mien ne font qu'un
tandis que le caractère de l'imitation est de subsiste
non entre les mêmes choses, mais entre des chose
semblables. C'est encore moins une paraphrase, puis
que ce terme comporte avec soi l'idée d'une extensio
de pensée qui n'explique point ce que j'ai fait, car j'a
souvent abrégé celles de mon original et supprimé d
prétendus ornements qui m'ont paru tels, ou adouci de
expressions qui ne s'accommodoient ni à la modesti
de nos mœurs, ni à celle de notre langue. Il ne m
restoit donc qu'à nommer mon ouvrage l'*Arioste cor
rigé*. Mais je conviens qu'il y auroit eu dans ce titr
quelque chose de trop superbe, que cela eût pu soule

ver tout le Parnasse contre moi, et que l'on m'eût justement blâmé, moi qui suis sans nom et sans crédit, d'oser m'ériger en réformateur d'un poëte en possession depuis deux cents ans d'une réputation bien établie. J'ai cru avoir trouvé un tempérament à toutes ces difficultés en le nommant *Arioste rajeuny*.

« Chacun trouvera son compte dans ce titre; car si je mérite l'approbation des dames, ce terme leur fera comprendre que j'ai essayé, pour leur plaire, de l'orner de ces grâces vives et brillantes qui suivent leur sexe, et mes censeurs (si j'ai le bonheur d'en avoir), pourront entendre par l'*Arioste rajeuny* l'Arioste gâté, suivant l'opinion du sage Alphonse, roi de Naples, qui disoit que la vieillesse augmente le prix de trois choses : du vin, des amis et des livres.

« J'ai remarqué que les ouvrages en vers, lorsqu'ils sont de longue haleine, ne plaisoient pas à notre nation... La prose toute seule ne m'a point semblé non plus suffisante pour exprimer les visions pleines de feu du plus capricieux de tous les poëtes. J'avoue que ceux qui traduisent des vers me font pitié quand ils s'avisent de les mettre en prose, fût-elle la meilleure et la plus châtiée qui se puisse faire. Se sont-ils mis en tête qu'ils réduiront la vive, l'impétueuse poésie à la lenteur de leur pesante démarche? Si l'on donnoit au public des traductions en prose d'Homère ou de Virgile, sans mettre en tête ces noms consacrés, n'est-il pas certain que cette prose, que l'on nous donne pour leurs ouvrages, et qui, le plus souvent, n'est rien moins que cela, passeroit pour une composition très-fade et très-languissante. L'idée que nous aurions pourtant seroit semblable à celle qu'un paysan pourroit concevoir d'un prince qu'il n'auroit vu que dans les estampes de son almanach ou dans quelque misérable détrempe, ornement de la chambre de son curé. J'ai connu une femme de beaucoup d'esprit qui soutenoit que l'étude du latin nous gâtoit le goût, à en juger par notre estime pour les poëtes de cette langue avec lesquels elle n'avoit eu de commerce qu'autant qu'il avoit plu à l'abbé de M... de lui en procurer.

« Le caractère de la bonne prose est de s'expliquer si nettement et avec tant de clarté, qu'elle ne laisse rien à désirer pour l'intelligence de ce qu'elle énonce. Le caractère de la poésie, au contraire, est de laisser toujours à penser plus qu'elle n'exprime, et de renfermer quelquefois dans la force seule d'une épithète une conception toute entière. Comment faire pour accommoder ces deux choses directement opposées? Et qui ne voit pas que la simplicité de la prose ne parviendra jamais à rendre fidèlement la vigueur de la poésie, à moins d'employer un verbiage ennuyeux, des circonlocutions fatigantes qui l'obligeront à ramper toujours. Convaincu qu'il étoit impossible de traduire l'Arioste tout en vers ou tout en prose, il ne me restoit que le parti que j'ai adopté : c'est ainsi qu'en usa Pétrone, qui fut l'arbitre du goût et de la délicatesse dans le plus poli de tous les siècles. C'est ainsi que pensa Boëce, qui, dans un ouvrage extrèmement sérieux, prouva par son exemple que les ornements conviennent toujours aux muses et que le dessein de plaire doit entrer dans toutes sortes de compositions.

« J'avoue qu'en conservant en son entier le tissu de la fable d'Arioste, je me suis souvent écarté de sa manière de l'exprimer; mais je ne l'ai jamais fait sans motif. Quelquefois, pour me rendre intelligible, j'ai dû entrer dans quelques détails qu'Arioste a négligés, parce qu'écrivant après Mathieu Boïardo l'*Orlando inamorato*, entre les mains de toute l'Italie, il crut

inutile de répéter ce que tout le monde savoit comme
lui ; mais comme les dames françoises ne sont pas obligées de savoir dans notre siècle tout ce que savoient
dans ce temps-là les dames italiennes, qui assurément
ne savoient pas beaucoup, je me suis vu forcé parfois
de rappeler succinctement quelques passages du Boïardo
qui m'ont paru nécessaires à l'intelligence d'Arioste...

« D'autres fois, j'ai rectifié les sentiments lorsqu'ils ne
m'ont pas semblé conformes aux caractères. Il me reste
à dire un mot sur la liberté que j'ai prise de mêler
parfois à l'ouvrage d'Arioste quelques réflexions, quelques pensées de ma façon. J'avoue que lorsque l'occasion m'a souri, j'ai tâché d'égayer le récit par quelque
critique ou quelques traits de satire de mon invention ; mais, au fond, quel tort cette licence peut-elle
causer à mon auteur ou à la république des lettres ?
D'abord je ne suis point un faiseur de fausse monnoie,
et par une audace sacrilège, je n'ai point cherché à
contrefaire le coin du prince ; car, en tous les endroits où j'ai mis quelque chose du mien, je l'ai marqué de manière à ce qu'on ne pût le méconnoître ;
je n'eusse point pris cette précaution, que les connoisseurs ne s'y seroient point trompés. Les pensées
d'Arioste parmi les miennes eussent été comme ces
fleuves qui passent au travers des lacs sans se mêler
avec eux et sans altérer la couleur ni la rapidité de
leurs eaux. Mais quand bien même j'eusse essayé de
faire corps avec Arioste, quel mal en seroit résulté, si
j'eusse réussi ?

« Et d'ailleurs, de quoi se composent les ouvrages qui
paroissent de nos jours, si ce n'est du mélange que font
les auteurs de leurs pensées avec celles des anciens. Ce
sermon que vous admirez n'est-il pas reformé de la
dépouille des saints Pères ? Et si vous en faites l'ana-

tomie, ne trouvez-vous pas que lorsque saint Chrysos
tôme, saint Ambroise ou saint Bernard auront repri
chacun ce qui leur appartient, il restera peu de chos
à l'auteur, si ce n'est le talent d'avoir réuni leurs pen
sées. Cette histoire, qui a tant de cours et qui vou
paroît si bien écrite, est-elle autre chose que des lam
beaux recousus de Sleidan, d'Avila ou de Fra Paolo
Cependant, ce prédicateur, cet historien, ne sont pas
d'aussi bonne foi que je le suis, car s'ils font imprimer
leur ouvrage, ils ne l'intituleront pas sermon de saint
Bernard ou de saint Ambroise, histoire de Fra Paolo ou
d'Avila, tandis que j'abandonne tous les honneurs à
mon Arioste, avouant humblement que j'ai relevé de
fief, et, à l'imitation des anciens hommages liges, où le
vassal mettoit ses mains dans celles de son seigneur,
je mêle quelques-unes de mes pensées parmi les siennes
pour lui faire plus d'honneur par cette opposition et
reconnoître publiquement sa haute souveraineté.

———————————

Voici des fragments de l'*Arioste rajeuny :*
« Logistille a un miroir dans lequel on se voit tel
qu'on est :

> Logistille, exaucez mes vœux !
> De grâce, prêtez-moi quelque glace fidèle
> De ce divin, de ce rare modèle,
> Que je veux mettre un jour ou deux
> En un lieu que je sais, à la place de celle
> Où tant de têtes sans cervelle
> Viennent insolemment rajuster leurs cheveux.
> Quelle confusion pour la troupe interdite !
> Que de courtisans étonnés,
> Qui s'étoient jusqu'alors crus riches en mérite,
> Et qui par un coup d'œil se verront ruinés !

———————————

Portrait du fripon Brunel.

Brunel est un fort beau jeune homme.
Qui n'a pas quatre pieds de haut ;
Son nez est fait à peu près comme
Le pied tortu d'un vieux réchaud.
Les yeux lui sortent de la tête,
Louches et de rouge bordés,
Il est velu comme une bête ;
Quand vous lui résistez, honnête ;
Insolent quand vous lui cédez.
Son teint est de couleur d'olive,
Ses cheveux sont noirs et crêpés,
La dent est rare en sa gencive,
Et les lieux où la lèvre est vive
Par la pâleur sont occupés.
De ses sourcils que rien n'égale
L'union est à remarquer,
Et son haleine déloyale
Pourroit seule vous l'indiquer.
En tout cas, on ne peut marquer
Ses chausses à la martingale,
Et j'ai raison de répliquer
Que par tant de raisons, en somme,
Brunel est un fort beau jeune homme.

Au temps de la chevalerie.

O l'heureux temps ! ô le temps fortuné
Qu'étoit celui de la chevalerie !
Si le discours n'en est que rêverie,
Il est du moins fort bien imaginé.

Parmi les bois, dans les antres sauvages,
Qui maintenant n'offrent à nos regards
Qu'affreux crapauds, froids serpents, verts lézards,
Ils rencontroient angéliques visages.

Le ciel, pour eux prodiguant ses présents,
Leur y livroit des beautés naturelles,

Nobles, sans art, innocentes, pucelles,
Et qui pourtant avoient quinze à seize ans.

Je me tairois et dirois moins d'injures
Au temps stérile où nous voyons le jour,
Si nous trouvions au milieu de la cour
Ce qu'ils trouvoient dans les grottes obscures.

Cela tout seul seroit digne du feu;
Mais je m'explique, ô sexe que j'adore!
Je ne dis pas qu'il ne s'en trouve encore;
Ce que je dis, c'est qu'il s'en trouve peu.

La Fraude.

Son visage étoit doux et son habit modeste,
Son langage obligeant, ses regards composés,
Sa démarche étoit grave, et l'intérêt céleste
Couvroit ses intérêts finement déguisés.
    Laide et difforme en tout le reste,
    Mais qui de ses difformités
Sous un large manteau déroboit le mystère,
    Dont les plis cachoient d'ordinaire
Un dangereux couteau tranchant des deux côtés.

A propos de la ruine du palais d'Alcine, Sénecé pense
à la destruction des arcs de triomphe qu'on élevoit pour
un jour dans les fêtes de Louis XIV :

L'artifice allumé tonne de tous côtés;
Héros, nymphes et dieux dans l'air sont emportés;
Le soufre et le salpêtre en dévorent les toiles,
Et la nuit voit briller cent nouvelles étoiles.
Le même admirateur du spectacle charmant
Cherche étonné l'objet de son étonnement.
Il demeure confus de l'effet de la poudre,
De voir tant de beautés si vite se dissoudre,
Et de ne trouver plus dans ces lieux désolés
Que des chevrons noircis et des cartons brûlés.

Angélique est entraînée dans l'eau par son cheval et « retrousse ses jupes. »

Les tritons à fleur d'eau par des regards avides
Dévoroient les appas de cet objet divin,
  Et les jalouses Néréides
Cherchoient à censurer et le cherchoient en vain.
A ses cheveux épars qui le rendoient sensible,
Le doux Zéphir livroit mille assauts amoureux ;
Et le reste des vents laissoit l'onde paisible
Pour être à ses beautés attentive avec eux.

Mais ses tristes regards, tournés vers le rivage,
Accusoient le destin par des torrents de pleurs ;
Et son cœur affligé, cédant à ses malheurs,
Sentoit avec les bords décroître son courage.

Sénecé mêle plus loin au récit de l'Arioste un personnage de sa façon, espèce de fou de cour, dont voici le portrait :

« Elle (Bradamante) avoit à son service un jeune More dont le brave Renaud, son frère, lui avoit fait présent à son retour des Indes, qu'elle nommoit Angola, parce qu'il étoit né dans cette partie de l'Afrique qui porte le même nom. C'étoit une figure telle qu'il la falloit pour faire rire ; car, outre la laideur commune aux animaux de son espèce, il avoit le corps contrefait, les hanches démontées et les pieds cagneux. Mais la nature équitable avoit fait une juste compensation de la laideur du corps avec la vivacité de l'esprit, et avoit été libérale envers lui avec profusion de ce feu qu'elle a coutume de distribuer abondamment aux peuples qui approchent du soleil. Bradamante avoit coutume de se divertir de ses plaisanteries et de charmer quelques moments de ses chagrins par l'enjouement de la conversation du petit monstre ; mais depuis quelque

temps elle étoit tombée dans une mélancolie si profonde
que rien au monde n'étoit capable de lui arracher le
moindre souris. Un jour qu'elle étoit dans son cabinet,
travaillant tristement à quelques ouvrages de tapisse-
rie dans la compagnie de ses femmes, qui gardoient
toutes un profond silence et portoient l'inquiétude de
leur maîtresse peinte sur leurs visages, Angola, qui
s'étoit établi de lui-même ses entrées, poussa brusque-
ment la porte et entra dans le cabinet en chantant
cette belle chanson de sa composition :

> Vous m'avoir bien la mine
> D'être tant amoureux;
> Point n'en faire la fine,
> Vouloir bien être deux :
> La visage jolie
> Montrer la fantaisie;
> L'être plus fin, ma foi,
> Madame, ce me semble,
> Dans le pays de moi :
> Point n'en faire à deux fois,
> Quand s'aimer bien, coucher ensemble.

« Il accompagnoit ce galimatias d'un air fait exprès,
qui assortissoit parfaitement bien aux paroles, et dan-
soit en même temps avec des postures grotesques, qui
firent perdre le sérieux à la plus grande partie des
filles de Bradamante, malgré qu'elles en eussent. Mais
la charmante guerrière ayant à peine fait briller sur
son visage un léger souris semblable à ces éclairs qui,
après avoir percé la nue pour un moment dans une
nuit obscure, semblent, dès qu'ils sont disparus, avoir
encore augmenté l'horreur des ténèbres par leur opposition. « Tiens-toi en repos, Angola, lui dit-elle avec
un air de mélancolie le plus touchant du monde, tes
plaisanteries ne sont pas de saison, et je ne me sentis

jamais moins d'envie de rire. — Eh bien, Madame, lui
répondit-il, si vous continuez dans cette humeur-là, il
faudra nous séparer, car pour moi je n'eus de ma vie
jamais moins envie de pleurer. » Je ne copierai point
le baragouin d'Angola dans le reste des récits que je
ferai de lui ; il suffit d'en avoir montré un échantillon,
et vous trouverez bon, s'il vous plaît, que je vous
donne seulement la substance de ses discours. « Tu
veux me quitter ? répliqua Bradamante ; non, non, je
ne le crois point. Et que deviendrois-tu, malheureux
que tu es, si je ne prenois plus soin de toi ? — Ah ! vraiment, Madame, reprit-il, je suis bien moins embarrassé de ma personne que vous ne pensez : je m'en
irois tout droit à la cour. — A la cour ! s'écria Bradamante. Et crois-tu qu'on y voulût souffrir un animal
fait comme toi ? Ta figure feroit peur aux dames de ce
pays et choqueroit leur délicatesse. —Vous prenez mal
la chose, continua le More, et c'est tout au contraire.
Je n'y paroîtrai pas plus tôt que toutes les dames me
feront caresse et disputeront à qui m'aura. L'opposition
de mon visage fera des merveilles en leur faveur ; les
belles auprès de moi paroîtront des anges et les laides
sembleront du moins supportables. Je les tirerai par mon
enjouement de cette contrainte sévère où la bienséance
les assujettit incessamment. Elles se feront un plaisir
singulier de la liberté qu'elles pourront se donner devant
moi comme étant un homme sans conséquence, et cependant toujours un homme. Peut-être s'en trouvera-
t-il quelqu'une plus curieuse que les autres qui voudra
s'éclaircir sur les merveilles qu'on raconte des gens de
mon pays, et qui trouvera bon que je prenne soin de
lui montrer... — Mais, Angola, interrompit Bradamante, tu ne sauras point vivre avec les grands seigneurs : l'art de leur plaire est le plus difficile de tous,

et les plus habiles gens n'y connoissent rien qu'après une étude de plusieurs années. — Eh! Madame, répliqua-t-il, vos habiles gens sont des bêtes. Ils s'imaginent que pour plaire aux grands il ne faut jamais rien dire qui ne soit de la dernière justesse, et pendant qu'ils se donnent la torture pour attraper quelque pensée, un étourdi vient à la traverse qui hasarde une impertinence et leur coupe la parole, de manière qu'en toute une journée ils ne trouvent pas à placer un pauvre mot; et ce qui en arrive, c'est que l'habile homme trop circonspect passe pour un sot, et le sot n'imagine pas que les grands comme les autres hommes sont partagés en deux classes, et qu'il y en a parmi eux qui ont de l'esprit et du mérite, et d'autres qui, sous ce vain caractère de grandeur dont ils sont revêtus, cachent beaucoup de bassesse et d'ignorance. Ces derniers, sans difficulté, sont en plus grand nombre que les autres, et il est difficile que les habiles gens leur plaisent. Le mérite d'un homme d'esprit est un reproche tacite et continuel à un homme qui en manque, et l'orgueil des grands ne peut le supporter, sans compter que les choses fines et délicates sont perdues avec ces gens-là faute d'en pouvoir être entendues, et je prétends mieux réussir auprès d'eux avec mes quolibets et mes contes triviaux qu'Ésope, mon confrère, n'auroit pu faire avec toute sa fine morale. Pour les grands qui ont de l'esprit, il est constant qu'ils en ont plus que les autres hommes. La noblesse du sang leur donne des sentiments plus élevés; la bonté de l'éducation leur ouvre davantage la conception, et la grandeur des emplois dans lesquels ils passent leur vie leur subtilise davantage l'entendement. Cependant, ces gens-là, tout spirituels qu'ils sont, ne s'accommodent pas volontiers d'un homme d'esprit. Ils voudroient en avoir tout seuls, et sont jaloux qu'il en paroisse à d'autres : ils craignent qu'un homme éclairé, admis dans leur familiarité, ne pénètre plus qu'ils ne voudroient dans le secret de leur conduite. D'ailleurs, ils sont fatigués des grandes choses, et telle est la condition de l'esprit humain qu'il a besoin de quelque relâche et ne peut pas toujours être ingénieusement appliqué ; de manière qu'un homme comme moi, qui leur parlera de tout ce qui lui viendra en tête, qui leur peindra quelques crayons de la naïveté des champs ou de la bassesse populaire, qui sont presque toujours pour eux de réjouissantes nouveautés, et qui enfin s'établira auprès d'eux dans la liberté d'une familiarité ingénue, que le respect de ceux qui les approchent bannit presque toujours de leur commerce : cet homme, dis-je, en sera vu plus agréablement qu'un autre qui se retranchera sur la hauteur de son mérite et se piquera de ne parler jamais qu'à propos. »

Ici Angola raconte assez froidement l'histoire d'un poëte provençal qui échoua à la cour, et prête à ce poëte un sonnet de désespoir qui se résume en ce vers :

Heureux qui l'a connue et qui peut l'oublier !

———

Autre fragment.

Ainsi, lorsqu'au soleil, quand le printemps revient,
Des serpents sur un pré le chapitre se tient ;
Pleine du feu nouveau dont l'univers pétille,
La troupe en pelotons se caresse et frétille,
Polit sa froide écaille, et par ses sifflements
Sur l'hiver bien passé se fait des compliments.
Si de quelque passant la main séditieuse
Jette un large pavé sur la bête odieuse,
D'abord crânes et reins sont brisés par morceaux ;
Le sang et le venin s'écoulent par ruisseaux.
De l'un, mort par devant, le reste en vain s'agite ;

Un autre, plus heureux, pour sa queue en est quitte ;
On voit boyaux crevés, vertèbres de travers,
Un même coup produit cent accidents divers ;
Et s'il en est quelqu'un que sa bonne fortune
Ait pris soin de sauver de la perte commune,
Il fuit à longs replis ce lieu plein de malheur,
Et siffle affreusement sa crainte et sa douleur.

De l'affectation du langage.

« Le capitaine étoit un grand coquin à face large et à puissante bedaine, qui venoit sur une tortue. Puisque le gros du temps fait entrer partout ce mot de gros, je puis dire, pour parler comme les gens, qu'il avoit un gros mérite. Mais puisque nous en sommes là-dessus, je ne puis m'empêcher de donner un trait en passant à la politesse d'une infinité de gens du bel air. Parmi le monde, on ne parle plus pour se faire entendre, mais seulement pour parler comme les autres. On regardoit autrefois si un terme dont on vouloit user avoit de la justesse et s'il répondoit au dessein qui a fait inventer les langues aux hommes pour exprimer leurs conceptions ; présentement on regarde seulement s'il est à la mode et s'il est usité par certains messieurs qui prétendent assez mal à propos être les modèles du beau langage. La source de ce vice dans l'expression vient de l'ignorance grossière d'une infinité de gens qui, ayant ouï de la bouche de quelques personnes d'esprit et d'autorité une manière de parler qui leur semblera fine et spirituelle, et qui la sera effectivement, si vous le voulez, croiront que les mêmes mots doivent faire partout le même effet, et s'en serviront indifféremment en toute rencontre, sans considérer qu'une métaphore ingénieuse ou une épithète puissante, qui font un fort bon effet quand elles

sont judicieusement placées, deviennent un galimatias
et une absurdité lorsqu'on en use sans choix et sans
discernement, et parent le discours de la même manière qu'une femme seroit parée qui se mettroit au nez
les boucles que l'on porte aux oreilles. Pour moi, je
n'ai jamais pu approuver les modes, ni dans le langage,
ni dans les couleurs ; j'ai toujours estimé qu'on ne devoit point se servir d'un mot plutôt que d'un autre, à
moins que le jugement ne nous déterminât en sa faveur.
J'ai cru qu'il falloit laisser aux perroquets la contrainte
servile de pouvoir seulement répéter ce qu'ils ont ouï
dire. Enfin, j'ai souvent trouvé ridicules des vieilles
surannées ou des teints couperosés que j'ai vus se charger de cramoisi parce qu'elles avoient remarqué que
leurs voisines jeunes et blondes étoient extrêmement
parées de cette couleur haute. »

Fragment.

Si la fortune vous ôte
Des trésors ou des palais,
D'autres dons, d'autres bienfaits
Peuvent réparer sa faute ;
Mais pour les dons des amours,
Qui les néglige, les pleure ;
Et les manquer d'un quart d'heure,
C'est les manquer pour toujours.

Les Portraits.

« Je pourrois bien ici vous faire le portrait de cette
charmante fée (Alcine) ; je n'aurois qu'à copier, et j'en
ai l'original en ma puissance, qui est de la main d'un
fort bon maître. Mais il me semble que l'invention des

portraits est une chose usée. On en fait un si grand
nombre en vers et en prose depuis quelques années, qu'il
est impossible de ne pas tomber dans la redite; et quoique je n'aie jamais guère lu de ces sortes d'ouvrages, je
n'en serois point cru à mon serment. Si par hasard quelqu'une de mes expressions se trouvoit conforme à celle
d'un auteur plus ancien, il soutiendroit que je l'aurois
volé, me traiteroit de plagiaire et soulèveroit contre
moi tout le Parnasse. Le hasard qui produit quelquefois dans une agathe ou dans quelque autre camayeu
des effigies d'hommes et d'animaux, peut bien faire
plus facilement que deux esprits se rencontrent dans
la même pensée; mais la plupart de ceux qui écrivent
sont assez vains pour croire sans hésiter que nul ne
peut penser aussi bien qu'eux. »

Le respect des femmes.

« Ce bon vieux temps différoit extrêmement de celui
auquel nous vivons : il avoit de meilleures choses, il
en avoit aussi de plus mauvaises. Mais ce qu'il avoit
constamment de meilleur, c'est que l'on y avoit de
grands égards pour les dames. Dès que l'occasion s'offroit
de servir le beau sexe, elle y étoit embrassée avec chaleur; on y étoit doux, honnête, complaisant, empressé.
On se seroit manqué à soi-même plutôt qu'on n'auroit
fait à une femme, et l'on se seroit attiré la honte et
le mépris de tout le monde si l'on avoit négligé de
rendre service à la moindre de toutes. Aujourd'hui,
les gens de qualité vivent de tout un autre air: Ils
s'imaginent qu'il y a de la grandeur d'âme à traiter
les femmes avec hauteur; que l'indifférence pour elles
ne suffit pas, si elle n'est accompagnée de l'incivilité;

qu'il y a de la bassesse dans les petits soins par lesquels on avoit coutume de gagner leurs bonnes grâces,
et que la rusticité est du caractère des héros. Il se
trouve à tout moment des manières d'esprits forts qui
déclament contre la nature de nous avoir assujettis au
commerce d'un sexe si foible et si défectueux ; qui
souhaitent à tout propos que l'on pût inventer quelque
moyen de s'en passer, et je ne sais, si Dieu ne nous
aide, s'il n'y en aura pas quelques-uns qui le trouveront. On ne peut nier qu'il n'y ait dans cette conduite
beaucoup de la faute des hommes, chez qui la licence,
l'emportement et la mauvaise éducation produisent ces
effets pernicieux. Mais que les dames se fassent justice, s'il leur plaît, elles verront qu'elles ont un peu
de part à ce désordre. Les avances qu'elles font aux
hommes leur en attirent le mépris. Combien s'en trou-
ve-t-il qui ne savent plus se prévaloir de cette sage
dissimulation, de cette heureuse modestie qui leur a
si longtemps conservé tant d'empire sur les hommes !
Combien en voit-on qui se rendent à la moindre sommation et qui passent jusqu'à faire les premières
démarches ! Combien enfin qui se jettent à la tête des
premiers venus, sans choix et sans discernement, par
la vaine ambition d'avoir des amants, et qui, par cette
légèreté, font un tort infini à celles dont la conduite est
plus régulière, qui se trouvent malheureusement enve-
loppées dans l'idée générale que les jeunes gens con-
çoivent mal à propos de leur sexe :

> Croyez-moi, beautés qu'irrite
> L'air brutal du courtisan ;
> Croyez de votre mérite
> Un sincère partisan.
> Poudre, fontanges, ni mouches,
> Ni beaux yeux, ni belles bouches,

Ne suffisent pour charmer.
Les dons que fait la nature
Sont propres pour allumer
Une flamme tendre et pure ;
Mais si l'on veut qu'elle dure,
Il faut se faire estimer.

———————

Beau sexe à qui j'ai consacré
Les plus chers moments de ma vie,
De vous donner conseil je me sens quelque envie ;
Prenez-le, s'il vous plaît, en gré.
Quand pour obtenir vos caresses
Et désarmer votre cœur inhumain,
Vous verrez prodiguer transports, larmes, tendresses,
Petits soins, serments et promesses,
Trouvez bon d'aller bride en main.
Sagement se conduit celle qui met obstacle
Aux progrès de certains amants.
Ovide, leur fameux oracle,
Leur apprend que le ciel se rit de leurs serments,
Que d'un cœur qui les désavoue
Il ne s'est encor point vengé,
Que l'infidèle vent s'en joue,
Et qu'il ne court pas moins pour en être chargé.
Quand ils ont apaisé leur ardeur inhumaine,
Quand ils ont obtenu ce qu'ils ont desiré,
Le dégoût, qui succède au plaisir qui l'entraîne,
Les force à mépriser ce qu'ils ont admiré,
Tels que le voyageur qui, dans l'ardente plaine,
Tourne le dos à la fontaine
Si tôt qu'il est désaltéré.
Eh quoi ! me direz-vous, quelle mouche vous pique ?
Où vont aboutir les détours
De votre froide rhétorique ?
Vous nous condamnez donc à passer nos beaux jours
Dans une sévère pratique,
Loin du commerce des amours ?
O le ridicule discours !
O siècle ! ô mœurs ! ô foi publique !....
— Ne vous emportez pas ; souffrez que je m'explique.
Je sais que sans l'amour rien ne peut subsister,

Qu'on doit tout ce qu'on est à sa grâce féconde,
    Et qu'on verroit périr le monde
    S'il refusoit de l'assister.
Que la femme surtout, plus fragile que verre,
Sous ses infirmités succomberoit sans lui,
    Languiroit, ramperoit sur terre
    Comme une vigne sans appui.
Ce que je veux prouver, avec votre licence,
C'est qu'il faut éviter ces visages polis
Où le premier coton prend à peine naissance,
    Ces échappés d'adolescence
    Qui vous paraissent si jolis.
En vain par cent bontés une belle travaille
A graver la constance au cœur d'un jeune amant;
    Il s'enflamme comme la paille
    Et s'éteint aussi brusquement.
Il ressemble au chasseur lorsque dans un bocage
Pour attraper un lièvre il met tout en usage,
La fatigue, le temps, la dépense, le bruit.
Mais si tôt qu'il l'a pris, aux chiens il le partage,
    Et court au gibier qui s'enfuit.
Un âge un peu plus mûr est bien mieux votre affaire,
Il fournit un plaisir qui n'a rien d'emporté;
    Il a pour talent ordinaire
    L'inébranlable fermeté;
    On trouve avec lui du mystère
    L'impénétrable sûreté.
Un peu moins de brillant, plus de solidité;
    La maxime en est salutaire.
    Au reste, comme il se peut faire
Que je n'explique pas assez mon sentiment,
    Si quelque belle dame estimoit nécessaire
    D'apprendre plus précisément
De quel âge elle doit se choisir un amant,
    Je pousserai la complaisance
    Jusqu'à l'instruire exactement
    Du jour de ma naissance.

Les femmes qui étudient les sciences.

« Je ne sais, Mesdames, si vous savez ce que c'étoit que Ferragut : je ne me serois pas mis en souci de l'expliquer aux dames de la cour du roi François Ier, qui avoient soin de s'instruire aux bonnes choses et qui savoient sur le bout du doigt toute leur chevalerie. Pour vous, Mésdames, vous avez méprisé ces choses comme des bagatelles ; et, prétendant vous élever au-dessus de vousmêmes, vous vous êtes attachées à vouloir débrouiller les subtilités de la logique ou pénétrer dans les mouvements des astres. Qu'en est-il arrivé ? Vous n'avez pu acquérir des qualités auxquelles votre ambition aspiroit mal à propos et pour lesquelles vous n'étiez point nées, et vous avez perdu celles qui naturellement vous étoient acquises :

> La bonne foi, l'innocente tendresse
> Ont disparu de ces lieux désolés,
> Et de la cour les amours exilés
> Ont entraîné la politesse.
> Les cœurs les plus galants, soustraits à votre loi,
> Ont pris pour vos appas un dégoût véritable,
> Et cessent de trouver aimable
> Un sexe qui n'aimoit que soi.
> Ah ! qu'il valoit bien mieux ignorer des planètes
> Les fatales conjonctions,
> Et borner vos ambitions
> A mouvoir les ressorts des puissances secrètes
> Qui réveillent les passions !
> Ah ! qu'il valoit bien mieux vous conserver l'empire
> Qu'ont fait perdre à vos yeux tant de livres maudits,
> Et que jamais on ne vous eût vu lire
> Que l'Arioste et l'Amadis !

La Discorde.

Dans son habit capricieux,
De mille couleurs différentes
Le contraste sautoit aux yeux ;
Les brunes opposoient leur sombre aux plus brillantes.
Joignant le même endroit par le jaune choisi,
Le vert pour le choquer occupoit une place.
    Près d'eux, d'assez mauvaise grâce,
    Le bleu turquin narguoit le cramoisi.
    Les manches étoient travaillées
    De vingt façons sur le revers ;
    On lui voyoit quatre poches taillées
En long, en écusson, en triangle, en travers.
Sur un pan de sa veste, un plein de broderie
Aux fleurs que le soleil forme en chaque saison,
D'un art capricieux et privé de raison
    Opposoit la bizarrerie,
Où les petits dessins avoient l'effronterie
D'oser avec les grands faire comparaison.
L'autre pan, chamarré seulement sur la marge,
Exposoit aux regards un combat merveilleux
Où le petit galon, par son nombre orgueilleux,
A replis ondoyants venoit charger le large.
Ses cheveux noirs et blancs sembloient être en procès
Les uns, courts et bouclés, voloient de bonne grâce
    Avec le même succès
    Qu'une perruque de chasse ;
Les autres plats et longs, quelques-uns recueillis
    Sous un réseau d'une extrême finesse.
Les uns étoient en natte et les autres en tresse,
Et d'autres si crépés qu'ils paroissoient bouillis.
    De l'extravagante perruque,
Des serpents mélangés augmentoient l'ornement ;
Leurs plis jaunes et noirs entortilloient sa nuque ;
Ils réveilloient l'horreur avec leur sifflement.
L'air frappé de leurs tons, par des notes pareilles,
Excitant tous les cœurs à la division,
    Ne sembloit siffler aux oreilles
Que procès, que chicane et que sédition.

Le Palais du Sommeil.

Au fond de l'heureuse Arabie,
Dans un sombre vallon par deux monts ombragé
D'une épaisse forêt odorante et fleurie,
    Un antre obscur est protégé.
C'est là que le sommeil incessamment repose
Sur un lit de jasmins mollement apprêté,
    Où mêlent l'œillet et la rose,
    La paresse et l'oisiveté.
    Autour de la grotte paisible,
    Mille songes capricieux,
Quelquefois enjoués, d'autres fois sérieux,
Par le charme inconnu d'un fantôme sensible
Donnent, sans faire bruit, au mieux faisant des dieux
    D'une comédie invisible
    Le spectacle délicieux.
Mille animaux divers, étendus à l'entrée,
Goûtent de ses pavots le doux enchantement;
Loirs, marmotes, serpents, dorment paisiblement,
Et se livrent sans crainte à leur paresse outrée.
    Mais entre tous doivent être admirés,
    Certains animaux bigarrés
Que le nom des laquais au monde fait connaître;
Tout est égal pour eux : le gazon, le rocher,
Dur ou mol, froid ou chaud; des bras de leur bon maître,
L'univers trébuchant, avec peine peut-être
    Suffiroit à les arracher.
Ils passent tout au moins les trois quarts de leur vie
Dans un charmant repos que rien ne peut troubler.
    O race heureuse et trop digne d'envie!
Combien d'honnêtes gens voudroient te ressembler!
L'oubli, du doux sommeil le compagnon fidèle,
    Sur sa porte fait sentinelle,
Ne laisse entrer personne, et, sans distinction,
Comme un huissier de chambre ayant charge nouvelle,
S'acquitte fièrement de sa commission.
    A qui n'en a pas l'habitude
Le chemin de la grotte est facile à manquer;
Mais pour guérir les gens de cette inquiétude,
    Le travail et la lassitude
    Prennent le soin de l'indiquer.

Dans un poste avancé, le tranquille silence
En pantoufles de feutre, en manteau de drap noir,
Avertit que du dieu l'on n'a point audience,
Et faisant souvenir chacun de son devoir,
Il fait signe du doigt que personne n'avance.

Fragment.

. . . . r . . . .
Comme on pourroit dans la nuit la plus claire
Compter les yeux brillants, spectateurs amoureux,
Qu'ouvre le vaste ciel, alors qu'il considère
    Les larcins des amants heureux.

La mort d'un Bourguignon.

Ce fut Chiflot, Bourguignon naturel,
Fidèle au vin tant que dura sa vie;
Onc ne fut eau sur sa table servie;
Il la tenoit pour un poison mortel.
Sur le rempart un fer plus long qu'une aune,
D'un large coup lui pénétrant le flanc,
Lui fit vider deux bouteilles de Beaune
Qu'il regretta beaucoup plus que son sang.
Ce n'est pas tout : sa triste destinée
Le fit tomber dans un fossé profond;
Il s'y noya. Malheureuse journée!
S'écria-t-il avant qu'aller au fond ;
Périr dans l'eau ! Faut-il, destins farouches,
Pour augmenter encor mon désespoir,
Qu'en expirant je porte envie aux mouches
Qu'on voit à tas noyer dans mon pressoir!

Fragments.

Mais il est temps de vous apprendre
Quel est, dans l'empire amoureux,

Le chagrin le plus dangereux
Que puisse éprouver un cœur tendre :
C'est d'être touché vivement
Pour la beauté d'une coquette
Dont l'âme est encor plus mal faite
Que le corps n'en paroît charmant.

Scaramouche, pédant, scrupuleux et sévère,
Dicte à son écolier une doctrine austère
Sur les faits tempérants des Grecs et des Romains ;
Deux coups d'œil affetés d'une suivante adroite
Arrachent les vertus du cœur de l'interprète
Avec l'in-folio qui lui tombe des mains.

Les Pleurs d'Olympe.

L'amour se baignoit dans ses pleurs
Comme, dans la saison des fleurs,
Le tendre rossignol, sous les feuilles nouvelles,
Dans un jour pluvieux répète ses leçons,
Rajuste son plumage, et, secouant ses ailes,
Peint son plaisir dans ses chansons.

Voici la prédiction que Sénecé met dans la bouche de l'un de ses personnages, touchant le règne de Louis XIV :

« Sous son règne, la France sera dans la plus haute élévation de grandeur et de prospérité où elle puisse jamais être, qu'elle devra tout entière à son courage et à sa conduite, et il se fera plus redouter avec les forces seules de cet État que ne fait présentement Charlemagne avec celles de la plus grande partie de l'Europe, qui est soumise à sa puissance. Mais avec le génie élevé et sublime que le ciel lui donnera pour commander, il aura encore

le bonheur de régner dans un siècle où il trouvera des sujets admirablement disposés pour exécuter ses ordres. Jamais on n'aura vu des hommes si excellents en toutes sortes de professions, et la Providence, qui prépare toujours admirablement les événements qu'elle ordonne, en le destinant pour faire une infinité de grandes choses, aura soin de lui fournir des instruments accommodés à la vaste étendue de ses idées. . . . .
. . . .

Vous voyez que la cour de la *Magnificence* de Louis sera composée de gens de toute sorte de professions et que l'on pourra y remarquer indifféremment des prélats, des guerriers et des gens de robe, des savants et des illustres en chaque espèce de connoissances. Surtout on y verra quantité de nourrissons du Parnasse et de ces gens qu'on appelle beaux esprits, dont le règne de Louis le Grand abondera plus que celui d'Auguste, et qui seront en si grand nombre que ses trésors, quoiqu'immenses, suffiroient à peine pour les récompenser de leurs doctes veilles, du moins si l'on vouloit en faire aussi bonne part à chacun d'eux qu'il s'imagine a mériter....... »

ÉPITRES

ÉPITRES

ÉPITRE AU ROI.
SUR L'ÉLÉVATION DE MONSEIGNEUR LE DUC D'ANJOU
à la Couronne d'Espagne.

es plaisirs les plus doux la source est mélangée,
Et d'un peu d'amertume elle est souvent chargée.
Grand roi, vous l'éprouvez dans cet événement
Qui fait de votre histoire un si riche ornement.
Mais pendant que l'Espagne, à vos pieds prosternée,
Change en profonds respects une haine obstinée,
Pendant que de son cœur l'amour chassant l'effroi
S'incline à vos vertus et vous demande un roi,
Que pour lui rendre hommage un même zèle inspire
Tous les membres épars qui forment son empire,
Que, pour graver ce fait sur leurs tables d'airain,
Les Tacites françois aiguisent leur burin;
Que la prose, les vers, les odes, les harangues,
Élèvent ce bonheur en cent diverses langues;
Que par trop d'abondance Apollon rebuté
Hésite sur le choix et craint la pauvreté:
Qui croiroit qu'à ma muse une ardeur imprévue
Fournit sur ce succès un autre point de vue,

Et que par des sentiers qu'aucun n'osa fouler,
Sa tendresse y trouvàt de quoi vous consoler ?
Permettez-le, grand roi ; pour peu qu'on la retouche
La douleur s'affoiblit et devient moins farouche,
Et la réflexion, puissante à l'apaiser,
La tourne en habitude ou la fait mépriser.

Appartement de Sceaux, curieuse structure
Qui d'arbres précieux épuisas la nature,
Si de tes cabinets les lambris tant vantés
Des chènes de Dodone avoient les facultés,
S'ils pouvoient s'énoncer en voix intelligibles,
Que n'apprendroit-on point de ces moments sensibles,
Où l'amour, quoi qu'Ovide au contraire ait chanté,
S'unit si tendrement avec la majesté ?
Que tu m'épargnerois d'inutiles tortures,
Si l'on savoit par toi ces hautes aventures,
Ces discours de Louis, où l'art fut si puissant,
Qu'on ne les redit point qu'en les affoiblissant !
Heureux qui comme toi les puisa dans sa source !
Juste ciel ! ma disgrâce est-elle sans ressource,
Et ne puis-je espérer d'entendre encore un jour
Cet oracle des rois au milieu de sa cour !

Elle parut enfin, cette obscure journée
Qu'à se priver d'Anjou Louis a destinée,
(Car, malgré ces dehors jaloux de la grandeur,
Il est encore Anjou, grand roi, pour votre cœur).
Jamais, lorsque David au trône de Judée
Résolut de placer le fils de Bethsabée,
On n'entendit sortir sur cet auguste emploi
De plus saintes leçons de la bouche d'un roi :
« Adorez du Seigneur la puissance suprême
Qui met sur votre front l'honneur du diadème.

Autant qu'il vous élève au-dessus des mortels,
Mon fils, abaissez-vous aux pieds de ses autels.
Avec sincérité de l'état catholique
Épousez l'intérêt, les mœurs, la politique ;
Chérissez votre peuple, et dans tous vos projets,
Dans leur roi faites voir leur père à vos sujets.
Enfin, n'oubliez pas qu'au doux air de la France,
Élevé dans son sein, vous avez pris naissance ;
La gloire a des trésors qu'on ne peut épuiser :
Qu'en commun nos États apprennent d'en user ;
Faisons-les convenir, par des preuves sensibles,
Qu'en demeurant amis ils seront invincibles. »

Alors au jeune prince il vous plut enseigner
Les mystères profonds du grand art de régner ;
Mais sans vous arrêter dans un détail plus ample,
Grand roi, pour abréger, proposez votre exemple ;
L'attelage superbe et trop tôt arrivé,
Hennit d'impatience et frappe le pavé.
Philippe, à ce signal qui de vous le sépare,
Rappelle sa constance et sent qu'elle s'égare ;
La gravité d'Espagne en vain veut le calmer,
La tendresse françoise insiste à l'opprimer ;
Sa douleur se produit, la vôtre la seconde :
Elle paroît plus sage et n'est pas moins profonde.
Les princes, aux adieux appelés par leur rang,
Se livrent en héros à la force du sang.
Le sexe a d'autres droits et permet aux princesses,
En de moins fermes cœurs, de plus grandes foiblesses ;
Les perles de leurs yeux par l'amour embellis
Coulent sur le parquet par des chemins de lis,
Et l'Inde à son monarque, en ses ardeurs nouvelles,
N'en offrira jamais ni tant ni de si belles.
La cour, dont l'art consiste en imitation,

Et qui fait sur ses rois sa seule attention,
N'a point à ce sujet besoin de complaisance,
Et sa douleur sincère éclate en son silence.
Ainsi, quand Jupiter, d'un visage troublé,
Fait obscurcir les airs au nuage assemblé,
L'aurore en Orient s'attriste à portes closes,
Et sous un voile épais cache son teint de roses.
L'amante des zéphirs languit comme ses fleurs;
Iris s'évanouit sur son arc sans couleurs;
Sous l'abri de ses tours Cybèle est taciturne;
Chaque fleuve a grands flots répand toute son urne;
Et la nature en pleurs, dans ces sombres moments,
Se conforme à son maître et suit ses mouvements.

Je ne viens point, paré d'une fausse éloquence,
Affoiblir votre perte et celle de la France;
La maxime est constante et ne m'échappe pas :
L'État qui perd un prince est désarmé d'un bras;
Encor plus parmi nous, où sur la loi salique
Se fonde, s'affermit la fortune publique.
D'ailleurs, le jeune prince à nos vœux enlevé,
Par les mains de Pallas paroissoit cultivé;
Nous admirions en lui, dès sa tendre jeunesse,
Les fruits prématurés d'une haute sagesse,
Un amas de vertus, un trésor de bonté,
La douceur tempérée avec la gravité,
Et de ces qualités le brillant assemblage,
Frappoit déjà vos yeux, grand roi, de votre image,
Comme on voit l'univers saisi d'étonnement
S'augurer en silence un rare événement,
Lorsque l'astre du jour, aux yeux de la nature,
Dans le vague des airs reproduit sa figure.
Cependant, ce sujet par les grâces orné
Manquoit par la fortune et se trouvoit borné;

Notre sort constamment le refusoit pour maître :
Ce prince, cet aîné qui mérite de l'être,
Par un éclat plus vif attiroit nos regards ;
On adressoit au ciel des vœux de toutes parts ;
On invoquoit Lucine ; et la tendre déesse
D'Adélaïde encore épargnoit la jeunesse,
Attentive aux moments d'une maturité
Qui doit éterniser votre postérité.

Dans cette conjoncture où se trouve Philippe,
Charles, des sages lois consultant le principe,
Le fait son successeur ; et cette volonté
De ses derniers moments consacre l'équité.
Souffrez que votre race, où tant de gloire abonde,
Se partage le soin de gouverner le monde,
Trop heureux si bientôt quelque peuple aguerri
Ne vient pas pour son roi vous demander Berri.
Laissez aux foibles cœurs qu'un nœud vulgaire assemble
L'obscure volupté de vieillir tous ensemble.
Partagez vos trésors à cent climats divers ;
Le beau sang de Bourbon se doit à l'univers.
Et qu'importe qu'aux cieux leurs planètes rangées
En ordres différents paroissent partagées ?
Le soleil les entraîne, et les divers emplois
De son impulsion reconnoissent les lois.

Quels flots d'illustre sang ont inondé nos terres
En deux siècles complets d'impitoyables guerres !
Mais si de notre sort les décrets inhumains
Pour couronner Anjou manquoient d'autres chemins,
Destins, on vous pardonne, et nos pertes passées
Par ce rare bienfait se trouvent compensées.
Il est temps que l'amour de nos deux nations
Débrouille le chaos de leurs dissentions ;

Nos héros et nos rois, dans les Champs-Élysées,
Triomphent du plaisir de les voir apaisées,
Et le nom de Philippe à peine est publié
Que tout ressentiment y paroît oublié.
Épouse de Louis, et vous, sa tendre mère,
Que pénétroient nos maux d'une douleur amère,
Je sens votre présence, et crois voir qu'en ces lieux
Pour affermir la paix vous descendez des cieux;
Sans faire à la nature aucune violence,
Reines, votre crédit peut protéger la France;
Et vous pouvez aussi sur l'Espagne, à son tour,
Répandre vos bienfaits sans outrager l'amour.

Mais c'est assez, grand roi, vous prêcher la constance,
Je sens mon ridicule et vois mon imprudence :
Pardonnez. Débiter cet indiscret sermon,
C'est en fait de sagesse instruire Salomon.

PRIÈRE A LA REINE[1].

 sprit né pour régner, à qui le sang d'Autriche
Jusqu'au trône des lys a frayé le chemin,
Où trop tôt les vertus vous ont prêté la main
Pour vous faire monter sur un trône plus riche,

Détournez un moment vos regards absorbés
Dans le vaste océan des divines lumières ;
Contemplez de Louis les fatigues guerrières,
Et tant de vains projets par sa valeur tombés.

Si les félicités d'éternelle durée
D'un bonheur passager prennent accroissement,
Vous aurez du plaisir à voir l'abaissement
Où ce héros conduit l'Europe conjurée.

Après huit ans complets, ses agresseurs ardents
Languissent chaque jour dans un état plus triste,
Et malgré leurs fureurs son royaume subsiste,
Invincible au dehors et tranquille au dedans.

Ainsi des aquilons quand la rage s'allume,
Ils poussent vers les bords Neptune frémissant ;
Ils ont beau l'y pousser, son orgueil menaçant
Se brise, s'aplanit, se résout en écume.

1. La reine étoit morte lorsque Sénecé composa cette pièce ;
il désiroit faire partie de la nouvelle cour que l'on formoit pour
la duchesse de Bourgogne.

Le parti des ligués va devenir désert ;
Chacun d'un faux espoir y voit les impostures ;
Le mieux sensé d'entre eux a rompu leurs mesures,
Comme un ton discordant désordonne un concert.

Déjà l'aimable paix, si longtemps désirée,
Descend du mont Cenis par un vol gracieux ;
La discorde en gémit et s'en bouche les yeux,
Offensés par l'éclat de son aile dorée.

Le sang avec le sang est réconcilié ;
Pour gage de sa foi, le Pô donne à la Seine
Une jeune beauté que l'Hymen nous amène,
D'une chaîne éternelle avec l'Amour lié.

O reine ! ô des François espérance solide !
Quel fâcheux souvenir elle va dissiper,
Et qu'il leur sera doux de lui voir occuper
Le siège le plus près de votre siège vide !

Votre protection nous permet d'espérer
Que vous procurerez à son esprit docile
De vos talents pieux la semence fertile :
Est-il rien de plus grand qu'on lui puisse augurer ?

Le bruit court que Louis, qui sait mieux que tout autre
L'art de former un cœur au trône destiné,
A, comme il fait toujours, sagement ordonné
Qu'on lui fasse une cour des débris de la vôtre.

Comme un vase récent qu'embaume une liqueur
Par de savantes mains avec soin préparée,
Par ces vieux courtisans la princesse inspirée,
De vos rares vertus contractera l'odeur.

Ici, lui diront-ils, *Térèze* prosternée,
Négligeant des grandeurs les fragiles appas,
N'espérant qu'en son Dieu, méditant le trépas,
Passoit comme un moment la plus longue journée.

C'est dans cet hôpital où de ses charités
On conserve à jamais la mémoire adorable;
Voici les mêmes plats que sa main secourable,
Sans dégoût, sans mépris, au pauvre a présentés.

Par l'émulation sa jeune âme excitée,
Du Dieu qui la protége observera les lois;
Et l'État qui se forme à l'exemple des rois,
Verra des vieux chrétiens l'ardeur ressuscitée.

Mais quand de sa maison le plan sera dressé,
Reine, si quelquefois les soins de conséquence
Admettent des soucis d'une moindre importance,
Des horreurs de l'oubli préservez Sénecé.

ÉLÉGIE

SUR LA MORT DE M. DE BELLOCQ [1]

Envoi à M. le duc de Noailles.

Espoir des muses et le mien,
Illustre Duc, dont l'esprit se délasse
Dans les charmes de l'entretien
Que fournit l'amusant Parnasse,
Daignez jeter les yeux sur ces vers humectés
Des larmes que m'a fait répandre
Le trépas d'un ami plus fidèle et plus tendre
Que ceux que la Grèce a chantés.
Jamais tant de persévérance
N'unit deux cœurs d'un si ferme lien :
Il m'a par mille endroits signalé sa constance ;
Mais quand je ne lui devrois rien,
Que le sublime honneur de notre connoissance,
Je conviens qu'en effet je lui dois tout mon bien.
Si vous applaudissez à ma reconnoissance,
Vous rendrez de soupçons mes éloges purgés.
Approuvez-les, Seigneur ; l'envie est sans puissance
Sur les noms que vous protégez.

Elégie.

Quand la brûlante foudre embrasant les guérets
Dévore sans quartier les travaux de Cérès,
Si les vents conjurés concourent à sa perte,
De cendres tout à coup la campagne est couverte ;

---

1. Pierre Bellocq, valet de chambre de Louis XIV, mort le
4 octobre 1704, âgé de cinquante-neuf ans.

Le chaume et les épis tombent sous cet effort,
Et leur maturité précipite leur sort.
Alors le laboureur, que ce malheur désole,
Perd à ce triste aspect mouvement et parole,
Et le rocher prochain dont il fait son appui
N'est pas plus immobile ou plus muet que lui;
Mais de ses sens troublés la reprise importune
Lui laisse enfin sentir sa mauvaise fortune.
Il reproche à ses dieux ses vœux et son encens;
Il fatigue les airs frappés de cris perçants,
Et court en furieux à travers la fumée
Remplir de son tourment sa famille alarmée.
Tel et plus affligé, dans l'instant où j'appris
Que jaloux de nos biens le ciel t'avoit repris,
Je sentis, cher Bellocq, percé de cette atteinte,
Qu'une extrème douleur se refuse à la plainte,
Et que dans les accès d'un rigoureux tourment,
Qui peut dire son mal souffre légèrement.
Aujourd'hui, revenu de cette léthargie,
Je consacre à ton nom la plaintive élégie
Qu'inspire au déplaisir dont je suis poursuivi
Ce dieu qu'à frais communs nous avons tant servi,
Ce dieu que tant de fois j'ai vu sans jalousie
De ses plus riches dons orner ta poésie,
Et, guidant ton esprit par des chemins aisés,
T'accorder les talents qui m'étoient refusés.

Dans quel heureux canton du riant Élysée
Ton âme en nous quittant s'est-elle reposée?
Est-ce dans les vergers où le docte Lulli
D'un cercle applaudissant à toute heure accueilli,
En débitant aux morts sa scène de Morphée,
Fait pâlir Amphion et fait rougir Orphée?
Est-ce dans les jardins où Molière en riant

Croit corriger des mœurs le désordre criant,
Et voit avec dépit que sa fine satire
N'en corrige pas un pour cent qu'elle a fait rire ?
N'as-tu point parcouru le théâtre doré
Où le fameux Corneille, à bon droit admiré,
Par un puissant effort pousse au-dessus de l'homme
La fierté, la valeur et les vertus de Rome ?
Peut-être de la cour fraîchement entêté,
As-tu tourné ton vol vers le bois enchanté,
Où ce vieux courtisan, le galant Benserade,
S'occupe d'un ballet ou d'une mascarade ;
Qu'il a pour te revoir de désirs empressés !
C'est toi qui recueillis ses enfants dispersés.
Ces mânes respectés aux rives du Permesse,
Dont le savant commerce instruisit ta jeunesse,
Accouroient bras ouverts pour te féliciter
Des honneurs qu'à leur suite on t'a vu mériter ;
De ses tons imposants que tu sais si bien prendre,
Tu leur déclameras leur sublime auteur tendre ;
Et de tes beaux récits chacun d'eux satisfait,
S'y trouvera plus grand qu'il ne fut en effet.
Je vois pour t'honorer partout sur ton passage
Reverdir les lauriers du paisible boccage,
Et les naissantes fleurs entr'ouvrant leurs boutons,
De leur pur mouvement s'arranger en festons.

Mais si de ton esprit je connois l'étendue,
Tu chercheras ailleurs la gloire qui t'est due,
Et, tel que parmi nous, ces doux amusements
N'auront de ton loisir que les plus courts moments.
Vole vers ce palais dont le brillant porphyre
Éblouit les regards autant qu'il les attire
Et dont la majesté, rivale des éclairs,
De ses combles dorés illumine les airs ;

C'est là que la vertu, sur un trône d'ivoire,
De ses adorateurs consacra la mémoire,
Et, les garantissant de l'oublieux Léthé,
Consigne leurs travaux à l'immortalité.
Assise à son côté, de gloire environnée,
Et d'éclatants rayons la tête couronnée,
Thérèse, associée à la divinité,
De ce suprême rang soutient la dignité.
Là, les introducteurs des ombres de ta classe
Viendront te recevoir jusqu'à la salle basse.
Socrate est le premier : il porte dans ses yeux
La charmante douceur qu'il a reçu des cieux ;
Les éloquents propos qui sortent de sa bouche
Disculpent sa vertu du bruit d'être farouche,
Et confirment l'oracle autrefois prononcé
Que de tous les mortels il fut le plus sensé.
Aristide le suit, dont la présence auguste
Condamne l'ostracisme et son arrêt injuste ;
Il convient qu'à l'envie il doit tout son bonheur,
Et compte son exil pour son plus grand honneur.
Entre ces deux héros, conduit à l'audience
Devant une attentive et nombreuse assistance,
Au milieu du grand cercle autour d'elle pressé,
L'aimable modestie ayant l'œil abaissé,
Et mêlant à ses lys tout l'éclat de la rose,
Conclura de la sorte à ton apothéose :

« Reine, je ne viens point étaler à vos yeux
« Un amas de blasons et des portraits d'aïeux,
« Ni par de fiers récits où Bellonne m'entraîne,
« De ce sacré palais ensanglanter la scène ;
« Il est d'autres honneurs, il est d'autres talents
« Que vous distribuez aux hommes excellents ;
« Et parmi les beaux noms qu'illustre la mémoire,

6

« La fortune privée a son genre de gloire.
« Bellocq, qui fut toujours fidèle à son devoir,
« Aux pieds de votre trône apporte un doux espoir,
« Bel esprit sans orgueil, courtisan sans bassesse,
« Homme sans passions, complaisant sans mollesse,
« Zélé pour les autels sans ostentation,
« A la source des biens exempt d'ambition,
« Et pour tout ornement revêtu d'innocence,
« D'un si beau paradoxe attend la récompense.
« Epouse du plus sage et du plus grand des rois,
« Ne peut-il pas compter sur votre auguste voix ?
« Vous savez si jamais il fut ardeur égale
« A celle de Bellocq pour la maison royale.
« Dès sa plus tendre enfance à la cour attaché,
« Du soin de ses emplois uniquement touché,
« Il fut de son loisir incessamment avide.
« Pour vous, pour son grand maître, et pour Adélaïde,
« Sur de pareils objets à toute heure collé,
« Qui doute qu'en vertus il n'ait pas excellé ?
« J'en pourrois alléguer d'un ordre peu vulgaire ;
« Mais, puisqu'il faut ici garder mon caractère,
« Parmi les beaux endroits qui s'offrent à toucher,
« Sur la sainte amitié je veux me retrancher.

« Beauté si négligée au siècle où nous sommes,
« Charme des cœurs bien nés, lien sacré des hommes,
« Paroissez en ces lieux, et dites si jamais
« Aucun fut comme lui sensible à vos attraits.
« Vous l'avez vu cent fois, avec persévérance
« Pour servir ses amis forcer son indolence,
« Et se donner pour eux autant de mouvement
« Comme il en refusoit à son avancement.
« Vous l'avez vu cent fois rendre pour eux commune

« La médiocrité de son humble fortune,
« Et des beaux sentiments se portant aux effets,
« Ne compter dans ses biens que ceux qu'il avoit faits.
« Aussi, cette vertu, qui lui fut singulière,
« Lui valut des amis de plus d'une manière,
« Et parmi le grand nombre il m'est doux d'en compter
« Qui ne rougiront pas si j'ose les citer.
« Ces beaux noms, les Dangeau, les Tessé, les Noailles,
« Ont de tristes soupirs orné ses funérailles,
« Et de la jeune cour les plus rares beautés
« Ont honoré de pleurs ses jours précipités.

« Mais pourquoi plus longtemps parcourir son histoire ?
« Mon discours trop prolixe a retardé sa gloire.
« J'ai dit. Vous connoissez ce qu'il a mérité;
« Reines, accordez-lui votre immortalité.
« Et, pour le distinguer avec plus d'efficace,
« Entre Oreste et Pylade assignez-lui sa place. »

De ces mots, cher Bellocq, le sénat vertueux
Accueillera la fin d'un bruit tumultueux;
Alors, se souriant d'un air de connoissance,
La reine des vertus et celle de la France
Ajouteront encore à ces conclusions
Un buste, une médaille et des inscriptions.

Invincible Apollon, c'est ta force infinie
Qui contre mes projets entraîne mon génie;
Je cède à ton pouvoir, dont les efforts pressants
Me font au lieu de pleurs répandre de l'encens.
Je cède à ta vertu, dont la vive énergie
Convertit en éloge un projet d'élégie.
J'aurois tort, en effet: est-il temps de pleurer,
Est-il temps de se plaindre et se désespérer,

Lorsqu'une belle vie, achevant sa carrière,
Va recevoir son prix au sein de la lumière ?
La foiblesse est adroite à l'homme industrieux,
Voiler ses intérêts de prétextes pieux,
Et quand au déplaisir notre âme s'abandonne
Pour quelque illustre ami que la Parque moissonne,
Loin de pleurer ses jours avarement comptés,
Nous pleurons nos plaisirs et nos commodités.

Et vous, aimable veuve à qui la destinée
Enlève les douceurs d'un si tendre hymenée ;
Vous dont l'amour constant m'invite à quelque effort
Pour délivrer Bellocq des ombres de la mort ;
Vous, sur qui de Louis la bonté libérale,
Pour adoucir vos maux étend sa main royale,
Montrez dans votre perte un cœur digne de vous,
Digne d'un tel mari, digne d'un sort plus doux.
A quoi bon le pleurer quand son âme épurée
Va jouir d'une paix d'éternelle durée ?
A quoi bon regretter des destins accomplis
Dans le cours des devoirs qu'il a si bien remplis ?
Tandis que les ruisseaux grossiront les rivières,
Que les tranquilles nuits brilleront de lumières,
Que le brûlant été produira des moissons,
L'automne des raisins et l'hiver des glaçons,
Équitable à Bellocq, la mémoire fidèle
Aux courtisans futurs l'offrira pour modèle.

A SON ALTESSE ROYALE

MADAME LA PRINCESSE DE CHARTRES

sur sa convalescence.

n vain pour ébranler un roc majestueux,
La mer joint sa furie aux vents impétueux ;
En vain des flots bruyants l'impuissante amertume
Se brise sur sa base et la couvre d'écume,
Tandis qu'à son sommet élevé fièrement,
L'orgueilleux Aquilon siffle inutilement ;
Dans leurs plus grands efforts, sa masse toujours libre
Sur un centre immuable entretient l'équilibre,
Sûre que sa durée atteindra le revers
Qui par les fondements doit saper l'univers.
Tel et plus ferme encor, princesse incomparable,
Se conserve des lys l'empire redoutable.
Qu'ont fait jusqu'à présent ces fameux conjurés,
Ces rois pour notre perte à grand bruit déclarés,
Ces peuples frémissants, ces légions puissantes,
Que briser contre un roc leurs ondes menaçantes ?
Parmi ces vents émus et ces flots soulevés,
Louis nous affermit, et nous sommes sauvés.
Au grand corps de l'Etat sa grande âme assortie
Est toute dans le tout, tout dans chaque partie :
Palamos est conquis, Brest évite les fers ;
Et son vaste génie embrassant les deux mers,
Pour ouvrir noblement une illustre campagne,
Dompte la Catalogne et défend la Bretagne.
Les peuples belliqueux qui vivent sous sa loi,
Remplis de son esprit, respirent tout leur roi ;

De sa haute vertu l'héroïque influence,
A leur valeur antique ajoute la constance.
Evitez (disoit-on par une vieille erreur),
Evitez du François la première fureur ;
Comparable au torrent qui ravage la terre,
Un moment le grossit, un moment le resserre.
Que ces temps sont changés ! Les travaux, les hasards,
Les blessures, la mort, ces jeux sanglants de Mars,
Ni des dures saisons l'inclémence cruelle,
N'ont pu depuis six ans refroidir notre zèle.
A certain député de nos braves Gaulois,
Un sénateur romain demandoit autrefois :
Quel danger pour vos cœurs est le plus redoutable ?
C'est, dit-il, que le ciel trébuche et nous accable ;
A nos braves aïeux égaux en fermeté,
Soyons-le, s'il se peut, encore en probité.
Je les ai vus pourtant, ces François intrépides,
Princesse, depuis peu, je les ai vus timides,
Et sur leurs fronts guerriers une sombre pâleur
A peint l'inquiétude et tracé la douleur.
Infectés du poison d'une jalouse envie,
Les astres menaçants attaquoient votre vie,
Et risquoient le hasard de se voir effacés,
Lorsque entre eux vos appas auroient été placés.
Que devint ce héros que l'hymen vous engage ?
Que servit à son cœur cet excès de courage
Qui, pour exécuter un glorieux dessein,
Brave le plomb volant et le fer assassin ?
Source de son ardeur, vous glaçâtes son âme :
Pour la même beauté qui, par des traits de flamme,
Le soumit la première aux amoureuses lois,
Chartres sentit la peur pour la première fois.
Avec lui tout l'Etat, touché de même crainte,
Aux pieds de ses autels portoit sa triste plainte.

Ah ! disoit-on partout, à notre nation,
Seigneur, retranchez-vous votre protection ?
Par notre repentir calmez votre colère,
Et ne retirez pas cet ange tutélaire;
S'il faut que nos forfaits dans leur comble montés
Souffrent les châtiments qu'ils ont trop mérités,
Par une moindre peine expiez notre offense ;
Redoublez la valeur des rivaux de la France ;
Permettez qu'inégaux à soutenir leurs coups,
Nous tremblions devant eux comme ils font devant nous.
Aux nombreux ennemis que l'enfer nous suscite,
Souffrez qu'il joigne encor le Sarmate et le Scythe,
L'Arabe vagabond et l'Africain brûlé ;
Que le vaste univers contre nous ébranlé,
Ardent à vous venger, pour nous perdre s'empresse ;
Mais, Seigneur, laissez-nous notre aimable princesse !
Ni le vaillant Hector, ni ces fiers alliés,
Ni ces murs que les dieux avoient fortifiés,
Ne soutinrent dix ans ce siège mémorable
Que l'histoire, sans fruit, redemande à la Fable.
Un talismau fameux, soigneusement caché,
Tenoit le sort de Troie à son sort attaché.
Ulysse, que son astre à cet exploit réserve,
Enlève adroitement l'image de Minerve,
Et privant les Troïens de sa protection,
Par cet heureux larcin livre aux siens Ilion.
Nous étions agités par la crainte inquiète
De nous voir enlever cette image parfaite,
Ce visible portrait de la divinité,
Où le sort attachoit notre félicité.
Louis en est l'auteur, vous en êtes la marque.
A la fin nos soupirs ont désarmé la parque ;
Du dieu que vous servez le courroux adouci,
En vous rendant à nous, calme votre souci.

L'excès de sa bonté nous sauve et nous délivre;
Princesse, vous vivez : nous commençons à vivre.
Pour ce rare bienfait, au ciel libérateur
L'encens de toutes parts élève sa vapeur;
Et par les soins pieux où le vœu nous engage,
Nos temples sont ornés des tables du naufrage.
Mais pendant qu'à l'envi la province et la cour
Vont de votre santé célébrer le retour,
Permettez que Thalie, à la foule mêlée,
Vous marque le plaisir dont son âme est comblée,
Et charge la mémoire, en termes cultivés,
De ses remercîments pour vos jours conservés.
Cette même Thalie à vous suivre engagée,
Et qu'auprès de Louis vous avez protégée,
Se voit par vos vertus contrainte d'avouer
Que malgré son génie elle apprend à louer;
Souffrez à vos genoux la muse suppliante ;
Accordez un regard à cette humble cliente :
Sous la protection de ce regard charmant,
L'orage sur ces vers grondera vainement;
Et son art, l'élevant sur toute autre rivale,
Lui fera surmonter l'envie et la cabale.

A MONSIEUR LE MARQUIS
DE DANGEAU.

Le plus sage des rois, du jardin de la France
Commet la symétrie à notre vigilance.
L'auteur du feu divin si brûlant et si pur,
Sur votre illustre flanc pend au cordon d'azur.
Aussi fort d'un seul bras qu'Hercule des épaules,
Au ciel de la beauté vous soutenez les pôles,
Et l'astre qui préside à vos prospérités,
Mêle à l'éclat du sang celui des dignités.
Cet amas de grandeurs et de titres célèbres
Ne peut de l'avenir éluder les ténèbres,
Marquis ; le temps, jaloux du destin le plus beau,
En obscurcit l'orgueil dans la nuit du tombeau.
Qui donc saura, dût-il en gagner la migraine,
Qui fut, sous Dagobert, gouverneur de Touraine ?
Guerriers à l'astre d'or, du roi Jean si chéris,
Avec le vieux Froissard vos noms s'en vont pourris,
Et votre siècle ignore, aux vêpres du dimanche,
Quel seigneur par la main menoit la reine Blanche.

Adore qui voudra ces honneurs fugitifs :
Pour nous, que le bon sens rend plus spéculatifs,
A la seule vertu déférant notre hommage,
Nous respectons en vous son excellent ouvrage,
Nous respectons en vous un sage courtisan,
D'un bonheur sans éclipse admirable artisan ;
Un esprit cultivé, qu'égale un cœur sublime
Où contraste le tendre avec le magnanime ;
Un goût du vrai mérite ardemment amoureux ;
Une main toujours prête à tendre aux malheureux ;

Un don de probité peu fréquent où vous êtes;
Un modeste mépris des grâces que vous faites,
Et mille autres talents qu'il me seroit plus doux,
Dangeau, d'exagérer à tout autre qu'à vous.

Sur ces sujets pompeux quand ma plume s'exerce,
Avec les immortels je me crois en commerce,
Et mon âme extatique espère, à chaque trait,
Des vertus que je peins contracter le portrait.
Que de temps j'ai perdu, que de mots, que de lignes!
Que d'encens prodigué pour des sujets indignes,
Où mon œil, ébloui du jour qui le frappoit,
Mesuroit le mérite au rang qu'on occupoit!
J'adorois le veau d'or en bon israélite;
Vous m'avez redressé : le ciel vers vous m'acquitte.

Ainsi, de son jarret exerçant la roideur,
Un brac encor bouillant de sa première ardeur,
Pille sur une taupe ou pousse une hirondelle,
En dépit du chasseur dont la voix le rappelle.
Mais quand l'âge et le soin l'ont rendu créancé,
Il suit son vrai gibier après l'avoir lancé,
Sans change, sans défaut, dût-il courre une lieue,
Et pour les oisillons pas un seul coup de queue.

Mais j'entends ma raison qui se met sur les rangs :
N'espérons plus, dit-elle, à la faveur des grands;
Par un trait de chimie entre eux accoutumée,
L'or de la bonne foi se résout en fumée,
Et leur art sait réduire au fond de ses creusets
Des quintaux de promesse en des onces d'effets.
Oui, tout tardif qu'il est, l'avis seroit passable,
Si d'aspirer à rien j'étois encor capable;
Mais de ce faux espoir que mon cœur a nourri,

La sage expérience à la fin m'a guéri.
J'ai compris qu'aisément le souvenir s'efface
Des services rendus par qui n'est plus en place :
J'ai fait passe à la cour pour un vieux mot usé;
Je fais, qui le supplante, est seul favorisé.

Et quel essai nouveau peut me rester à faire?
Irai-je dans un camp, dragon sexagénaire,
Suranné grenadier, à la honte de Mars,
Croître au jour d'un combat la foule des fuyards?
Me verra-t-on, instruit dans la magistrature,
Sur l'espoir déploré de l'étude future,
Novice décrépit de l'ordre de Thémis,
Au mépris du palais livrer mes cheveux gris?
Sur la bourse d'autrui, s'il veut m'en être large,
Dois-je à la cour traiter d'une nouvelle charge,
Et d'emprunts sur emprunts chargeant mon capital,
Réduire ma famille au pain de l'hôpital?
Non, non, qui du naufrage a subi la disgrace,
D'une mer qui lui rit craint jusqu'à la bonace,
Et, dégouttant des flots du perfide élément,
Sur l'autel de Neptune il pend son vêtement.

Ce n'est pas sans sujet si je vous fais entendre
Qu'aux grâces, qu'aux emplois je renonce à prétendre;
Je suis assez instruit qu'un compliment rimé
A tout l'air chez les grands d'un poison parfumé,
Et qu'on y craint souvent qu'une muse indiscrète
Ne porte à son héros quelque botte secrète.
Jupiter, dont la ruse inventa tant de tours
Pour conduire à bon port ses volages amours,
Sans doute sur les bords de l'onde chevaline
Sous la forme d'un gueux suborna Mnémosyne;
Cette métamorphose, au troupeau des neuf sœurs,

Du père putatif dut inspirer les mœurs.
D'où vient qu'au grand mépris de leurs chansons savant
On ne trouve en tous lieux que muses mendiantes?

La mienne à demander rarement s'avilit,
Et par là je conclus qu'elle est d'un autre lit.
Elle sent ses besoins peut-être autant qu'un autre,
Et connoît quel crédit et quel cœur est le vôtre.
Mais, Seigneur, ses désirs savent se retrancher
A l'honneur de vous suivre et de vous approcher;
D'aucune ambition mon âme n'est tentée
Que d'aller jusqu'à vous en nouveau Prométhée,
Et du céleste feu dont vous étincelez,
Remporter en fuyant quelques rayons volés.
Si les vents jusque là daignent enfler mes voiles,
Je crois toucher du doigt la voûte des étoiles.

Pour punir un dessein follement entrepris,
Vous pouvez m'attacher au rocher du mépris;
Vous pouvez, par l'arrêt d'une juste vengeance,
Me livrer aux vautours de votre indifférence,
Et mettre mon épître au vilain cabinet
Où Molière condamne un malheureux sonnet.
Mais j'ai d'une nuance affoibli ma vergogne;
Et si je dois rougir de mon zèle indiscret,
C'est rougir un peu moins que rougir en secret.

Ce roi qui le premier mit les rois hors de page,
Un jour, à ce qu'on dit, reçut certain message
Portant que les Génois, perverse nation,
A se donner à lui prenoient dévotion;
Lors par une saillie à mon goût agréable;
« Et moi, je vous apprends que je les donne au diable. »
Repart le *bon* Louis. Ce fut un maître roi.
Vous ferez bien, marquis, d'en dire autant de moi.

A MADAME

LA DUCHESSE DE NOAILLES. [1]

près quinze ans d'absence déplorable,
Prêt de paroître à votre aspect charmant,
J'avois rêvé, Duchesse incomparable,
Ce me sembloit, un joli compliment.
Je dis rêvé, car gens dont le Permesse
Dans ses détours va l'esprit embrouillant,
Sont grands rêveurs, surtout quand la vieillesse
De leur génie émousse le brillant.
J'estimois donc que j'allois me répandre
En beaux discours pour vous féliciter
De tous les biens qu'au monde on peut prétendre,
Qu'à peine ailleurs le ciel fait dégoutter,
Et que sur vous il fait pleuvoir à verse.
Par ce héros je devrois débuter,
Qui de Minerve ennoblit le commerce,
Tandis que Mars cesse de tempêter;
Qui, dans la paix, du beau sang des Noailles
Par sa prudence illustra les talents,
Comme il faisoit en forçant des murailles
Durant la guerre aux climats catalans.
Héros partout, et qui toujours soupire
D'aussi bon cœur qu'au jour du sacrement,
Pour vos appas : héroïsme, à vrai dire,
Dont grands seigneurs se piquent rarement.
De votre fait sont preuves authentiques

1. Françoise d'Aubigné, mariée le 1er avril 1698 à Adrien Maurice, duc d'Ayen, duc de Noailles, après la mort d'Anne-Jules son père, arrivée le 2 octobre 1709

Les chers enfants que l'on voit fourmiller
Dans ce palais où les arts magnifiques
Tous à l'envi s'efforcent de briller;
Enfants si beaux, qu'à bon droit s'en étonne
Dame nature, encor qu'aux plus grands frais
Elle ait fourni. La jalouse Latone
N'ose des siens faire étalage auprès.
Bien je conviens qu'ils vous font de la peine
A mettre au jour : ils naissent tout armés;
Le poids est lourd : témoin le capitaine
Dont le prodige est des plus renommés,
Qui, commençant au premier de ses lustres,
Par un emploi des premiers de l'Etat [1],
A ce début, de ces aïeux illustres
Promet atteindre ou surpasser l'éclat.
Encor voulois vous parler de la chaîne
D'un jeune objet qu'on ne peut trop vanter,
Déjà chargé de la croix de Lorraine [2],
Fardeau pourtant assez doux à porter.
C'est à peu près ce que je croyois dire
En répétant à part moi ma leçon,
Quand ces attraits qu'en vous la cour admire,
De perroquet me rendirent poisson :
Moi qui de vous n'avois vu que l'enfance,
De votre éclat je fus tout étourdi.
Oh ! dis-je alors, que grande est la distance
De ton lever, soleil, à ton midi !

1. Louis de Noailles, duc d'Ayen, né le 21 avril 1713, fut pourvu le 2 février 1718 de la survivance de la charge de capitaine des gardes qu'avoit son père, du gouvernement de Roussillon et de la capitainerie de Saint-Germain-en-Laye.

2. Françoise Adélaïde de Noailles, née en 1704, mariée le 12 mai 1717 à Charles de Lorraine, comte d'Armagnac, grand-écuyer de France.

Sotte pudeur me coupa la parole;
Rusticité par la gorge me prit :
Homme j'entrois, je ressortis idole;
Tel l'aperçut qui sous cape en sourit:
Au grand besoin me manqua l'éloquence.
Coup de soleil pour moi fut coup fatal;
A peine sais si fis la révérence,
Ou si la fis, à coup sûr la fis mal.
Moins sais-je encor si pitié vous en eûtes;
De vos bontés je le présume ainsi.
Toujours souvient à Robin de ses flûtes,
Dit le proverbe; il m'en souvient aussi.
Dans ce désordre, où d'une voix tremblante
Je demandai votre protection
Près de l'époux dont l'étoile puissante
Peut influer sur ma prétention;
Entériner parûtes ma requête;
Deux ou trois mots, un regard obligeant,
Tout en étoit, et certain coup de tête,
Dont n'aurois pris cent marcs de bon argent.
Mais si pourtant votre prudence exquise
Craint de ma part desseins ambitieux,
Voici le fait, et si je le déguise,
Bannissez-moi pour jamais de vos yeux.
Je ne prétends, pour prix de mes services,
Ni pension, ni charges, ni brevets,
Acquits patents, emplois ni bénéfices :
Un peu d'honneur bornera tous mes souhaits.
Sans s'appauvrir en aucune manière,
D'un tel bienfait le roi peut trafiquer,
Et la noblesse est comme la lumière,
Que l'on augmente à la communiquer.
Mon premier vœu est d'obtenir la grâce
Que je poursuis; mais si, pour mon tourment,

Un beau *néant* doit en remplir la place,
Faites du moins que ce soit promptement;
Ce me sera sans doute allégement,
Et prompt refus adoucit la disgrace.

A MONSEIGNEUR

LE MARÉCHAL DUC DE NOAILLES.

L'Europe est attentive, et son peuple incertain
S'efforce à pénétrer quel sera son destin.
Mars frémit, mais enflé d'espérances nouvelles,
Fait d'un feu mal éteint voler des étincelles ;
Bellone, qui l'invite à de sanglants travaux,
A son terrible char attelle ses chevaux.
La Discorde, excitant ses forces étouffées,
Que Louis accabla sous le poids des trophées,
Fait siffler ses serpents, et du bruit de ses fers,
Prête à se déchaîner, alarme l'univers.
Ainsi, quand sous Etna par la foudre embrasée,
L'orgueilleux Encelade eut la tête écrasée,
Le rocher s'entrouvrant par ses derniers efforts,
Le jour de son éclat effaroucha les morts ;
L'enfer, qui redoubla sa rage accoutumée,
Vomit contre les feux la flamme et la fumée,
Et le monde effrayé d'un choc si furieux,
Pour la seconde fois douta du sort des dieux.
O vous, dont la vertu, le zèle et le courage
Jusqu'aux secrets des rois vous ouvrent le passage,
Illustre maréchal, daignez nous avertir
A quoi ces mouvements menacent d'aboutir !
Cette charmante paix, si longtemps désirée,
Reprend-elle déjà son vol vers l'Empyrée.
Se peut-il que le ciel, lent à nous pardonner,
Laisse à l'ambition le soin de gouverner ;

7

Que sa sévérité, pour venger nos outrages,
Interdise à Thémis de faire des partages,
Et force encore un coup deux augustes maisons
D'employer pour tout droit leurs dernières raisons.

Il est certains États dont l'usage inflexible
Au beau sexe a rendu le trône inaccessible :
Ce droit, qu'un plein succès parmi nous signala,
Vint avec Pharamond des rives du Sala ;
Mais ailleurs on permet aux royales familles
De se perpétuer par l'hymen de leurs filles ;
Et le sceptre est leur dot, quand par un sort humain
Aux mâles défaillis il tombe de la main.
Vous ne l'ignorez pas, vous, rivaux de mon maître,
Que ces droits exercés au monde ont fait connoître.
Parlons de bonne foi, sans le nœud conjugal,
Pouviez-vous aspirer à le traiter d'égal ?
Non. Les comtes d'Habspurg, sur les Alpes chenues,
Disputeroient encor le royaume des nues,
Sans pouvoir interdire au Suisse révolté
D'établir par le fer sa pleine liberté.
D'où donc vient la Bohême et d'où vient la Hongrie ?
Avez-vous oublié que Jeanne et que Marie
Ont par un double hymen mis dans votre maison
Les trésors de Castille et ceux de la Toison ?
Sans sortir du respect que les âmes bien nées
Doivent dans leurs écrits aux têtes couronnées,
Avec moins de profit vous auriez combattu,
J'en atteste ce vers si souvent rebattu.
Laissez la guerre, Autriche, et dans le mariage
Cherchez de la grandeur le solide avantage.
Et par quelles raisons osez-vous espérer
Que ces droits pour vous seuls soient à considérer ?
D'où part ce privilége à vos vœux si commode ?

Qui conserve ce titre? En quels lieux? dans quel code?
Si c'est un coup fatàl qu'on ne puisse éviter,
Si Charles dans les cieux s'apprête à remonter,
Par où prétendez-vous, à nos raisons connues,
De sa succession fermer les avenues?
En dépit des lenteurs où vous vous obstinez,
Vous êtes des cadets dont nous sommes aînés,
Et la France en deux mots peut soutenir à l'aise
D'un million de bras l'héritier de Thérèse.
En brouillards quelquefois trop d'ardeur se résout,
Pour le corps on prend l'ombre, et qui veut tout perd tout.
Peut-être, avec le temps, cet hymen qui vous aime
Remplira quelque vide en votre diadème.
Alors dans le bonheur qu'il vous fera goûter,
Dans quelque épithalame on viendra vous chanter:
Laissez la guerre, Autriche, et dans le mariage
Cherchez de la grandeur le solide avantage.
Pardonnez si mon zèle avec un peu d'éclat
Ose s'embarrasser des matières d'État,
Et par l'obscur sentier d'une route étrangère,
Tirer mal à propos ma muse de sa sphère;
Mais enfin, maréchal, voit-on, sans s'émouvoir,
Dans sa plus tendre fleur moissonner son espoir?
Nous nous flattions de voir les filles de mémoire
A l'ombre des lauriers endormir la victoire,
Et rendant à Louis leur hommage assidu,
Reprendre dans sa cour le rang qui leur est dû;
Pour les faire valoir, la charmante harmonie
Avec ses ornements leur offroit son génie.
Quels ornements, ô ciel! et qui sait mieux que vous
Ce qu'ils devoient avoir de touchant et de doux?
S'il faut qu'encore un coup la fureur de la guerre
De ses cris menaçants vienne étourdir la terre,
Que devient, doctes sœurs, votre espoir d'un moment?

Que vous reste-t-il plus que d'aller tristement
Dans les sauvages bois, dans les roches stériles,
Répéter aux échos vos regrets inutiles ?
Tels on voit dans *Cadmus* les bergers réjouis,
Sous le nom du Soleil rendre hommage à Louis,
Et mêlant à leur voix une voix agréable,
Chanter de ses bienfaits la source inépuisable ;
Alors la jaune Envie, aux cheveux de serpents,
Invoque le tonnerre et conjure les vents ;
Le cintre est obscurci d'un nuage rougeâtre ;
Le feu brille dans l'air et pleut sur le théâtre ;
L'orchestre retentit sur des modes affreux ;
L'effroyable Python sort des lieux ténébreux ;
Par son funeste abord le jeu se déconcerte,
La nuit vient, chacun fuit, et la scène est déserte.

Que vous êtes heureux, hommes du premier rang,
Qui puisez les vertus dans la source du sang,
Et pour vous signaler ne trouvant point d'obstacles,
Indifférents à tout, faites tout par miracles !
Faut-il du nom d'Anjou, pour la troisième fois,
Au travers des écueils aller porter les lois
Aux fertiles climats où régna le cyclope,
Et replanter les lis au sein de Parthénope ?
Du bon roi Jean d'Albret, volé par piété,
Veut-on que l'interdit enfin soit discuté ?
Pour rendre à ses neveux leur antique héritage,
Faut-il dans la Navarre un chef vaillant et sage
Qui fasse exécuter sur ses forts bombardés
Cinq ou six testaments, l'un par l'autre éludés ?
Faut-il en Catalogne un heureux capitaine
Qui force, en se jouant, deux villes par semaine,
Qui, parmi les dangers n'ayant jamais blêmi,
Sache ouvrir la campagne en battant l'ennemi,

Qui, grave sans orgueil, comme exact sans rudesse,
Unisse dans son camp l'ordre avec l'allégresse?
Noailles se présente, et, certain du succès,
A droit de s'en flatter sur ses derniers essais.
Mais si, d'un œil plus doux contemplant son ouvrage,
La clémence du ciel daigne écarter l'orage,
Et, du plus grand des dons couronnant ses bienfaits,
Inspire aux rois chrétiens le désir de la paix,
Quel autre mieux que vous, par des faits authentiques,
Mettra dans un beau jour les vertus pacifiques?
Quel autre, et des talents plus juste estimateur,
Du mérite connu plus ardent protecteur,
Ami plus effectif, plus prévenant, plus ferme,
Et qui pour obliger demande moins de terme?
Quel goût plus excellent s'est jamais distingué?
Avec un meilleur vent quel navire a vogué?
Peut-il à votre gloire en coûter quelque chose,
La porte de Janus soit-elle toujours close,
Seigneur, et vous réduit enfin pour tout emploi
A protéger les arts et veiller sur le roi?
Sûreté de Louis, nos suprêmes délices,
Vous êtes à nos yeux le plus grand des services;
Et qui s'acquitte bien de ces précieux soins,
En gagnant des États nous plairoit cent fois moins.

Noailles, qui rendez ce titre héréditaire,
Que vous avez reçu d'un si fidèle père,
Qu'on le voie en vos mains encor longtemps durer;
Ensuite, à votre fils, nous osons l'augurer,
Il est digne de vous, il marche sur vos traces;
Les muses sous votre ombre auront accès aux grâces;
Et par un beau concert vous porterez tous deux
Jusqu'aux pieds de Louis leur encens et leurs vœux.
Ainsi puissent un jour les aînés de Noailles,

Fameux dans les conseils, heureux dans les batailles,
Parmi leurs ascendants braves de père en fils,
Compter plus de bâtons que les Montmorencis!
Ainsi puissent toujours les cadets de leur race
Dans le sacré collége occuper quelque place,
Et du camail de pourpre ornant leur noble sein,
Compter plus de chapeaux que Colonne et qu'Ursin!

A MONSIEUR LE COMTE D'AYEN

sur son retour de la campagne de Flandres.

près avoir bien menacé,
Enfin le Hollandois s'est montré le plus sage,
Comte, et son flegme trop sensé
Choque votre jeune courage.

Vous condamnez avec chaleur
Ce froid glacé du Nord aussi lent que superbe,
Ce froid qui fait sécher en herbe
Les moissons de votre valeur.

Cette gloire qu'on vous dérobe
Alloit à votre ardeur livrer tous ses attraits,
Et vous la suiviez de si près,
Que vous lui touchiez à la robe.

Ainsi l'amoureux Apollon,
Aspirant aux douceurs d'un furtif hyménée;
Dans un délicieux vallon
Couroit la fille de Rénée.

Déja ses sens d'aise ravis
Méditoient des plaisirs qu'on vous laisse à comprendre;
Il ne falloit, à son avis,
Qu'allonger sa main pour les prendre.

O ciel! qu'il fut déconcerté,
Quand cet emportement qui le rendoit agile,

Au lieu d'une tendre beauté,
N'embrasse qu'un arbre stérile!

Mon parallèle en certain cas
Manque d'exactitude et n'est pas bien fidèle,
Car Daphné passoit pour pucelle,
Et la Hollande ne l'est pas.

On vit sa fierté désarmée
Adorer un héros qui n'eut jamais d'égal;
Elle se défendit si mal
Qu'elle en flétrit sa renommée.

Après cet auguste vainqueur,
A briguer des faveurs on trouve de la gloire,
Et ses restes feroient honneur
Aux plus grands hommes de l'histoire.

Consolez-vous du contre-temps,
Si la belle vous fuit et vous fait trop attendre;
Peut-être au retour du printemps
La forcerez-vous à se rendre.

Attendant ces heureux moments
Où l'amour à vos vœux doit livrer la fortune,
On ose à vos empressements
Offrir neuf maîtresses pour une.

Consentez à vous régaler
Des eaux que l'Hélicon vous offre à pleine coupe :
C'est un assez bon pis-aller,
Que les caresses de sa troupe.

Pendant la saison des frimas,
Des plaisirs enjoués écoutez le langage :

Ils vous avertissent tout bas
Du tribut que leur doit votre âge.

Plus vieux que vous et moins touché
Des soucis d'un grand cœur que la vertu possède,
Achille étoit encore caché
Dans le sérail de Lycomède.

Mais quoi ! je vous entends frémir
D'un conseil qui voudroit assoupir votre audace :
Non ! les exploits de votre race
Ne vous laisseront point dormir.

Eh bien ! comte, que faut-il faire
Pour mieux vous conseiller suivant votre intérèt ?
Méditez votre illustre père
Pour devenir tout ce qu'il est.

LE COMTE D'AYEN.

omte, de deux talents dont la possession
N'étoit point contestée à notre nation,
Et dont jusqu'à nos jours l'heureuse intelligence
Sur les autres climats embellissoit la France,
J'ai tremblé quelque temps que l'école de Mars
N'abolît les honneurs exilant les beaux-arts.
Ainsi, quand de concert, deux fleuves domestiques
Ont baigné de Plancus les murailles antiques,
Le Rhône, impatient de toute égalité,
Entraîne sa compagne avec rapidité,
Et dans les tourbillons de son gouffre terrible,
Engloutit jusqu'au nom de la Saône paisible.

Lorsque dans la retraite où je suis confiné,
Du bruit des mœurs du temps j'étois importuné,
Lorsqu'on me racontoit à quel point la licence
A livré la jeunesse à l'obscure ignorance :
Sont-ce là ces héros, disois-je tristement,
Sur qui l'honneur françois bâtit son fondement ?
Qui par leurs descendants feront dans notre histoire
Passer de main en main le flambeau de leur gloire,
Et qui pratiqueront tout ce qu'ont enseigné
Commines, Du Bellay, Lanoüe et d'Aubigné,
Ames du premier ordre, à qui le dieu de Thrace
Prodiguoit ses lauriers à l'envi du Parnasse,
Qui joignoient le conseil à l'exécution,
Qui savoient faire et peindre une grande action,
Et qui faisoient rouler avec tant de conduite
Sur deux pôles égaux le ciel de leur mérite....

Mais, me dira quelqu'un, déclamateur outré,
Pourquoi vous emporter contre un siècle illustré,
Dont les nobles travaux font à la politesse
Céder la docte Rome et l'éloquente Grèce?
Déjà, si l'on en croit vos sombres préjugés,
Dans la nuit de l'erreur nous voilà replongés;
Nous touchons à ces temps où la fureur gothique
Exerçoit sur les arts sa haine tyrannique;
Où proscrits, mutilés, le Grec et le Latin,
Aux copistes froqués confioient leur destin;
Et ces grossières mains augmentant le dommage,
Aux critiques du Nord préparoient force ouvrage.

Eh bien! soit, je le veux : notre siècle savant
Sur les temps écoulés a pris le pas devant;
Du moins nous le croyons. Mais on peut dans la boue
Être précipité du plus haut de la roue.
Il faut s'y soutenir; il faut s'y cramponner;
Et qui ne monte plus commence à décliner.
Sous les premiers Césars, l'éloquence romaine
Poussa jusqu'à l'excès sa hauteur souveraine;
Trajan la vit décroître, et sous les Antonins,
Ces géants de mérite engendrèrent des nains
Dont la postérité, par un sort encor pire,
Fut réduite au néant au temps du Bas-Empire.
Et qui nous répondra qu'enfin le mauvais goût,
Si nous nous relâchons, n'occupe le haut bout,
Et que chez nos neveux, en dépit des Saumaises,
Les Balzac, les Patru, n'engendrent des Nervèzes?

En vain l'aimable paix à nos jeunes esprits
Des trésors d'Hippocrène étale tout le prix;
Ce brillant les offusque, et leur foible paupière
Ne peut en soutenir l'importune lumière.

Tel se montre en plein jour le ténébreux hibou,
Contraint par le chasseur d'abandonner son trou.
Le grand éclat le blesse, et la timide bête
Contre le premier tronc va donner de la tête.
Filles de Jupiter, voulez-vous aujourd'hui
Acquérir quelque estime et briguer quelque appui?
Métamorphosez-vous en vieilles gouvernantes;
Contez près des tisons des fables surprenantes,
De modernes lambeaux ornez de vieux extraits
De Turpin, d'Amadis et de Perceforêts;
Farcissez vos écrits d'extravagants mensonges,
Dont rougiroit la fièvre ou la grotte des songes,
Et que le vraisemblable, errant et désolé,
Aux pieds du merveilleux par vous soit immolé.
Si vous faites des vers, muses, sur toute chose
Évitez d'un beau feu d'y mêler quelque dose;
Rompez et retranchez tout ce qui déplaira
Au chanteur décisif qui prime à l'Opéra;
Tout ce qu'il n'entend point est dur et pédantesque;
La jeune cour défère à ce juge grotesque;
Sans son aveu, du ciel vous fussent-ils soufflés,
Pindare, Anacréon, vos vers seront sifflés.

Par ces réflexions ma muse effarouchée
Alloit donner carrière à sa bile épanchée.
Comme on voit quelquefois dans un bois reculé
Un ours par des mâtins en son fort acculé;
Il les tient en respect, frémit, et délibère
Qui d'entre eux le premier sentira sa colère :
Sur mille objets choquants prêt à me déchaîner,
J'étois dans l'embarras de me déterminer;
La bruyante débauche et la liqueur funeste,
Dont le coupable excès éteint le feu céleste,
Et par un double effort, par un mal compliqué,

Pour troubler la raison Bacchus alambiqué,
Ce mépris du beau sexe, et la galanterie
Réduite aux fonctions de la badinerie;
Quelquefois inquiet, quelquefois indolent,
Cet orgueil indiscret qui charge l'imposture
Du soin de fabriquer quelque heureuse aventure,
Et jaloux de l'honneur qu'il se plaît à ternir,
Invente les faveurs qu'il ne peut obtenir;
Cette témérité qui juge sans principes,
Ces bons mots, qui seroient obscurs même aux Œdipes,
Ces visages trompeurs qu'on ne peut démasquer,
Étoient des ennemis que j'allois attaquer,
Sans craindre aucun danger et sur un bon modèle;
Jusqu'à nommer les gens j'allois pousser mon zèle.
Enfin, près du chagrin dont j'étois ulcéré,
L'Alceste de Molière eût paru modéré.

Mais je viens de sentir que le dieu qui m'inspire
M'a de son plein-pouvoir interdit la satire,
Et par un mouvement qui m'a dépaysé,
Entraîne mon génie au rivage opposé;
Semblable à ce prophète allant sur son ânesse
De maudire Israël accomplir sa promesse,
Qui forcé par un ange en bénédictions,
Fut réduit à changer ses imprécations.
Allons, puisqu'il le faut, que toute aigreur s'oublie.
Avec vous, jeune cour, je me réconcilie :
Je connois un seigneur qui brille parmi vous,
Dont le rare mérite obtient grâce pour tous.
La splendeur de son sang, la faveur de sa race,
Les honneurs de son nom n'enflent pas son audace;
Son cœur, son vaste cœur en est peu satisfait,
Et tient pour étranger tout ce qu'il n'a point fait.
Sur ses propres vertus il veut fonder sa gloire;

Il aime à protéger les filles de mémoire.
Nous le verrons dans peu surpasser les Séguiers,
Effacer les Colbert, ternir les Montausiers,
Et se rendre fameux près des doctes fontaines,
Sur tout ce que ce règne a produit de Mécènes,
Attendant que de Mars ses honneurs éternels
Ornent son écusson de bâtons paternels.
Aux emplois des nœuf sœurs où la paix le convie,
Il ne refuse pas quelque instant de sa vie;
Il compose des chants pour le plaisir des dieux,
Tels que ceux d'Apollon pour le maître des cieux,
Après que sa valeur à grands coups de tonnerre
Des superbes géants eut terminé la guerre.
De ses autres talents vouloir s'entretenir,
Ce seroit s'exposer à ne jamais finir.
Je n'en dis plus qu'un mot : une illustre alliance
Qui faisoit de la cour les vœux et l'espérance,
L'a comblé du plaisir de se voir préféré
Par le choix glorieux de ce goût éclairé
Dont l'aveu du mérite est la preuve authentique,
Et son hymen tout seul est un panégyrique.

N'attendez pas son nom après ce que j'ai dit;
D'Ayen, sa modestie à mes vers l'interdit :
Elle est si délicate, elle est si singulière,
Que la louer en face est lui rompre en visière.

A MONSIEUR DE LA GUICHE,

COMTE DE SIVIGNON.

Pendant que le souci, dans l'enceinte des villes,
Court à bride abattue et fatigue les gens
De prévoyances inutiles
Pour chercher du remède aux désordres du temps,
Pendant qu'en pelotons cent prôneurs de misère
Nous affirment, d'un air à nous désespérer,
Que la peste a forcé les remparts de l'Isère,
Et s'avance au grand trot, prête à nous dévorer;
Que d'autres d'un ton plus funeste,
Qui ne redoutent d'autre peste
Que celle de manquer d'argent,
Disent en gémissant : « On ne pourra plus vivre,
« On va nous fabriquer des espèces de cuivre;
« Au diable le filou qui dupa le régent !
« Mais leurs chiens de billets ont abîmé la France
« Qui prit sous le feu roi des airs trop triomphants,
« Et les enfants de nos enfants
« N'y reverront pas l'abondance. »
Et mille autres propos qui causent le frisson,
Rendent le carnaval aussi froid qu'un glaçon,
Et par ce seul endroit méritent la potence.
Que vous êtes heureux, vous que ces tristes soins
Ne peuvent dérober aux douceurs de la vie !
Que je vous porterois d'envie,
Comte, si je vous aimois moins !
Environné, chéri d'une troupe agréable,
Parmi les verres et les pots,

Le dos au feu, le ventre à table,
Vous goûtez les plaisirs chez l'heureux Pierreclos,
Bon ami, généreux, qu'un noble honneur inspire,
    Chez qui l'argent coule à ruisseaux,
Et qu'heureux en tous sens on auroit lieu de dire,
S'il n'avoit pas besoin de retourner aux Eaux.
    C'est là que rien ne vous fait faute,
    Vins exquis, excellents ragoûts,
    Et surtout bon visage d'hôte,
    Régal le plus charmant de tous.
  Craignez pourtant la vapeur intraitable
    D'un jus qui vous est défendu.
Bacchus chez Pierreclos n'est pas dieu, c'est un diable :
    Je le connois, il m'a mordu.
Ce n'est pas là pour vous ce que plus je redoute,
    Comte, quand vous boiriez d'autant,
Quitte pour s'en tirer par quelque accès de goutte;
Ce n'est pas une affaire, et vous payez comptant.
    Mais ce qui me fait de la peine
    Et m'oblige à trembler pour vous,
    C'est certains yeux piquants et doux,
    Au nombre de demi-douzaine,
    Qui frappent de terribles coups.
Quand je vous dis six yeux, du moins, entendons-nous;
Ne vous figurez pas quelque monstre sauvage
    Tel qu'en inventent certains fous
    Dans un capricieux ouvrage
    Propre à jeter dans les égouts;
    J'entends deux à chaque visage,
Qui sur les libertés font terrible tapage...
On dissipe du vin la nuisible vapeur
    Par le sommeil ou l'exercice;
La tête se dégage et répare le vice
Qui nous fait bégayer ou nous met en fureur.

Mais quel remède au doux supplice
Qui nous attaque par le cœur ?

J'apprends que certaine baronne,
De l'âge de quinze à seize ans,
Qui, malgré la saison qui succède à l'automne,
Mène en triomphe le printemps;
Dans ses vallons, dans son bocage,
De grossiers villageois fait de gentils bergers,
Tels que les peint d'Urfé dans sa galante page;
Que le houx sous ses pas voit son piquant feuillage
Produire des fleurs d'oranger;
Que de ses doux regards la vertu souveraine,
Forçant les monts à s'ébouler,
De son Sanvés bossu vient de faire une plaine
Où le carrosse peut rouler.
Que sais je? C'est une légende
Que les merveilles qu'on en dit,
Mais la merveille la plus grande,
C'est sa beauté sans contredit.
Craignez-en les appas, je vous le recommande;
Si chez vous mes conseils gardent quelque crédit,

Tremblez d'ailleurs d'une autre guerre
Que va vous déclarer l'aimable Saint-Thomé.
De ses attraits puissants quand l'amour est armé,
La liberté n'est que de verre,
Et l'homme le plus froid d'abord est enflammé
Mieux qu'un champ d'épis mûrs par le feu du tonnerre.
Comme un aveugle des couleurs
Je vous parlerois de ses charmes;
Je ne l'ai jamais vue et connois peu les armes
Qui la font triompher des plus superbes cœurs;

8

Mais sans vous détailler sa grâce inexprimable,
Je sais de bonne part qu'elle est très-redoutable.

Troisième paire de beaux yeux,
Dont vous aurez à vous défendre,
Porte un astre tombé des cieux
Pour réduire les cœurs en cendre.
L'esprit, la beauté, la vertu,
Le bon goût, le bel air, la grâce naturelle,
Dès sa naissance ont combattu
A qui l'emporteroit chez elle.
Mais, Comte, à celle-là gardez-vous d'aspirer;
Défendez-vous des yeux qui me font soupirer,
Car je n'entends point raillerie :
Bien que j'aime sans espérer,
Je suis jaloux à la furie;
Si vous vous y jouez, c'est fait de votre vie.
A la première vue, armé d'un rouge bord,
Je vous enfonce une estocade
Qui va vous renverser d'abord;
Confessez-vous, vous êtes mort,
Si vous ne battez la chamade.
Tous deux on nous connoît si fort,
Que si vous m'accusiez ici de gasconnade,
Tous les géns du métier vous donneroient le tort;
D'ailleurs vous n'y feriez que de l'eau toute claire.
Tout Grec que vous soyez dans le grand art de plaire,
Airs doucereux, soins complaisants,
Pour elle seroient chansonnette,
Quand vous seriez dans votre beau printemps :
Jugez-en sur cette étiquette.
Hélas ! son cœur d'acier résiste à la fleurette
D'un galant de quatre-vingts ans;
Mais embelli des ornements

Que ce bel âge à sa toilette
Étale pour les vieux amants,
Je vous ai peint l'objet dont mon âme est éprise;
Vous le reconnoissez sans doute à ce portrait.
A quoi bon le nommer? Du moins soyez discret,
    Car je brûlerois ma chemise
    Au cas qu'elle apprît mon secret.
    Sans murmurer et sans me plaindre,
    Il faut expirer sous ses coups,
Et mon feu jusqu'au bout réduit à se contraindre,
Ne veut pour confident que les rochers et vous.

Il reste à vous parler d'une belle marquise
Que votre illustre nom fait connoître en tous lieux,
    Qui doit sans dispute être mise
    Au premier rang des plus beaux yeux.
Mais je la réservois pour votre bonne bouche,
Et vais sur son sujet dire ce qui vous touche;
Vous n'aurez pas besoin de soins si diligents
    Contre sa grâce incomparable,
    Et je la crois trop raisonnable
    Pour vouloir tirer sur les gens;
Mais ne vous y fiez que sur bonne assurance:
    L'amour est un franc scélérat
    Qui ne fait pas fort grand état
    De parenté ni d'alliance;
    Mais quand un commerce si doux
Vous pourroit inspirer quelque tendre foiblesse,
    Je m'en rapporte à sa sagesse:
    Elle en a pour elle et pour vous;
Soit dit sans offenser votre délicatesse.
    Ainsi, tandis qu'en liberté
Le plaisir qui me fuit vous retient dans son centre
    La vieillesse et la pauvreté

S'indignent de me voir leur passer sur le ventre.
  Des tumultes du genre humain
  Je me donne la comédie;
A me tranquilliser ma raison s'étudie
Au coin de mon foyer une plume à la main;
  Et, dans le temps que chacun tremble,
  Sans nul souci du lendemain,
Ma chère muse et moi, nous nous jouons ensemble.
Il est vrai, toutefois, quand le cas est urgent,
Comme quand le piquet me fait des algarades,
Ou le vieux roi d'Égypte un tour désobligeant,
Qu'un mal contagieux, nommé faute d'argent,
A ma tranquillité donne quelques bourrades;
  Mais, par la bonté du régent,
  Je me vois tant de camarades,
Que mon mal partagé devient moins affligeant.

Vous que rien n'inquiète, et qui, parmi les grâces,
  Ne songez qu'à vider les tasses,
Défendez votre cœur contre tant de beauté;
Évitez, s'il se peut, de tomber dans ses nasses,
Et pour le droit d'avis buvez à ma santé.

A MADAME DE RAMBUTEAU,

LIEUTENANTE DE ROI A MACON.

h quoi ! toujours fidèle à votre solitude,
Prétendez-vous, Iris, vous nourrir de poison,
Et prodiguant des pleurs qu'entretient l'habitude,
Souffrir que la douleur suffoque la raison.

Depuis que vos beaux yeux par des torrents de larmes
Déplorent le trépas de votre cher mari,
Nos champs que les hivers ont privés de leurs charmes,
Dépouillés par trois fois, ont trois fois refleuri.

La lune, trente fois obscure et languissante,
A repris dans son plein sa force et sa beauté,
Et les vents apaisés à la mer mugissante
Ont redonné le calme et la tranquillité.

Vous seule à vos ennuis sans cesse abandonnée,
Vous suivez constamment l'erreur qui vous détruit,
Et des réflexions de la triste journée
Vous formez la terreur des songes de la nuit.

Croyez-vous que l'époux dont vous pleurez l'absence
Aime l'emportement de votre cœur outré ;
Que votre désespoir vienne à sa connoissance,
Ou bien, s'il le connoît, qu'il vous en sache gré ?

Les morts sont des ingrats. Malgré la foi promise
A ses engagements Mausole a bien manqué ;
Ni dépenses, ni soins de la triste Artémise
Du séjour de la paix ne l'ont point évoqué.

Celui qui vous occupe au souci qui vous ronge
Laisse abréger vos jours et n'en est point troublé.
Ce sont soupirs perdus. Croyez-vous qu'il y songe,
Attentif au bonheur dont je le crois comblé?

Mais s'il y réfléchit, ce procédé le choque :
Il lui seroit plus doux de se voir négligé ;
S'il ne vous aime plus, à coup sûr il s'en moque,
Et s'il vous aime encore, il en est affligé.

L'excès de la douleur à la belle nature
Par mille endroits divers se rend injurieux ;
Des traits les mieux formés il change la figure,
Il efface le teint, il obscurcit les yeux.

L'âme plus que le corps s'en trouve endommagée,
Le jugement confus en est embarrassé ;
Des spectres qu'il produit la mémoire assiégée
Laisse l'esprit perclus et le goût émoussé.

C'est en vous conservant, que de votre tendresse
Vous pouvez témoigner la force à votre époux ;
Il vit dans votre cœur, chassez-en la tristesse,
Pour lui très-inutile et nuisible pour vous.

Si vous veniez ici, nous ferions notre étude
D'exiler vos soucis, d'instruire leur procès ;
Votre tranquille sœur, de votre inquiétude
Pourroit par son exemple adoucir les accès.

Sa belle âme en tout temps à soi-même semblable
Fait fleurir dans sa cour repos et liberté,
Et la riche Amalthée y répand sur sa table
L'abondance et l'éclat, l'ordre et la propreté.

Dans ces longs promenoirs qu'un si bel art varie,
Errants à l'aventure, exempts de passion,
Nous faisons succéder l'aimable rêverie
Aux douceurs que fournit la conversation.

On ne connoît ici ni règles ni contrainte;
Ainsi que des moments, nous y passons les jours;
Et si nous y formons quelque légère plainte,
C'est que pour nos plaisirs les soleils sont trop courts.

Lorsque le blond Phébus, dans la mer d'Hespérie,
Se plonge dans les flots où sa clarté périt,
En cercle autour du feu, la fine raillerie
Épanouit le cœur et réveille l'esprit.

Tantôt sur le bas style et volant terre à terre,
A parer aussi prompt comme on l'est à porter,
Nous faisons l'un à l'autre une galante guerre,
Où chacun s'étudie à se déconcerter.

Tantôt en nous jouant et sans tirer l'épée,
Nous foudroyons la ligue et par terre et par mer;
Nous ôtons à Nassau la couronne usurpée,
Heureux si l'on le souffre être encor stathouder.

Épuisés d'entretiens, une guerre nouvelle,
Les cartes à la main, nous rend tous ennemis;
Sur le moindre incident nous entrons en querelle,
Et le jeu terminé nous demeurons amis.

Fatigués de plaisirs plus qu'assouvis encore,
Nous livrons au sommeil nos yeux appesantis;
On dort dans de bons lits au delà de l'aurore,
Où les songes qu'on fait sont des songes d'Athis.

Venez donc profiter du doux air qu'on respire
Dans ce palais heureux, de grâces ennobli,
Où par mille agréments que je ne puis décrire
Nous passons sans mourir le consolant oubli.

Je parle savamment de sa vertu magique,
Le croiriez-vous, Iris? Dans ce charmant séjour,
Je perds tout souvenir du chagrin domestique :
Paris à ma mémoire échappe avec la cour.

Venez, il est bien temps que de ce deuil trop ample
Vous délivriez enfin votre cœur désolé :
Je vous pardonnerois s'il étoit quelque exemple
D'un mort qu'on eût au jour par des pleurs rappelé.

L'ESTIME.

A MADAME LA PRÉSIDENTE D'ODESSAN.

'Estime est une fumée
Dont notre orgueil se nourrit.
Gens de lettres, gens d'armée,
Livrent leur âme charmée
A l'Estime qui s'en rit.

Pour elle un brave surmonte
Feux du Sud, glaces du Nord,
Sans faire le moindre compte,
Dans les périls qu'il affronte,
De blessures ni de mort.

Le savant, pour cette belle,
Prodigue de sa santé,
Contracte goutte et gravelle,
Collé sur un vieux modèle
De la docte antiquité.

Le beau sexe est la victime
De ce magnifique rien,
Et pour se ménager l'Estime,
S'impose certain régime
Dont il se passeroit bien.

O dame Galanterie !
Quels progrès pour ton trafic,
Si quelque jour on marie
Ton art de coquetterie
A l'Estime du public !

Au fond, c'est impertinence;
Ou, si le terme est trop doux,
C'est bassesse, extravagance,
De fonder sa confiance
Sur ce que l'on croit de vous.

Si le bruit de mon mérite
A bon droit est répandu,
Eh bien! le public s'acquitte,
Et la faveur est petite
De payer ce qui m'est dû.

Mais si ce n'est qu'ignorance,
Préjugé, déguisement,
Ah! j'en sens l'incompétence,
Et ma pauvre conscience
Appelle du jugement.

Sans pâlir sur un problème
Ou mourir par vanité,
On arrive au bien suprême.
Heureux qui peut dans soi-même
Trouver sa félicité!

Heureux qui sans dépendance
Vit du jour au lendemain!
Heureux qui dans l'innocence,
Sans tabler sur ce qu'on pense,
Va toujours son droit chemin!

Ainsi, belle Présidente,
Je raisonnois sottement;
Ainsi mon âme indolente,
A l'estime indifférente,
Y renonçoit fièrement.

Quand je reçus la dépêche
D'un auteur digne de foi,
Dont la date est toute fraîche,
Qui me chante et qui me prêche
Que vous en avez pour moi.

Cette nouvelle agréable
M'inspira plus d'équité,
Et jamais dieu de la fable
A transformer un coupable
N'eut tant de félicité.

Alors, changeant de maxime,
O malheureux ! qu'as-tu fait ?
Disois-je, adorable Estime,
A qui confesse son crime,
Pardonnez-le, s'il vous plaît.

Çà ! muses, qu'on me caresse,
Que mon front soit couronné.
Le bon goût, la politesse,
Le feu d'esprit, la justesse,
De plein droit l'ont ordonné.

C'est vous, Estime flatteuse,
Qui soutenez la vertu;
Par votre aide généreuse,
Dans sa carrière épineuse,
L'homme n'est point abattu.

Par vous la brillante gloire
Voit ses autels érigés,
Et vous excitez l'histoire
A sauver de l'onde noire
Les noms que vous protégez.

Qu'une fortune sublime
Donne sceptre ou dignité,
Bientôt on choit de sa cime.
L'honneur qu'apporte l'Estime
Fleurit dans l'éternité.

Soit amour-propre ou justice,
Me suis-je bien redressé ?
Mais il faut que je finisse,
Présidente, et ce caprice
Trop loin me semble poussé.

Un petit mot, et je cesse :
Répondez-moi comme il faut.
Est-il vrai qu'avec souplesse,
De l'Estime à la tendresse
On peut passer d'un plein saut?

Mais quoi! suis-je de figure
A faire valoir mes soins ?
Charmante brune (et j'en jure),
J'irois tenter l'aventure,
Si j'avois trente ans de moins.

A MONSIEUR DE VIZÉ,

auteur du *Mercure galant*.

 izé, quand Jupiter des biens fit le partage,
Les muses à ses dons eurent petite part :
Un peu de liberté fut tout leur apanage,
Elles l'ont bien gardée et s'en servent sans fard.
J'en ai ma portion, moi, leur élève indigne ;
Mon esprit en tout temps marche d'un pas égal :
Il tient en main la règle et l'applique à la ligne,
Prêt à la condamner lorsqu'elle y répond mal.
Je blâmois hautement, fondé sur ce principe,
Les applaudissements communs et prodigués.
Faut-il qu'un tel esprit, disois-je, se dissipe
A donner au public des éloges brigués ?
Quoi ! par une lumière et si vive et si pure,
Les bons et les méchants seront-ils réjouis ?
C'est là tout ce que fait l'auteur de la nature,
Et que font après lui le soleil et Louis.
Louis et le Soleil sont en droit de le faire,
Et c'est de leur grandeur l'illustre fonction ;
Mais Vizé, plus borné, doit en juge sévère
Du bien avec le mal faire distinction.
Les volumes moins gros seroient plus sûrs de plaire ;
Supprimant les écrits d'un misérable auteur,
Il pourroit épargner du papier au libraire,
A lui du temps, enfin du dégoût au lecteur.

Mon esprit contre toi murmuroit de la sorte ;
Mais mon cœur depuis peu l'en a désavoué :
Tu viens de m'opposer une raison plus forte.

Qu'as-tu fait pour cela, Vizé? Tu m'as loué.
Dans les noms que ton soin consacre à la mémoire
Le mien méritoit peu de se voir publié;
Cependant, quand je sus qu'il t'en devoit la gloire,
L'amour-propre parla : tu fus justifié.

Dans mes plus jeunes ans j'avois une maîtresse
A qui, pour soulager l'excès de ma tendresse,
J'essayois d'arracher de certaines faveurs.
— Mais m'estimeriez-vous après cette foiblesse,
Disoit-elle? — Oui, Madame, et je vous le promets.
Qu'on caresse un rival, notre estime s'en blesse;
Tout ce qu'on fait pour nous ne la détruit jamais.
Qu'en avint-il? Cela ne fait rien à l'affaire :
Il suffit que mon conte est fort bien appliqué.
Des éloges d'autrui j'étois censeur sévère;
Cet arrêt par les miens vient d'être révoqué.

Dans le fond, j'avois tort. Ta conduite est très-sage :
Prodigue à pleines mains ton encens chaque mois.
L'auteur par la louange élève son courage,
Comme un brave coursier s'anime par la voix.
Tout le sel qu'a versé Juvénal en colère
Ne vaut point à mon sens ce qu'il nous a coûté;
Tel eût brillé sans lui, que sa critique austère
A du métier des vers pour jamais dégoûté.
La louange à l'esprit et l'orme aux jeunes vignes
Prêtent par leur appui semblable utilité.
Louons-en cent, Vizé, cent qui n'en sont pas dignes,
Plutôt qu'en négliger un qui l'ait mérité.
Parsemons nos écrits d'éloges agréables,
Polissons notre style en cet illustre emploi;
Peut-être par degrés deviendrons-nous capables
De louer les vertus de notre auguste roi.

ODE A M. DE SAINT-QUENTIN

qui, sur une fausse relation de la mort de M. de Sénecé,
avoit composé de très-beaux vers.

e malheureux Théophile,
Qui, par ses vers indiscrets,
Avoit irrité la bile
De force ennemis secrets,
Pour éviter le supplice
Que préparoit la justice
A ses excès impunis,
Tapi dans une ramasse,
Sur la neige et sur la glace,
Arpentoit le mont Cenis.

Tandis qu'armé de pelisses
Et de frayeur agité,
Au travers des précipices
Il vole à sa sûreté,
Aigri par sa contumace,
Et passant de la menace
Au châtiment effectif,
Le sénat, vaille qui vaille,
Brûle un fantôme de paille
Sous le nom du fugitif.

Tu penses qu'il devint sage,
Redressé par ces rigueurs?
Abus : l'homme qui voyage
Change d'avis, non de mœurs.
Chez les peuples plus conformes

A ses appétits énormes,
En raillant il en parloit,
Et juroit en Italie
Qu'il n'eut tel froid de sa vie
Qu'au moment qu'on le brûloit.

J'ai moins d'esprit en partage
Que ce fameux débauché,
Et de son libertinage
Mon cœur n'est point entiché;
Mais si quelque ressemblance
Peut dans la même balance
Faire peser notre sort,
C'est que je n'eus en ma vie
De santé mieux affermie
Que quand tu chantois ma mort.

De la fausse renommée
Ce sont les communs propos :
La langue est accoutumée
A tuer les plus dispos.
Ainsi, quand Rome se flatte
Du trépas de Mithridate,
Il renaît plus redouté;
Ainsi, sur la mort d'Auguste,
D'un bruit reconnu peu juste,
Hérode est déconcerté.

Et vous, par qui la Hollande
Sous ses débris refleurit,
Et qu'on crut mort en Islande
Lorsque Schomberg y périt,
Vous qu'après, en tant d'alarmes,
On vit tenir sous les armes

Un si terrible maintien,
Achevez la preuve entière
Qu'on croit souvent dans la bière
Des gens qui se portent bien.

Dans le siècle où le présage
Tyrannisoit la raison,
Un héros par ton ouvrage
Eût pu choir en pamoison ;
Le bourgeois le moins crédule
Qu'eut la cité de Romule,
Ne s'en fût pas défendu,
Et sur un si triste augure
Eût cru dans la sépulture
Être à moitié descendu.

O gens qui preniez la fièvre
Et mouriez le lendemain
Quand il arrivoit qu'un lièvre
Traversât votre chemin !
Race timide et troublée
Jusqu'à rompre une assemblée
Sur le cri d'une souris ;
Avec autant de foiblesse,
Quel démon vous fit maîtresse
De cent peuples aguerris ?

Détrompé sur ces matières
Où l'erreur a tant duré,
Par de plus vives lumières
Notre esprit est éclairé ;
Nous estimons que la vie
Ne peut nous être ravie

9

Qu'au temps par le ciel prescrit ;
Que l'accourcir ou l'étendre
N'est pas un fait à dépendre
Des caprices d'un faux bruit.

Heureux qui dans sa carrière
Roule avec tranquillité,
Et jouit de la lumière
Comme d'un bien emprunté !
Heureux plus qu'on ne peut dire,
Qui ne craint ni ne désire
L'heure du dernier combat !
Plus heureux qui, pour paroître
Devant son juge et son maître,
Tient son compte en bon état.

En vain la froide vieillesse
Nous annonce chaque jour
Qu'il est tard, que le temps presse,
Qu'il faut songer au retour.
La lenteur dont elle explique
A notre âme léthargique
Cette amère vérité,
Dans sa bouche bégayante
Flatte encor de quelque attente
L'humaine incrédulité.

Saint-Quentin, par ton ouvrage,
Mes yeux sont mieux éclaircis :
Il dissipe le nuage
Qui les tenoit obscurcis.
Soit bonne foi, soit adresse,
Ton art de cette foiblesse
M'arrache le désaveu

Et sans détour vient m'apprendre
Que si je ne suis en cendre,
Du moins j'y serai dans peu.

Par tes vers dont la durée
Est exempte de finir,
J'ai quelque gloire assurée
Aux fastes de l'avenir;
Ceux qui de tes nobles veilles
Feuilleteront les merveilles,
T'y voyant pleurer mon sort,
Croiront que quelque mérite,
A ta muse favorite,
Me fit aimer vif et mort.

Mais si cette providence
Qui nous mesure le jour,
Avant ma mort en Provence
Souffroit que je fisse un tour,
Prompte à quitter ma demeure,
Mon âme à sa dernière heure
Se livreroit sans effroi,
Et la croiroit moins terrible
Après la douceur sensible
D'embrasser Chasteuil et toi.

Oliviers, souche sacrée,
Et vous, ô myrtes fleuris!
De Pallas, de Cythérée,
Ornements les plus chéris,
Délicieuse verdure,
Quel plaisir je me figure
D'aller, en dépit de Mars,
Passer les après-soupées

Sous vos têtes échappées
Aux fureurs des Savoyards.

Tous trois sous l'asyle sombre
De vos paisibles vergers,
Nous respirerons à l'ombre
Le parfum des orangers.
Là, quand Tibulle ou Properce
Nous auroient à leur commerce
Agrégés en soupirant,
Bacchus, hérissé de glaces,
Feroit pleuvoir dans nos tasses
Barbantane et Saint-Laurent.

La fin de mon verbiage
T'apprendra, cher Saint-Quentin,
Que j'ai fait quelque voyage
Aux bords du pays latin.
Horace, illustre modèle
Qui sert de règle fidèle
Aux écrits les plus vantés,
Après un long monitoire,
Concluoit toujours par boire
Ses doctes moralités.

A MONSIEUR DE SAINT-QUENTIN.

Pourquoi réveillez-vous une démangeaison
Dont m'avoient délivré le temps et la raison?
Pourquoi présentez-vous à mon esprit crédu-
D'un éloge emmiellé la flatteuse pilule? [le
Vous savez, Saint-Quentin, que la muse et son chant
Inspirent vers l'orgueil un terrible penchant.
Enfoncer l'aiguillon d'une exquise louange
A qui coud une rime, à des mots qu'il arrange,
C'est à la voile enflée ajouter l'aviron,
Au cheval qui galope appuyer l'éperon,
Et jeter vers un feu qui grimpe vers la lune
La liqueur de Pallas qui supplanta Neptune.
Il est vrai que, prudent tout autant que flatteur,
Vous guérissez le mal dont vous êtes l'auteur,
Et votre humilité, dans vos vers exprimée,
De l'encens qui m'entête écarte la fumée.
Si l'une de vos mains m'offre un soporatif,
L'autre dans le moment me tend un correctif.
Ce mépris de vous-même à vos douceurs déroge;
Je m'en tiens à l'exemple et rejette l'éloge.

Mais vous vous abaissez avec tant d'agrément,
Qu'un mépris si disert se trahit, se dément,
Et malgré les détours de cette modestie,
Par l'air dont elle parle elle est anéantie.
Ainsi, quand Apollon, de l'Olympe exilé,
Endossa d'un pasteur l'habit dissimulé,
Son art industrieux et propre à la surprise
Ne put donner le change aux nymphes de l'Amphrise;

De sa charmante voix un ton mélodieux,
Un souris de sa bouche, un regard de ses yeux,
Un anneau négligé de sa perruque blonde,
Un rayon de ce feu qui réchauffe le monde,
Démasquoient à tous coups son dehors mensonger,
Et le dieu s'échappoit au travers du berger.

L'astre qui me condamne à traîner une vie
Obscure, mais du moins exempte de l'envie,
N'a pas dans ma retraite avili mon destin
Jusqu'au point d'ignorer l'illustre Saint-Quentin.
Foibles imitateurs du ruisseau d'Hippocrène,
Les nôtres chaque jour murmurant sur l'arène
Tant d'honneurs consacrés à ce nom si fameux,
Invitent nos échos d'en parler avec eux:
Les faunes, les sylvains le vantent aux naïades,
On le lit sur l'ormeau gravé par les dryades,
Et quand un beau berger veut à l'objet aimé
Inspirer la langueur dont il est consumé,
S'il sait de Saint-Quentin quelque chanson nouvelle,
L'espoir peut le flatter d'attendrir sa cruelle.

Mais quoi! nous vous perdons, et le peuple galant
Soupire de vous voir négliger son talent.
Nous savons qu'occupé de desseins plus sublimes
Vous mettez en oubli l'art amusant des rimes;
Né pour ressusciter, dans vos livres polis,
D'Apt et de Forcalquier les honneurs abolis,
Déjà par vos travaux sur votre colonie
Le temps n'exerce plus enfin sa tyrannie;
Contre ses attentats votre cœur prend parti,
Digne du sang romain dont vous êtes sorti,
Digne de ses aïeux sous qui tomba Carthage,
Dont les difficultés redoubloient le courage.

Eh bien ! puisqu'il le faut, Saint-Quentin, poursuivez :
Ornez votre patrie, à qui vous vous devez ;
Abandonnez les vers, livrez-vous à l'histoire ;
Mais si nous vous cédons, du moins c'est à la gloire.
Peut-être que parfois votre esprit dégoûté
Du commerce épineux de votre antiquité,
Des eaux de l'Hélicon débouchant les écluses,
Viendra se délasser dans les jardins des muses ;
Par mille beaux endroits Chasteuil m'est précieux ;
En lui tout me ravit : ses chants harmonieux,
Son travail assidu, son feu, son abondance ;
De son style fleuri j'admire l'élégance,
Et ce profond savoir dont l'application
Livre les temps obscurs à sa discrétion.
Mais, sur tous les talents dont la troupe l'escorte,
C'est par rapport à moi sa bonté qui l'emporte ;
Il m'aime, et j'en suis sûr ; je ne sais pas pourquoi,
Mais il m'aime, en un mot : sa conduite en fait foi.
C'est par lui qu'enfoncé dans ma retraite obscure,
J'ai reçu de vos vers le prévenant augure
Qui promet à mon nom sur le vôtre porté
De trouver quelque accès à l'immortalité,
Tel que ce roitelet qui s'éleva de terre
Sur l'aile de l'oiseau qui porte le tonnerre.

Que vous êtes heureux, Chasteuil et Saint-Quentin,
Dont la riante trame est d'or et de satin !
D'une pareille ardeur votre âme est excitée ;
Tous deux gens d'entreprise et tous deux à portée
De vous communiquer vos projets vigoureux,
Chasteuil et Saint-Quentin, que vous êtes heureux !
Sur la mort, sur l'oubli, vos mains lancent la foudre ;
Du cercueil des héros vous nettoyez la poudre ;
De vos vieux Provençaux ranimant la valeur,

Vous portez jusqu'aux cieux votre gloire et la leur.
Dans l'émulation votre amitié s'augmente;
Une fortune aisée et peut-être opulente
Vous sauve de l'affront fatal aux beaux esprits
D'aller aux cours des grands trafiquer du mépris,
Et de leur ignorance essuyant les caprices,
Mendier des rebuts et contracter des vices.
Quel est le cœur si bas qui n'eût l'ambition
D'entrer dans cette noble et parfaite union?

Ainsi que la peinture aux couleurs éclatantes
Mélange le relief des teintes brunissantes,
Et dans l'ombre et le jour alternant ses pinceaux,
Forme du clair-obscur ses plus rares morceaux,
Vous pouvez, m'agrégeant à votre couple illustre,
Par une obscurité relever votre lustre.
Un tiers peut-il vous plaire à ces conditions?
De grâce, instruisez-moi de vos intentions;
Si de cette faveur ardemment désirée,
Indigne qu'elle en est, ma muse est honorée,
Jusqu'à tant que la mort m'ajoute à son butin,
On m'entendra chanter Chasteuil et Saint-Quentin.

AU R. P. (PAISSEAUD) [1]

on oncle, vous êtes cruel
De me provoquer à la joute;
Pourquoi m'appeler en duel,
Quand vous savez ce qu'il m'en coûte?

Un combat pour moi, de tout temps,
De disgrâces fut une source,
Et je ne me bats qu'aux dépens
Ou de mon sang ou de ma bourse.

Au temps de nos heureux succès
J'aurois pu tenter quelque chose;
Mais puisque Mars n'est plus françois,
Trouvez bon que je me repose.

De grands exemples m'ont appris,
Si votre Gazette est fidèle,
Que la vie est d'un si grand prix,
Qu'on doit tout négliger pour elle.

Nos généraux m'ont affermi
Dans la salutaire manière :
Je fais pont d'or à l'ennemi
Quand il veut passer la rivière.

Vous aurez beau me critiquer
De laisser enrouiller ma lame;

1. Cette pièce fut faite par Sénecé pour M. de La Douze, en
réponse aux vers qui avoient été adressés à celui-ci par le Père
Paisseaud, son oncle.

Je n'oserois même risquer
De lutter avec une femme.

Cher oncle, vos défis mortels
Ne m'excitent point à la guerre,
Et je n'accepte de cartels
Que pour me battre à coups de verre.

Vous me direz qu'il est des cas
Favorisés par la coutume,
Et que l'édit ne défend pas
Que l'on se batte à coups de plume.

Il est vrai qu'en cette action
Ce n'est pas mon sang que je risque;
Mais c'est ma réputation
Qui l'emporte de quinze et bisque.

De mon honneur enseveli
Sous les flots de votre Hippocrène,
L'impar congressus Achilli
Ne me consoleroit qu'à peine.

A triompher d'un écolier
La victoire seroit petite;
Le bel exploit qu'un cavalier
En vers battu par un jésuite!

Dans un combat juste et loyal,
Obscurcissez par votre gloire
Un paladin de Port-Royal,
Un grand collier de l'Oratoire.

Insultez si vous le pouvez
A ces fiers rivaux de votre ordre;

Attaquez-les si vous avez
Tant de démangeaison de mordre.

Quelque nouveau Pascal d'entre eux
Pourra, par ses piquantes veilles,
Vous apprendre que chien hargneux
Se fait déchirer les oreilles.

SOMMATION

A M. DE MARIGNY.

 n ordinaire ou deux de négligence,
Chez Marigny ne m'avoit pas surpris;
Mais un grand mois est d'une conséquence
A soupçonner ou froideur ou mépris.

Je sais fort bien que cette caravane
Où vous ramez fait grand dégât de temps,
Et qu'à Paris surtout fière chicane
De ses sujets compte tous les instants.

Mais le soleil, dans l'hiver le plus rude,
Peut du brouillard percer l'obscurité,
Et le plaideur dans sa sollicitude
A ses moments d'un peu de liberté.

Dans l'intervalle où votre esprit se lâche,
Les nerfs tendus de sa contention,
Songez-vous point que votre oubli me fâche?
Faut-il vous faire une sommation?

Faisons-la donc, mais fort respectueuse,
A la requête et pourchas d'Apollon,
Qui dit qu'un jour à certaine coureuse,
Soi-disant muse et hantant son vallon,

Il fit enfants, du moins s'en nomma père,
Bien qu'ils ne soient de ses grâces doués;
Mais ne les veut laisser dans la misère;
D'autres bâtards il a bien avoués.

Or, ces enfants ne faisant que de naître ;
A Marigny, propre à les cultiver,
Son bon ami, du moins se disant l'être,
Les adressa pour les faire élever.

Depuis ce temps, quoique Apollon devine,
De ses trépieds rien n'a valu le sort,
Pour l'éclaircir si son adultérine
Est dans Paris arrivée à bon port.

Sommé soit donc, et soit en révérence
Interpellé ledit ami parfait
De déclarer s'il en a connoissance,
S'il l'a reçue et ce qu'il en a fait.

Que dans huitaine il lui fasse paroître
Si ses enfants, par la poste arrivés,
Sont consignés au château de Bicêtre
Ou recueillis chez les Enfants-Trouvés.

Ou si contre eux transporté de colère,
Ce que parfois trop voit-on pratiquer,
Il n'auroit point dans le lieu nécessaire
Ou dans un puits voulu les suffoquer.

N'excuseroit une telle malice
Dire qu'ils sont boiteux ou contrefaits ;
Mieux eût valu qu'il les mît en nourrice ;
Pareils enfants vivent à peu de frais.

Point n'ont besoin de soupes mitonnées,
Pain de mouton, à la reine ou bourgeois,
Ni de bouillie à grandes poêlonnées,
Un grain d'encens les nourrit pour six mois.

On n'eût pas craint de les entendre braire,
Comme autres font tant le jour que la nuit;
Lors sont de race, et leur sais plus d'un frère
Qui de ses jours n'a fait le moindre bruit.

Si leur jargon les oreilles offense,
Ce n'étoit là de quoi tant s'effrayer;
Un peu de soin, un peu de patience
Leur eût bientôt appris à bégayer.

Bref, Marigny les doit de bonne grâce
Représenter ainsi que de raison,
Si mieux il n'aime échanger à leur place
Les deux enfants qu'il a dans sa maison.

S'il fait refus, puisse dame Justice,
Ayant fondu son or au grand creuset,
A son bon droit n'être jamais propice,
Ni rétablir son banc à Virezet.

Fait au Parnasse un jour de mascarade,
Et reconnu dûment vérifié,
Signé Marot, Bois–Robert, Benserade,
Avec paraphe et Soit signifié.

           A Mâcon, le jour de mardi-gras 1715.

A MADAME LA DUCHESSE DE LA FERTÉ.

Étrennes.

 llez, nymphe de la Seiue,
Dont les eaux ont à Paris
Le vrai goût de l'Hippocrène :
Allez trouver la marraine
Du quinzième des Louis,
Et lui portez pour étrenne
Petits vers épanouis
Qui coulent d'heureuse veine,
Bien tournés, bien réjouis,
Tels qu'en eût fait La Fontaine;
Car ces longs à perdre haleine,
Comme froids sermons trop ouïs,
Dans la maigre quarantaine
Lui donneroient la migraine.
Evitez la pompe vaine
Dont les sots sont éblouis;
C'est onguent miton mitaine
Et l'on bat moins de pays
Sur les monts que dans la plaine.

Vous lui direz que l'Amour,
De l'air dont elle l'habille,
Paroît plus beau que le jour;
Qu'il plaît, qu'il charme et qu'il brille :
Que le voile industrieux
Dont elle orne sa figure,
Le rend agréable aux yeux
De la vertu la plus pure :

Que par ses soins parvenu
A n'être plus redoutable,
On le trouve plus aimable
Qu'alors qu'il alloit tout nu.

Mais que les Grâces se plaignent
De leur sort infortuné;
Qu'elles tremblent; qu'elles craignent
Que les lampes ne s'éteignent
Dans leur Temple abandonné :
Que de leur nom on se lasse,
Et que le monde enchanté
Ne connoît plus d'autre grâce
Que l'illustre La Ferté.

D'ailleurs, la muse est outrée
Qu'on ne trouve plus d'esprit
Soit comptant, soit à crédit,
Et se plaint tout éplorée
Au palais de Cythérée
Et pays circonvoisin,
Qu'une duchesse admirée
En a fait un magasin
Qui renchérit la denrée.

Que l'on craint, pour tant de torts,
Et dont la suite inquiète,
Qu'un jour Vénus ne décrète
Contre elle prise de corps.
Si ce coup, qui la regarde,
Ne se peut pas éviter,
Heureux l'exempt de la garde
Commis pour l'exécuter !

Mais trêves de fariboles :
Grands seigneurs, courtes paroles,
Vrai, quoi que vieux quolibet ;
Epargnez sa patience,
S'il se trouve qu'elle en ait,
Et faites la révérence ;
Votre compliment est fait.

LE TABAC.

A MADEMOISELLE L. V.

'en est fait, je romps avec vous,
    Poison délicieux, amusante fumée,
    Qui saviez dans mon cœur endormir le
    D'une fortune envenimée.   [courroux
  Votre vapeur, qui me flattoit,
  N'a plus de charme qui m'impose,
  Et les chagrins qu'elle m'ôtoit
Ne dédommagent point de ceux qu'elle me cause.

    Vous que, sous les derniers Valois,
    Du beau titre d'herbe à la reine
Une galante cour honoroit autrefois,
Brisez vos chalumeaux, barbare américaine.
    La reine que je sers abhorre votre odeur
    Et méprise votre exercice.
Pour lui persuader de souffrir quelque ardeur,
    Il ne faut pas qu'elle noircisse.

    Brûler sans l'oser découvrir
Est, si je m'y connois, le plus grand des supplices;
Cachous-lui toutefois jusqu'aux moindres indices
    D'un feu qu'elle ne peut souffrir.
    A me brûler accoutumée,
    Cherchez un autre amusement,
    Ou brûlez si discrètement
Qu'elle n'en sente pas seulement la fumée.

    Mais comment pouvoir espérer
De cacher à ses sens le feu qu'elle déteste ?

Vous traînez après vous une trace funeste
    Qui lui défend de l'ignorer.
    Une beauté si pénétrante
    En découvrira le secret.
    Hélas! pour trahir votre attente,
Il ne faut tout au plus qu'un soupir indiscret.

    En souffrant qu'on vous pulvérise,
Votre effet pour Iris sera moins dégoûtant.
C'est un déguisement que la mode autorise;
On peut sous cet aveu pécher tambour battant,
    Et vous ne déplairez pas tant
Dans un colifichet apporté de Venise.
On ne peut près d'Iris éviter le trépas,
    Et puis, il faut vous y résoudre,
Tout doit vous être égal pour plaire à ses appas,
S'exhaler en fumée ou se réduire en poudre.

Ne vous retranchez point sur le goût étranger:
    En vain l'Escaut, en vain la Meuse,
Accoutument le sexe à la vapeur fumeuse
Où ma mélancolie aimoit à se plonger.
Ces exemples flamands n'ont rien qui vous défende,
Et la comparaison choqueroit ses attraits;
    Je veux mourir s'il fut jamais
    Aucune beauté moins flamande.

Quel esprit, quelle grâce anime ses discours!
    Qu'elle a d'éclat et de lumière!
    Sur Iris les tendres amours
    Répandent Vénus tout entière;
    Par des égards obéissants,
Que sa juste colère enfin soit désarmée,
Et ne lui faisons plus sentir d'autre fumée
    Que celle des doctes encens.

L'ENLÈVEMENT ÉVITÉ.

A MADEMOISELLE DE SAINT-POINT.

ous l'avez, belle Iris, vraiment échappé belle
En allant à Macon pour voir ces jours passés
          Cet ambassadeur infidèle,
      Qui met en mouvement nos François em-
  De voir toujours chose nouvelle,   [pressés
En dépit de la foule où tant d'os sont cassés.
Je tremble encor pour vous au moment où j'y pense!
          Et cette curiosité
      Faillit à vous mettre en dépense
        De votre chère liberté.
Si mon récit chez vous trouve quelque créance,
        Je vais vous mettre en évidence
          Cette étonnante vérité.
Un vieux coquin d'eunuque et quatre janissaires,
          Gens à mines patibulaires,
          Attentifs à vous observer,
        Formèrent, comme vrais corsaires,
        Le dessein de vous enlever.
Frappés d'étonnement, éblouis de merveille,
  A voir de vos attraits le pompeux attirail;
  « Allah! se disoient-ils l'un à l'autre à l'oreille,
        « Quel beau meuble pour un sérail!
        « On n'y voit point de Géorgienne,
          « De Grecque ou de Circassienne,
        « Si propre à se faire adorer,
        « Et si, par force ou par adresse,
    « Nous pouvions la conduire aux pieds de sa Hautesse
    « Est-il un si grand prix qu'on ne dût espérer?

« Être bacha d'Alep, de Bagdad ou du Caire
     « Seroit notre moindre salaire,
     « Ou dans l'art de conjecturer
     « Ma lumière n'est pas bien claire.
        « Cet attentat est odieux,
Ajoutoit ce maraud qui n'est homme ni femme;
« Contre notre projet le droit des gens réclame,
« Mais si ce droit des gens paroît si spécieux,
     « Sous la caution de ma lame
« Je prétends soutenir à quiconque nous blâme
« Que le droit du plus fort prévaut comme plus vieux.
« Pour un plus beau sujet peut-on risquer sa vie ?
     « Osons, et nous serons heureux.
     « Dans ces desseins avantageux
     « C'est le succès qui justifie. »
     Ces quatre suppôts de Satan,
     Animés par le traître eunuque,
Jettent dans le buisson la veste et le turban,
     Prennent justaucorps et perruque,
     Et sans délibérer beaucoup,
     Ventre à terre au coin d'un bocage
     Vont attendre à votre passage
     Le moment de faire leur coup.
Amour, souffriras-tu qu'une beauté charmante
Par qui toujours d'encens ont fumé tes autels,
     De ses persécuteurs mortels
Devienne impunément la victime innocente ?
     Cet objet de tant de soupirs,
     De petits soins, de complaisance,
     Et qu'on adoroit en silence,
Sans former seulement une ombre de désirs,
S'en va donc essuyer toute la barbarie
     De la grossière nation
     Dont l'affreuse galanterie

Commence le roman par la conclusion ?
Vous allez donc, Iris, subir la loi funeste
    De cet arbitraire pouvoir,
    Où la pudeur la plus modeste
Reçoit de son trépas l'arrêt dans un mouchoir ?
    Vous dont les grâces sans égales
Méritoient des mortels tous les vœux réunis,
    Avec cent indignes rivales
Vous allez partager de dégoûtantes nuits !
    Ah ! plutôt qu'il soit vrai qu'on craigne
    Ces terribles événements,
Amour, brise tes traits; que ton flambeau s'éteigne,
Ou bien fais des Atys de tous les Musulmans.
Mais j'entends le tonnerre et je l'entends à gauche,
L'augure est favorable et je suis exaucé;
    Cependant la litière approche,
    Le brigand sort de son fossé,
Et, dévorant des yeux l'inestimable proie,
    S'applaudit et saute de joie.
    Quoi ! par des gouffres inconnus,
Dejà pour engloutir ces ravisseurs infâmes,
L'enfer ne vomit pas de noirs torrents de flammes !
Doucement, mon courroux, nous y voici venus;
    Ne redoutez rien pour les dames :
Je vois changer la scène, et d'un nuage épais
Le timide équipage à l'instant s'enveloppe ;
Il en sort coup sur coup une grêle de traits,
Tels que pour Jupiter en forgeoit le Cyclope;
Les voleurs renversés, dans cet affreux destin,
De leur sourd Mahomet en vain réclament l'aide,
    Et la peur de la mort succède
    A l'espérance du butin.
C'est ainsi que Diane au rivage d'Aulide,
    Par un exploit de grand renom,

Ravit Iphigénie au couteau parricide
    Du rigoureux Agamemnon;
Ce qui vous surprendra, c'est que de la tempête,
Hors un peu de chaleur, vous ne sentîtes rien;
Le nuage au dedans brilloit sur votre tête;
Aucun bruit ne troubloit votre doux entretien.
A combattre pour vous l'ardente canicule,
L'officieux zéphyr se mettoient tout en eau,
    Et vous servoient de véhicule
    Pour regagner votre château.
    Peut-être encor à sa prière
Le paisible sommeil, qui prit l'affaire en main,
Du sac de ses pavots mouilla votre paupière
    Pour vous abréger le chemin,
Tandis qu'en blasphémant contre leur loi profane,
    Vos cinq ravisseurs prétendus,
    Désespérés et morfondus,
    Rejoignirent leur caravane.
Ainsi par un bonheur qui n'eut jamais d'égal,
Vous fûtes à l'abri de la peur et du mal.
O beauté trop chérie à la cour de Cythère,
    Les vents, le soleil, les amours,
La puissance du fils, les troupes de la mère,
Tout, sans vous mettre en frais de la moindre prière,
    Vole à votre secours.
    O combien de reconnoissance
Devez-vous à Vénus, qui prit votre défense
Contre ces insolents qui vouloient vous ravir!
Ce qu'elle a fait pour vous, il faut bien le lui rendre;
Que si vous ignorez comme on doit la servir,
    Iris, je m'offre à vous l'apprendre.

    Lisez la date, aimable Iris,
    Et jugez si je vous chéris;

Il faut trancher le mot : jugez si je vous aime !
    De Sivignon je vous écris ;
Ce palais de Comus, ce séjour de Cypris,
Où l'on n'a pas le temps de songer à soi-même.

A MADEMOISELLE DE SAINT-POINT,

QUI AVOIT FAIT VOIR
A PLUSIEURS PERSONNES DES LETTRES QU'ON LUI ÉCRIVOIT.

STANCES.

Au tribunal d'amour j'ai fait ce que j'ai pu
    Pour obtenir qu'il vous punisse;
    Mais d'un juge aussi corrompu
    Puis-je attendre aucune justice?
Seigneur, lui remontrois-je avec émotion,
    Est-ce une chose supportable
    Qu'Iris à ma discrétion
    Fasse une injure irréparable?

J'espérois que mon cœur, qui languit sous sa loi,
    Blessé d'une atteinte profonde,
Fût un sacré mystère entre elle, vous et moi;
    L'ingrate en instruit tout le monde.
    — « Lisez ce qu'Acanthe m'écrit,
« Dit-elle en souriant. Voyez sa politesse !... »
La cruelle, elle feint de louer mon esprit,
    Lorsqu'elle insulte à ma tendresse.
Ses nombreux confidents, riant sous leur chapeau,
    Pensent, comme je l'imagine,
Que plutôt je devrois, si voisin du tombeau,
    Faire l'amour à Proserpine.
Ils disent que je suis d'une espèce de fous
    Dont on voit bien peu de modèles.
J'en conviens; mais, amis, avouez entre nous
    Que ma folie est des plus belles.

Si je n'ai pas l'esprit bien sain,
Ou si de mes douceurs le goût est un peu fade,
Est-il décent de voir un médecin
Qui se moque de son malade?

Iris, pour m'apaiser, dit que de mes écrits
C'est à ses seuls parents qu'elle a permis la vue.
Iris n'a donc qu'aux loups confié la brebis!
L'excuse est merveilleuse et je l'ai bien reçue.
Je ne demande pas, Amour, pour me venger
Qu'on exerce sur elle un châtiment sévère,
Mais du moins pour la corriger
Faites-lui ressentir quelque peine légère.
Faites que le regret d'en avoir mal usé,
Par des peines intérieures
Altérant son beau sang toujours tranquillisé,
Ne la laisse dormir tout au plus que neuf heures;
Qu'elle souffre en se réveillant
Quelque remords involontaire,
Que son œil en soit moins brillant
Et son teint reposé moins qu'à son ordinaire.
Que par le dépit de se voir,
Quoique jeune, tirer sur la couleur de l'ambre,
Elle casse quelque miroir
Ou gronde sans sujet quelque femme de chambre.
Faites qu'à son esprit qu'éclaire la raison
Le prix de mon ardeur se fasse mieux connoître
Par la simple comparaison
Du procédé bruyant d'un jeune petit-maître...
Aux pieds du monarque puissant
J'aurois poussé plus loin ma plaintive harangue,
Lorsque d'un coup d'œil menaçant
Mon juge m'interdit l'usage de la langue.

« Esclave malheureux, cesse de discourir,
« Me dit-il, et, baisant ta chaîne révérée,
« Apprends que c'est ton sort de te taire et souffrir,
   « Celui d'Iris d'être adorée. »

A MADEMOISELLE DE MOMPIPEAU

EN LUI ENVOYANT DES GRAINES.

Ce 12 janvier.

ujourd'hui je me suis levé
Un peu plus matin que l'aurore ;
Pour un fort grand dormeur, et dans janvier
C'est un sacrifice achevé :   [encore,
Mais je voulois consulter Flore
Sur ce paquet étiqueté
Qui de ma part vous sera présenté
A ce commencement de la nouvelle année ;
Et pour entretenir cette divinité
Il ne faut pas dormir la grasse matinée.
Je n'ai pas été la chercher
Dans les superbes Tuileries,
Ni dans les charmantes prairies
Où l'on voit au printemps ses bienfaits s'épancher :
Ma peine auroit été perdue ;
Ces lieux à tous vents sont ouverts,
Et la déesse toute nue
N'y peut résister aux hivers.
En quelque endroit que l'on le place,
Jamais un bienfait ne se perd.
Pendant les rigueurs de la glace,
Dans ses caves Bacchus lui donne le couvert.
Ce dieu reconnoissant la sauve de l'injure
Que le froid ennemi feroit à ses appas,
Pour lui payer les fleurs et la verdure
Dont elle a paré ses repas.

Là cette beauté délicate,
Attendant un meilleur destin,
Au lieu de pourpre et de satin
S'habille d'osier et de natte,
Et dans ce triste atour porte un deuil assidu
De son règne perdu.
C'est dans cette retraite où je suis descendu
Pour consulter la reine des fleurettes.
Déesse, par vos amourettes,
(Ai-je dit à genoux) par ces galants soupirs,
Que, dans le tendre excès de leurs flammes discrètes,
Poussent les amoureux zéphyrs ;
Par l'émail parfumé dont vous ornez la plaine,
Enfin par le retour de l'aimable printemps,
Qui dans sa naissance prochaine
Vous rendra l'empire des champs,
De grâce, enseignez-moi comme il faut qu'on cultive
Ces fleurs que par votre ordre on sème au renouveau,
Et faites que par moi votre méthode arrive
A la Flore de Mompipeau.

A votre nom, chose étonnante!
J'ai reconnu d'abord que j'étois entendu :
Les orangers ont répandu
Dans les airs de la serre une odeur plus charmante,
Le laurier s'en est écroulé,
L'aloès a fait voir son écorce entr'ouverte,
Et le myrte amoureux, de respect ébranlé,
A secoué sa tête verte.
La déesse, en un mot, s'est offerte à mes yeux,
Non comme on la voit dans les cieux
Avec sa beauté tout entière ;
Cette divinité qu'on sert sur vos autels,
Encor que bienfaisante, encor que familière,

Dans sa propre figure a pour des yeux mortels
    Une insoutenable lumière.
    Mais pour ne m'en aveugler pas,
    Elle a voilé ses rayonnants appas
    Et s'est fait voir chauve et barbue,
Dans sa crasseuse main tournant un chapeau gras,
    Grattant d'un doigt sa tête nue,
En habit de droguet, en souliers plats et vieux,
    Enfin dans la figure même
    Que se fait voir chaque jour à nos yeux
    Le jardinier de l'hôtel d'Angoulême;
    Et sur les points que j'avois demandés,
    D'une voix humble et d'une haleine forte,
    Elle a prononcé de la sorte
    L'oracle que vous attendez :

    Dans le second mois de l'année,
Quand l'astre des poissons succède au verseur d'eau,
Si vous pouvez trouver une belle journée,
    Prenez la bêche et le râteau,
    Et dans la terre bien fouillée
Semez le taraspic, dont la pure blancheur
    D'aucun mélange n'est souillée,
    Et le double pavot qui panache sa fleur.
De l'humble antherinum faites-en tout de même :
Il va pendant trois mois toujours renouvelant;
    Si sa beauté n'est pas suprême,
    Il rehausse son prix par ce petit talent.
    En pareil temps, des deux pieds d'alouette
    Suscitez la fécondité :
    Leurs fleurs, par leur variété,
Vous en rendront récompense complète,
L'une au printemps et l'autre à la fin de l'été.

Semez au mois de mars votre œillet de poëte,
Dans celui de juillet sa fleur sera parfaite.
    Qui sur son nom voudra rêver
    D'une manière sérieuse,
    La doit croire capricieuse
    Et difficile à cultiver.
    Mais ne lui faites pas l'injure,
Sur ce nom décrié de vous en dégoûter.
Quand elle sort de terre il faut la replanter,
    Et voilà toute sa culture.

    Au mois d'avril sur couche il faut semer
L'ambrette parfumée et la noble amarante;
Six semaines après, qui veut les voir former,
    Il faut qu'au large il les replante;
Le poivre ainsi conduit réussira fort bien,
Et le melon génois, tous deux plantes nouvelles,
Vous donneront des fleurs médiocrement belles
Et des fruits curieux qui ne sont bons à rien.

Régalez de ma part la belle jardinière
    D'une fleur singulière;
Ainsi que l'amarante on la sème au printemps,
Et pour la replanter on prend le même temps;
Elle est si fort brouillée avecque la lumière,
Que ses plus tristes jours sont les plus éclatants,
    Et, contraire à l'héliotrope,
    Au moment que le soleil luit
On la voit se fermer et tomber en syncope,
Et ne s'épanouir qu'aux ombres de la nuit;
Pour cette qualité, qui fait ici du bruit,
    Et dont mon empire s'étonne,
    Belle de nuit est le nom qu'on lui donne.

Belle de nuit seule n'est-elle pas,
    Et dans Paris on en voit d'autres qu'elle
A qui l'obscurité prête tous leurs appas ;
Mainte coquette en sa sombre ruelle,
Maintient par art beauté peu naturelle,
Attentive sans cesse à fasciner les yeux,
Et bannit du soleil les rayons curieux
Dont la sincérité déposeroit contre elle.
L'amour, comme aux filets, se prend dans ses jours faux,
Et plus d'une voudroit, dans le siècle où nous sommes,
        Dérober la lumière aux hommes
        Pour leur dérober ses défauts.

La déesse, à ces mots, ainsi qu'un trait de flamme
S'éclipsa de mes yeux par un sentier luisant,
        Et finit justement en femme,
        Puisque ce fut en médisant.
        Cela soit dit sans vous déplaire ;
        Je vous distingue du vulgaire,
        Et sais, sans l'avoir deviné,
        Comment votre esprit est tourné.

    Par ce récit véritable et fidèle
Vous connoîtrez que la troupe immortelle
Se prévaut de mes soins, me donne quelque emploi,
    Et ne dédaigne pas de parler avec moi.
Voyez ce que je puis chez elle pour vous plaire.
Je ne suis même pas inconnu dans Cythère ;
        Si par hasard avec l'Amour
        Vous aviez un jour quelque affaire,
        Je connois l'air de cette cour
        Et vous offre mon ministère.

A MADAME L. C.

religieuse de Longchamps.

 os chagrins depuis quatre mois
Vous ont empêché de m'écrire ;
Cette excuse est d'un si grand poids,
Parthénice, qu'il faut en rire.

Si je me connois en chagrin,
Ce n'est pas sur vous qu'il travaille,
Ce n'est pas sur votre terrain
Qu'il choisit son champ de bataille.

Cet ennemi du doux repos
Sait trop en quels endroits il grimpe,
Et ne va point mal à propos
S'emprisonner sous une guimpe.

Comment pourroit-il s'élever
Sur les murs de votre clôture ?
L'amour n'y sauroit arriver,
Lui qui n'a pas l'aile moins sûre.

S'il est quelques soucis connus
Dans votre paradis de filles,
Ils sont si minces, si menus,
Qu'ils passent par des trous de grilles.

De bons gros chagrins bien nourris,
C'est à nous qu'il faut les permettre,
Dont l'espoir attend de Paris
La fortune dans une lettre.

Du moins sachons votre chagrin;
Qui le découvre le soulage.
Un jeune et volage serin
Auroit-il rompu votre cage?

Les vents du Nord ou du Midi
N'auroient-ils point, en téméraires,
Hâlé d'un baiser étourdi
Le teint des fleurs qui vous sont chères?

Par quelque attentat des plus noirs,
La violence des orages
A-t-elle de vos promenoirs
Éclairé les sacrés ombrages?

     amusements légers
Roulé votre sollicitude;
Tous autres mots sont étrangers
A votre aimable solitude.

Ni vos craintes ni vos désirs
N'ont rapport aux grandeurs humaines;
Vous qui renoncez aux plaisirs,
Pourquoi sentiriez-vous les peines?

Parlez-moi sans déguisement:
Je suis homme d'expérience,
Et démêle trop nettement
Les causes de votre silence.

O Dieux! dans quels piéges conduit
L'air d'une flatteuse apparence,
Lorsque la douleur s'introduit
Sous le masque de l'espérance!

J'ai cru que l'on m'ouvroit les cieux
Quand j'ai vu votre lettre ouverte,
Sans me défier que mes yeux
Y liroient l'arrêt de ma perte.

Dacier, Tourreil et Tallemant,
Y brillent comme ces étoiles
Dont la nuit, dans le firmament,
Borde le fond brun de ses voiles.

Vous m'y citez ce grand prélat
De qui la suprême éloquence
Sur Agen répand un éclat
Qui s'étend plus loin que la France.

Il s'y distingue, il éblouit,
Comme un de ces grands luminaires
Devant lesquels s'évanouit
La clarté des astres vulgaires.

Vous m'oublierez facilement,
Fière de tant d'amis illustres,
Non pour quatre mois seulement,
Mais encore pour quatre lustres.

Il est vrai que vous m'en parlez
Pour m'assurer de leur estime;
Mais sous des noms dissimulés,
Sais-je moins le poids qui m'opprime?

Bien qu'à déguiser mes malheurs
Vous vous montriez ingénieuse,
Un serpent caché sous des fleurs
A-t-il la dent moins venimeuse?

De ces justes approbateurs
L'estime est un bonheur sans doute ;
Mais j'en crains les appas flatteurs,
Quand je songe à ce qu'il m'en coûte.

Quoique avec ce titre éclatant,
On puisse prétendre au mérite,
Qu'ils ne vous occupent point tant,
Parthénice ; je les en quitte.

Eh quoi ! messieurs, en vérité,
Vous suffit-il pas qu'on vous prône
Tandis que dans l'obscurité
Je languis au bord de la Saône ?

Toute la gloire de notre art,
Je vous la cède avec justice ;
Mais qu'on me laisse un peu de part
Au souvenir de Parthénice.

Pardonnez à ce mouvement
Dont je n'ai pas été le maître ;
La jalousie est un tourment,
Trop de contrainte la fait naître.

Rarement pour s'aventurer
Du bon sens elle prend l'attache ;
L'imprudente ose se montrer
Aux lieux où son père se cache.

Le père se présentera
Peut-être un jour à votre grille,
Lorsque le timide saura
Comment vous traiterez sa fille.

A MADAME L. C.

religieuse de Longchamps.

BILLET.

 n m'a dit, illustre vestale,
Que j'ai part à votre pitié;
C'est votre sœur qui m'en régale;
Je la dois à votre amitié.

Cette occupation m'honore
Et triomphe de ma douleur;
Oui, si je me plaignois encore,
Je mériterois mon malheur.

Quoique l'atteinte en soit profonde,
Pourtant, si je m'y connois bien,
Vous fîtes, en quittant le monde,
Des cœurs plus tristes que le mien.

Peut-être votre âme inflexible,
Qu'un saint mouvement conduisoit,
Le suivit, sans être sensible
Au désespoir qu'elle causoit.

Puisque mon influence noire
Toucha votre cœur généreux,
Je n'en quitterois pas la gloire
Pour une charge ni pour deux.

Mon destin au vôtre me lie :
Pour beaucoup de conformité,

Comme vous j'userai ma vie
Dans une honnête pauvreté.

Nos festins deviendront les mêmes,
Et notre régime commun.
Je ferai deux ou trois carêmes,
Quand les pourvus n'en feront qu'un.

Comme vous, quittant de la mode
Le fastueux entêtement,
D'une serge simple et commode
Je ferai mon habillement.

Comme vous, à l'obéissance
Ajustant mon intérieur,
J'accomplirai sans répugnance
Les ordres du supérieur.

Pour l'autre vœu qui vous fait vivre
Sous le joug d'une chaste loi,
Je n'aurai pas peine à le suivre :
Mes cheveux gris l'ont fait pour moi.

Mais un point qui me tient en peine
Dérange la comparaison :
Car vous logez chez votre reine ;
Mon roi m'exclut de sa maison.

Cet écart forcé du modèle
Ne doit point m'être reproché :
Dans un si noble parallèle,
C'est beaucoup d'avoir approché.

Béni soit le malheur propice,
Heureux refus, sage artisan,

Qui bientôt en jeune novice
Va changer un vieux courtisan.

Franchement, mes desseins honnêtes
Méritent votre attention,
O ma sœur (car enfin vous l'êtes)!
Priez pour ma conversion.

RÉPONSE AU BILLET PRÉCÉDENT.

 oit dit sans se mettre en courroux,
Votre jalousie est charmante,
Qui vient se présenter à nous
Avec des airs de prétendante.

Nos esprits seroient bien bornés
Si chez nous on lui donnoit place ;
Et lui fermer la porte au nez
Est le moindre affront qu'on lui fasse.

Que faire d'un enfant gâté,
Qui se plaint, qui se désespère,
Tremblant, soupçonneux, dépité,
Et qui n'a ni père ni mère.

Vous avez beau vanter son sang
Dans votre écrit plein de magie ;
Très-suspecte, à vous parler franc,
Je tiens sa généalogie.

Si de réchauffer ce glaçon
La pitié me donnoit envie,
J'en contracterois un frisson
Qui dureroit toute ma vie.

De même, ou Virgile nous ment,
La pauvre Élise, trop crédule,
S'empoisonna cruellement
En caressant le faux Iule.

Vous n'ignorez pas qu'en ces lieux,
Où la fuite n'est pas permise,
On craint les maux contagieux
Plus qu'à Marseille ou qu'à Venise.

Dois-je donc alarmer les cœurs
D'une famille désolée,
Et dans le troupeau de mes sœurs
Introduire la clavelée ?

Reprenez cet enfant grondeur
Dont je n'entends point le langage ;
S'il atteint sa juste grandeur,
Il nous fera quelque ravage.

Du mal que j'en ai soupçonné,
Son air fait foi comme ses œuvres.
Il est jaune, il est décharné,
Et mange déjà des couleuvres.

En tous cas, si vous ne pouviez
En prendre le soin nécessaire,
Une place aux Enfants-Trouvés
Ne seroit pas mal son affaire.

Pour prendre un ton plus sérieux,
Tous ceux dont l'amitié m'oblige,
Ne me sont point si précieux
Qu'ils fassent que je vous néglige.

Acanthe, un ami tel que vous
Avec gloire augmente leur nombre,
Et, si vous en êtes jaloux,
Vous êtes jaloux de votre ombre.

Mais revenons à ce chagrin
Dont vous me contestez l'usage.
Hélas! quel ciel est si serein
Qu'il n'ait quelquefois son nuage!

Le chagrin né pour embroncher
Les esprits simples et crédules,
Comme un traître aime à se cacher
Dans l'obscurité des cellules.

Que d'ennuis à nos biens mêlés!
Que d'heureux moments ils nous volent!
Bagatelles, si vous voulez,
Ces bagatelles nous désolent.

Briser un tronc majestueux
Est une difficile chose
Au vent le plus impétueux.
Un zéphyr défeuille une rose.

Nous admirons la fermeté
Des âmes assez généreuses
Pour garder la tranquillité
Dans les tempêtes amoureuses.

Nous rendons hommage au pouvoir
D'une constance peu commune,
Qui supporte sans s'émouvoir
Les ouragans de la fortune.

Nous trouvons qu'on doit à genoux
Honorer les vertus infuses
De ceux qui, comme Ovide et vous,
Dans l'exil cultivent les muses.

A l'abri des réflexions,
Quand nous nous croyons bien gardées,
Grâce aux humaines passions,
Un rien dérange nos idées.

Dans l'homme on se doit offenser
Des moindres marques de foiblesse;
A notre sexe on peut passer
Quelque peu de délicatesse.

Lorsque les vents dans leurs combats
Nous enveloppent de poussière,
La main ne s'en aperçoit pas,
L'œil en pleure et perd la lumière.

Chagrin, tu brises de ton choc
Et la houlette et la couronne;
Contre toi le voile ou le froc
N'ont jamais protégé personne.

Oublions, Acanthe, oublions
Ces chagrins dont je suis lassée.
Quand j'en aurois des millions,
Vos vers en purgent ma pensée.

Si du vôtre, un jour, par ses soins,
Votre Mécène vous exempte,
Soyez sûr que j'aurai de moins
Un des plus forts que je ressente.

CONTES

CONTES

—

LE POETE DONNÉ AUX CHIENS.

Nouvelle persane tirée du Gulistan de Saadi.

A MADAME L. C.

ue faites-vous dans votre solitude
D'où, pour les cœurs sous ses ombres nourris,
L'aimable paix chasse l'inquiétude
Et la relègue au turbulent Paris?
Prenant le frais dans quelque sombre allée,
Jouissez-vous, sur le gazon mollet,
Des doux propos de la muse voilée,
Qu'en ce bas monde on appelle Nollet?
Inventez-vous quelque charmante espèce
De massepains dont le parfum touchant
Au goût exquis de la jeune princesse [1],
Fasse admirer les douceurs de Longchamps?
Instruisez-vous quelque élève nouvelle,
Comme j'ai vu votre parente Orry,
A mépriser parure et bagatelle
Pour plaire aux yeux du céleste mari?
De cent plaisirs à toute heure obsédée,

[1] La duchesse de Bourgogne.

Tous innocents autant qu'ils sont flatteurs,
Ne perdez pas entièrement l'idée
Du plus zélé de vos admirateurs.
Pour l'éviter il faut que je m'exerce
A vous offrir un don de petit prix.
Prenez-le en gré. C'est un conte de Perse;
Il vaudrait mieux si c'étoit un tapis.
Mais un bon cœur que la fortune opprime,
De ce qu'il veut ne fait pas la moitié;
Contentez-vous d'une nouvelle en rime :
Par petits dons s'entretient l'amitié.

Où les Persans confinent aux Arabes,
Dans certain bourg à demi ruiné,
Passoit sa vie un compteur de syllabes,
A faire vers par son art incliné.
Pauvre étoit-il, chose peu surprenante
Dans un tel lieu, puisqu'aux plus excellents,
Même à la cour, rimes ne sont pas rentes :
Faiseurs de vers n'y sont guère opulents.
Un vieux château commandoit sur la plaine,
Où des brigands, retranchés dans sa tour,
Sous l'étendard d'un fameux capitaine
Faisoient trembler tous les lieux d'alentour,
Sur tous les biens exerçant l'hypothèque;
Du fer tranchant dont s'armoient leurs côtés,
Marchands d'Alep, pèlerins de la Mecque,
Étoient par eux également traités.
Le pauvre Hafis (c'est le nom que possède
Notre héros chez ces honnêtes gens)
Se résolut d'aller chercher remède,
A toute risque, à ses besoins urgents :
C'étoit la faim; mais sur quoi se retranche,
Se disoit-il, ma folle affliction?

C'est aux corbeaux demander plumes blanches,
Que chez brigands chercher compassion.
En est-il un de qui le cœur soit tendre ?
Et pourquoi non ? Que peut-il m'en coûter ?
Tout voyageur sur qui rien n'est à prendre,
Devant voleurs sans crainte peut chanter.
Mais par quels dons captiver leur génie ?
Présents sont tout chez les Orientaux ;
C'est comme ici. Mahomet me renie
Si je possède étoffes ni métaux !
Faisons des vers pour eux... Le mauvais ange
Me tente ; abus pour des voleurs ! Eh bien !
Quel scélérat n'avale une louange
Tout aussi net que fait l'homme de bien ?
Très-affermi dans ce dessein grotesque,
Hafis, roulant ses gros yeux de travers,
Fait sa prière à la muse arabesque,
Ronge son ongle et griffonne ces vers :

« Volez, voleurs, sur la mer, sur la terre ;
  « Changez le riche en indigent.
« Et sans rien distinguer dans votre illustre guerre,
« Tenez pour ennemi quiconque a de l'argent.

« Qu'on ne me parle plus d'aucun autre exercice :
« Le plus noble de tous est celui de voler.
« C'est par lui que le sort répare l'injustice
« Du partage des biens qu'il sut mal égaler.
« Honorons ce grand art jusqu'à l'idolâtrie ;
« Il a pour fondement la force et l'industrie :
  « Ces deux brillantes qualités
  « Dont partout la moindre partie
  « Des hommes les plus redoutés,
  « A sa nature assujettie
  « Fait adorer les volontés.

12

« Ne craignez pas les lois : ces toiles d'araignée
« N'arrètent point un cœur du profit amoureux ;
« De leur autorité sous vos pieds généreux
      « Foulez la force dédaignée.
« Le gibet n'est planté que pour les malheureux.

    « Volez, voleurs, sur la mer, sur la terre,
      « Changez le riche en indigent,
« Et sans rien distinguer dans votre illustre guerre,
« Tenez pour ennemi quiconque a de l'argent.

« Les plus huppés des dieux à tout ce qui respire
« Ont de voler comme eux inspiré le dessein ;
« Jupiter à Saturne arracha son empire ;
« Mercure se rendit fameux par son larcin
      « Encor plus que par son bien dire.
      « L'un comptoit sur la trahison,
        « Et l'autre sur sa javeline ;
« Le tyran des enfers enleva Proserpine ;
« Vénus vole les cœurs et Bacchus la raison.
      « Sur ces authentiques exemples,
      « Les héros leurs imitateurs
« Ont mérité que mille adorateurs
« Fissent fumer l'encens dans leurs superbes temples.
« Le plus hardi de tous vola le feu des cieux.
      « Jason, secondé par Médée,
      « Ravit le dépòt précieux
« De la riche toison si puissamment gardée,
      « Malgré le dragon furieux,
« Qui vomissoit de flamme une terrible ondée,
« Commis par Jupiter pour la couver des yeux.

    « Volez, voleurs, sur la mer, sur la terre,
    « Changez le riche en indigent,

« Et sans rien distinguer dans votre illustre guerre,
« Tenez pour ennemi quiconque a de l'argent.

« Si nous voulons entrer dans les temps historiques,
    « Abandonnant le fabuleux,
« Trouverons-nous royaume ou république
« Dont le nom sans voler soit devenu fameux ?
    « Par une noble jalousie,
    « Assyriens, Mèdes, Persans,
    « Armés du droit des plus puissants,
« Les premiers tour à tour se volèrent l'Asie ;
« Le Macédonien les mit tous trois d'accord,
    « Et sous l'intrépide Alexandre,
    « Par le même droit du plus fort,
« Leur montra qu'ils n'étoient que novices à prendre.
« Grossi comme un torrent et plus haut à la main,
« Un amas de brigands assemblés par Romule,
    « Allongeant l'empire romain
    « Du Gange aux colonnes d'Hercule,
« Engloutit les trois quarts de tout le genre humain.
« Par un juste retour, suivant les grandes règles,
    « Les Gondiochs, les Alarics,
    « Les Attila, les Genserics,
    « Les Thorismonds et les Théodorics,
« Plumèrent jusqu'au vif ces ravissantes aigles.
« Qu'étoient les Mahomet, qu'étoient les Tamerlans,
    « Que des ravisseurs insolents,
« Qui, les armes au poing, soulageoient leur misère
    « Par des remèdes violents ?
« Le nom, mes chers amis, n'est que chose arbitraire ;
    « Il n'a changé rien à l'affaire,
    « C'est moi qui vous en suis garant.
« Qui vole à petit bruit est appelé corsaire
« Et qui vole à grand bruit est nommé conquérant.

« Volez, voleurs, sur la mer, sur la terre,
  « Changez le riche en indigent,
« Et sans rien distinguer dans votre illustre guerre,
« Tenez pour ennemi quiconque a de l'argent.

« L'instinct de dérober par une loi commune
  « Dans la nature est répandu;
« Chaque jour le soleil, par un vol assidu,
  « Ravit la clarté de la lune.
« Le jour, sous les Gémeaux, usurpe sur la nuit;
« La nuit, sous les Poissons, reprend son avantage.
« Le fleuve débordé butine avec grand bruit
  « Les richesses de son rivage.
« On voit les doux zéphyrs dans ses bocages verts
« Butiner en avril les glaces de l'hiver,
« Et les fiers aquilons, du champ de leurs batailles
« Devenus à leur tour uniques possesseurs,
  « Exercent sur les tendres fleurs
  « D'impitoyables représailles.
« Les animaux éprouvent même sort :
« Écaille, plume et poil vont à la picorée;
« Au plus industrieux le sot sert de curée,
  « Le plus foible en sert au plus fort.
« Quoi donc? parce qu'un loup dans son besoin les croque,
« Les moutons prendront-ils de lamentables tons?
« En ait pitié qui veut; quant à moi, je m'en moque;
« De quoi se plaignent-ils? Pourquoi sont-ils moutons?
« S'il faut être ici-bas le loup ou la pécore,
« Quel homme de bon sens, tout bien considéré,
« N'aimera mieux encore être loup qui dévore,
  « Que d'être mouton dévoré?...

« Volez, voleurs, sur la mer, sur la terre,
  « Changez le riche en indigent,

« Et sans rien distinguer dans votre illustre guerre,
« Tenez pour ennemi quiconque a de l'argent.

 « Les cités les mieux policées
« Fourmillent de docteurs pour prendre à toutes mains ;
 « Voleurs de bois, voleurs de grands chemins,
 « N'ont point comme eux les serres exercées.
« Combien de nations, braves et bien sensées,
 « Sans coup férir par eux sont détroussées
  « Avec papiers et parchemins !
« Un vieil Arménien qui revenoit de France
  « M'en faisoit des récits charmants.
« Dans Paris, disoit-il, avec pleine licence
« Les belles tour à tour s'enlèvent leurs amants ;
« A sa dupe un joueur filoute sa finance ;
« Le père par un fils trop follement chéri
« Se voit ravir l'espoir qu'enfermoit sa cassette,
  « Pendant que l'épouse coquette
  « Met en chemise son mari,
  « Et la chose est si loin poussée,
« Que l'auteur à l'auteur escroque sa pensée.
« Enfin, de ce pays si noble est l'ascendant,
« Qu'à qui mieux mieux tout le monde y dérobe ;
« Le bas peuple est pillé par l'homme à longue robe,
 « Le grand seigneur l'est par son intendant.
« Sus donc ; qu'à s'enrichir chacun de vous s'applique,
« Par mes réflexions devenu plus ardent,
  « Puisque l'honneur est chimérique
  « Où le profit est évident.

 « Volez, voleurs, sur la mer, sur la terre,
  « Changez le riche en indigent,
« Et sans rien distinguer dans votre illustre guerre,
« Tenez pour ennemi quiconque a de l'argent. »

Dès qu'il eut mis ces rimes dans sa tête,
Hafis, muni d'un si puissant secours,
Peigne sa barbe et prend l'habit de fête;
C'étoit aussi celui de tous les jours.
Il s'achemine, et, plein de confiance,
Monte au château. Là, nos autres acteurs
Vin de Schiras buvoient à toute outrance,
De l'Alcoran tièdes observateurs.
On l'introduit; il fait sa révérence
D'assez bon air; mais, bientôt interdit,
Devant sénat de si grave prestance,
Il s'embarrasse et ne sait ce qu'il dit.
Ainsi dans Rome oublia sa harangue,
D'hommes armés se voyant entouré,
Cet orateur dont la diserte langue
Dans ses honneurs jusqu'à nous a duré.
D'abord en l'air s'élève la risée;
L'un de tabac lui souffle un camouflet,
L'autre sur lui répand sale rosée.
Plus modéré, leur chef court au sifflet;
A ce signal la brigade riposte :
De cent sifflets le concert s'embellit;
Leur son aigu sur les vents prend la poste;
La caravane au désert en pâlit.
Hafis veut fuir; qu'auroit-il pu mieux faire?
Mais les goujats l'arrêtent en chemin,
Et l'empoignant, soit dit sans vous déplaire,
Le mettent nu quasi comme la main.
Pareils valets pour dépouiller un homme
Ont la main prompte et l'esprit éveillé;
Dans son ballet le Bourgeois Gentilhomme
Si prestement n'est pas déshabillé.
Autre disgrace : un portier à moustache
Fort plantureuse, exempte du collier,

Comme il passoit, trois lévriers détache,
Tous trois pourvus d'un vilain râtelier.
Pille, dragon! et vite à lui, Satrape!
C'est un escroc; parle à lui, Ronge-fer!
Au giaour, au rimeur, boute, attrape...
Hafis tout nu suoit en plein hiver.
L'Orphée arabe, à voir gueules béantes,
Se voit déjà même sort assuré
Qu'au Thracien, non par jeunes bacchantes,
Mais par mâtins en morceaux déchiré.
D'un gros caillou cimenté par la glace,
Pour se défendre il s'étoit emparé;
Mais n'ayant pu l'arracher de sa place,
Il s'écria d'un ton désespéré :
« Le ciel sur vous lance tous ses tonnerres,
« O Musulmans, plus maudits que païens!
« Les scélérats, ils attachent les pierres
« Au même temps qu'ils détachent les chiens. »
Le capitaine, attentif au spectacle,
De ce bon mot fut juste estimateur;
Il s'attendrit, il rit, ce fut miracle,
Rompit ses chiens et délivra l'auteur.
Pour satisfaire à sa peine endurée,
Avec excuse il l'admit au festin;
Il lui donna belle robe fourrée
Et lui rendit tout son pauvre butin.

Il faut venir à la morale;
J'abuse de votre loisir :
Nous y voici, belle vestale.
De deux réflexions je vous donne à choisir :
L'une, qu'un trait d'esprit en tous lieux trouve à plaire,
Et qu'un mot à propos placé
Peut servir et tirer d'affaire

      L'homme le plus embarrassé.
L'esprit comme la foudre avec bruit se fait place;
Son éclair brille aux yeux même du plus grossier;
      Son trait peut fondre un cœur de glace;
      Il peut briser un cœur d'acier.
L'autre, que de voleurs la terre est toute pleine;
De quel côté qu'on tourne il en pleut par douzaine.
      De l'endroit le moins attendu
      Souvent on voit tomber l'orage,
Dont votre messager, s'il n'est déjà pendu [1],
      Rendra fidèle témoignage.
Mais il est certains vols que ne peut éviter
Un cœur d'intelligence à les faciliter.
On vole dans le cloître, on vole en pleine église;
C'est là que finement le voleur se déguise
Sous un extérieur sage et dissimulé.
Ainsi, le doux repos toujours vous accompagne;
Dites de bonne foi : Vous et votre compagne,
      N'avez-vous rien volé?

  1. Le Messager de Longchamps avoit volé ces dames.

CAMILLE [1]

Dame d'honneur de l'impératrice Hildegarde,
à madame la duchesse d'H....
en lui envoyant la nouvelle ci-dessus.

ÉPITRE.

u séjour lumineux de l'immortalité,
Où depuis si longtemps m'ont assigné ma place
L'honneur et la vertu, dont ma fidélité,
Pendant que je vivois, toujours suivit la trace,
Hors vous, jusqu'à présent, je n'ai vu nul objet
Qui me touchât le cœur, qui me plût sur tout autre;
De vous offrir le mien j'ai formé le projet,
C'est à vous de juger s'il est digne du vôtre.
Qu'un pareil compliment ne vous étonne pas;
Souvent, quoique fort peu dans le siècle où nous sommes,
Les célestes esprits ont trouvé des appas
A marquer leur amour pour les enfants des hommes;
Mais pour bien décider si nous nous convenons,
Voici, belle duchesse, en ces lignes sincères,
Un fidèle portrait pour me connoître à fonds
Et si la sympathie unit nos caractères.
 Je sors d'un sang de chevaliers,
 Où, remontant par mes deux lignes,
 On ne trouve que chanceliers,
 Que ministres, gens à colliers,
 Et maréchaux en guerre insignes;

1. Cette épître ou dédicace précédoit originairement le conte
Filer le Parfait amour.

Mais de titres ni de brevet,
Je n'entends point tirer ma gloire;
Tout ce que nous n'avons point fait
N'enrichit guère notre histoire.

On tient pour un cas odieux
De chanter ses propres louanges :
Sage maxime en vos bas lieux,
Inutile au pays des anges.
Souffrez donc, pour plaire à vos yeux,
Que je parle en bien de moi-même;
Le vrai, c'est la langue des dieux,
Et j'écris à dame qui l'aime.

Quand la nature me forma,
De concert avec la fortune,
Pour faire une charmante brune,
Tout son savoir elle exprima :
Taille au-dessus de la commune,
Un air fin, noble et prévenant,
Une démarche à l'avenant;
Beaux bras, belles mains, belle gorge;
Certains yeux qui perçoient à jour
Et qu'on eût juré que l'amour
Avoit affinés dans la forge;
Surtout de ce je ne sais quoi
Qui ravit, sans savoir pourquoi,
Les cœurs dès la première vue,
Je fus abondamment pourvue.
Voilà ce qu'elle fit pour moi.

Le ciel, qui vit cette figure
Faite d'un modèle accompli,
Par jalousie à la nature

Voulut donner le *paroli*.
Oui, dit-il, la bague est parfaite,
L'or et l'art, tout en est charmant;
Mais j'y veux mettre un diamant
Dont la plus petite facette
Y brillera plus noblement.
Il dit, et fit conséquemment :
Il me doua d'âme si belle,
Si grande, si pleine de feu,
Que de telles on en voit peu
Sortir de la sphère éternelle.
J'avois l'esprit vif et charmant,
Talents qui ne s'accordent guère.
En me jouant j'avois acquis
Une connoissance sublime
Dans le savoir le plus exquis,
Et m'en cachois comme d'un crime.

J'avois un cœur fait pour aimer
Tout ce qui m'en paroissoit digne;
Mais on ne pouvoit me blâmer
Qu'aucun désir passât la ligne
Où le devoir doit l'enfermer.
Sur mon génie eut tant d'empire
L'incorruptible vérité,
Que je croyois pouvoir tout dire
Quand je l'avois de mon côté;
Et, fût-ce louange ou satire,
Que chacun devoit y souscrire
Par un principe d'équité.

Mes amis m'accusoient sans cesse
D'un petit engourdissement
Que ces messieurs nommoient paresse.

Mais je le prenois autrement,
Et bien loin d'être une foiblesse,
Je leur soutenois hautement
Que c'étoit un recueillement,
Lorsque mon âme possédée
Des dons de la suprême idée,
Les contemploit incessamment,
Et s'estimeroit dégradée
De s'en détourner un moment.
Pourtant, dans les besoins soigneuse,
Mes sens n'étoient point endormis;
J'oubliois d'être paresseuse
S'il falloit servir mes amis.
Je vous ferois une légende
De quantité d'autres vertus,
Et j'en citerois tant et plus,
Mais la liste en seroit trop grande.
Suffit de cet échantillon,
A l'ongle on connoît le lion.
Examinez, belle duchesse,
Si par notre conformité
Je pourrois avoir mérité
Quelque part à votre tendresse.
Ou par justice ou par bonté
Aimez-moi comme je vous aime,
Et, m'accordant ce bien suprême,
Vantez-vous d'avoir ajouté
Le comble à ma félicité.

CAMILLE.

APOSTILLE.

Le récit que je vous envoie
Vous dira de quelle monnoie

D'un fourbe et téméraire amant
Je sus par la prison payer l'emportement;
   D'une pareille comédie
   A celle dont je vous fais part
   Vous ne courrez point le hasard,
   Et le respect y remédie.
Mais si ceux qui pour vous soupirent en secret,
Et dont à mon avis toute la cour fourmille,
Se trouvoient condamnés à passer le guichet,
Duchesse, il faudroit faire élargir la Bastille.

QUI A TEMPS A VIE

CONTE

A M. de Salornay, secrétaire du roi.

 e Temps des plus vastes promesses
    Acquitte les plus enragés;
    Le terme vaut l'argent; délais bien ménagés
    Chez le crédule espoir tiennent lieu de larg
O grands! grands prometteurs! d'allonger les moments
    Cultivez l'utile habitude!
Le temps vous absoudra de vos engagements.
S'il ne peut les remplir, du moins il les élude.

Un esclave génois, homme de qualité
    Et d'un génie au-dessus du vulgaire,
Chez le vizir Achmet, musulman sanguinaire,
    Par l'industrie et la fidélité,
    Sans cesse attentif à lui plaire,
Adoucissoit l'aigreur de sa captivité.
Un verre qu'il cassa de sa félicité
    Finit les moments peu durables;
Car vous n'ignorez pas que chez les grands seigneurs,
Et même chez les Turcs plus volontiers qu'ailleurs,
    Verres cassés sont cas pendables.

    « Quoi donc! dans son premier transport
    « S'écria le farouche maître,
« Mon grand verre est brisé, mon verre de Francfort,
« Pour boire mon sorbet qui convenoit si fort,
" Si bien gravé, si rare! Il en mourra, le traître!

« Qu'on l'empale. » — A ces mots, Frégose est accroché
    Par quatre impitoyables serres
Et se voit sur le point tout vif d'être embroché,
Exemple formidable à tous casseurs de verres !
Alors, sans s'émouvoir du trépas qui l'attend,
    A quelque homme de confiance
L'intrépide captif, d'un visage constant,
Demande à révéler un secret d'importance.
Orcam vers le poteau sur l'heure est amené ;
Orcam, du grand vizir conseiller ordinaire,
    Vient recevoir du condamné
    Le testament patibulaire.
Seigneur, lui dit Frégose avec tranquillité,
L'état où je me vois n'a rien qui m'embarrasse,
Et l'arrêt de ma mort est un arrêt de grâce
    Qui va me mettre en liberté ;
Mais le vizir en moi perdra plus qu'il ne pense,
Et je faisois pour lui certaine expérience
    Dont le succès l'eût contenté.
J'allois la supprimer, par esprit de vengeance,
Quand, prêt à rendre compte, un remords le défend,
    Qu'excite en moi la conscience ;
J'apprenois à parler à son gros éléphant :
Il bégayoit déjà quelques lettres arabes ;
Dans six mois il auroit épelé des syllabes,
Et dans dix ans... — Quel conte à faire à des enfants,
Interrompit Orcam ; c'est bien moi qu'on abuse !
Pour garantir tes jours n'as-tu pas d'autre ruse ?
Qui jamais entendit parler des éléphants ?
    — Non, reprit froidement Frégose,
    Ne croyez pas que j'en impose,
Dans ces derniers moments ce n'est pas la saison.
A tous les animaux leur auteur, de raison,
A qui plus, à qui moins, départit une dose.

L'éléphant les surpasse tous ;
De la religion il a quelque teinture :
Au lever du soleil il se jette à genoux,
Et révère en cette posture
Dans l'astre lumineux le dieu de la nature ;
Il connoit des vertus l'usage précieux ;
Il est reconnoissant, chaste, disciplinable,
Assiste le plus jeune et respecte le vieux.
Pour garantir ce que j'avance,
J'ai Pline, Héliodore, Aristote, Ælien,
Bérose, Porphyre, Appien,
Et Lipse, leur écho, gens à Votre Excellence
Peu connus, comme je le pense,
Mais dans le tribunal chrétien
Tenus pour fort hommes de bien
Et pour témoins de conséquence.
D'ailleurs, j'ai réfléchi, comme chose à peser,
Qu'animaux indiens sont enclins à jaser ;
Si la nature avare à sa plus noble bête
Avoit interdit le caquet,
Elle eût mis moins de sens dans son énorme tête
Que dans celle d'un perroquet.
Sur des raisons si concluantes,
Qu'un peu de sens commun prit soin de m'indiquer,
Dans la plus douce des attentes
Je poussois un projet qui ne pouvoit manquer ;
Mais puisque la terreur qu'imprime le supplice
Fait soupçonner ma bonne foi,
Que mon secret s'ensevelisse
Dans le même tombeau que moi.

Orcam prête au captif des oreilles avides ;
Car malgré le bonheur qui le met sur les rangs,
C'étoit un homme épais, un Scythe des plus francs

Qui fût jamais sorti des Palus Méotides ;
La nouveauté du fait l'effaroucha d'abord.
Le babil du Génois l'ébranle, il se ravise,
Et l'exécution par son ordre est sursise
Jusqu'à tant qu'au vizir il ait fait son rapport.
Or, vizirs, comme on sait, sont gens qui de chimères
    Se repaissent avidement,
Gens qui, bouffis d'orgueil, sur des preuves légères
    Se mettent en tête aisément
Que la nature esclave adore leur fortune,
Et doit à leur grandeur marquer à tout moment,
    Par quelque rare accouchement,
    Sa déférence peu commune.
L'un veut que d'un creuset le Pérou soit tiré,
Ou que d'un alambic pour lui jeunesse sorte,
Et l'autre encor plus fou court en désespéré
Arracher l'escarboucle au dragon qui la porte.
    On pourroit sans enchantement
    Persuader leur vaine gloire
    Que l'eau du Rhône ou de la Loire,
Ayant sur son passage abreuvé l'Allemand,
Ira grossir tes flots, orageuse mer Noire,
Pour signaler les jours de leur gouvernement.
    Comme le moindre des novices,
Achmet donne à travers ; il croit que le destin
Voulut à son honneur réserver les prémices
    De ce langage éléphantin,
    Et qu'aux annales de l'empire
Avec étonnement l'avenir pourra lire :
    « Par la faveur d'Allah,
    « En tel temps de l'hégire,
« Chez le vizir Achmet un éléphant parla. »
    Adouci par cette espérance,
Pour la première fois il usa de clémence.

Quant à Frégose, il dit qu'il veut mourir;
Que de s'y préparer il a fait la dépense,
Et que de sa façon dans l'ingrate Byzance
On n'entendra jamais d'éléphant discourir.
A la fin par bonté souffrant qu'on le délivre,
Pour plaire à son cher maître il se résout à vivre.
Pourtant il capitule, et l'adroit histrion
Fait convenir ses gens que dans l'instruction
D'un gradué de si grosse importance,
Le moindre temps requis pour le mettre en licence;
    C'est un double *quinquennium* [1].
Le matois, du trépas délivré de la sorte,
Chéri, considéré, prend des airs triomphants,
Et fait en lettres d'or afficher sur sa porte:
        Petite école d'éléphants.
Constantinople y vole, on l'étouffe au spectacle;
Le nouveau professeur entreprend sans façon,
Entouré de badauds criant tous au miracle
Avant que de la toile on ait levé l'obstacle,
De donner au public sa bizarre leçon.
Un jour qu'on en sortait, certain ami fidèle,
Demeuré le dernier, lui dit confidemment:
« Frégose, la frayeur t'ôta le jugement;
« Mais s'il t'en reste encore une ombre, une étincelle,
« Ne redoutes-tu point de ton engagement
        « La conséquence naturelle,
« Et du vizir dupé le fier ressentiment?
« Ne te souvient-il plus de ce bouc trop crédule
« Descendu dans un puits pour se désaltérer,
« Qui fut par le renard traité de ridicule
« Pour n'avoir pas prévu l'endroit à s'en tirer?»
« — Va, va, j'ai tout prévu, lui répondit Frégose:

    1. Deux fois cinq ans.

« Dix ans, à ton avis, sont-ils si peu de chose ?
    « Pendant ce chimérique emploi,
« Par le délai qu'on donne à mon expérience,
    « La mort viendra prendre sur soi
    « Le soin de dégager ma foi,
    « Et réduira sous sa puissance
    « L'éléphant, le vizir ou moi. »
    Je n'ai pas su de sa promesse
    Comment Frégose s'acquitta.
Il prolongea du moins ses jours par son adresse.
    E chi ha tempo ha vita.

    Cher Salornay, c'est ainsi que me joue
    Dame Fortune, au cœur dissimulé,
    Qui d'assez haut m'a, d'un tour de la roue,
    Précipité dans le fond de la boue,
    Où je croupis languissant, exilé,
    Sans qu'avec moi la perfide renoue.
    Je me suis vu quelquefois consolé
    Par doux espoir de flatteuse promesse ;
    Ministres, ducs, prélats, m'ont régalé ;
    Lenteur s'y mêle et me plonge en tristesse ;
    Mes plus beaux jours dans l'attente ont coulé
    Tant qu'au collet m'ait empoigné vieillesse.
    Pégase bronche à voir l'enchanteresse,
    Et fait un bond dont il reste épaulé.
    Pour nourrissons des filles volontaires,
    Sœurs d'Apollon, prêtresses de sa loi,
    Valet de chambre est un mauvais emploi.
    Premier ou non, cela n'importe guère,
    Fût-ce de reine ou, si l'on veut, de roi
    Clément Marot l'étoit ainsi que moi
    Ainsi que moi mal y fit ses affaires
    Suspect fut-il sur certains points de foi

Suspect ne suis, et pourtant je me vois
Droit héritier de ses longues misères.
A vous m'en prends avec raison, je crois,
Porte-malheurs, nymphes apollinaires,
Charmes pipeurs d'esprits de franc aloi,
Qui, vous servant, n'obtiennent pour octroi
Que laurier sauce aux feuilles trop amères,
Dont le débit est dans un grand raval,
Et pour boisson belles sources d'eaux claires,
Plus convenable à votre vieux cheval.
C'est grand bonheur que d'avoir des entrées
Dont bleus cordons se tiendroient glorieux,
Et d'approcher les personnes sacrées
En des moments libres et précieux.
Gens bien sensés, pendant la crise utile,
S'il vaque un don vous l'emblent franc et net,
Tandis qu'un fat sa cervelle distille
Dans l'alambic d'un petit cabinet,
A grappiller sur Horace ou Virgile,
Parodier quelque vieux vaudeville,
Ou reforger la pointe d'un sonnet
Que la cour fronde aussitôt que la ville,
Pour l'approuver, opine du bonnet.
Pourtant vous dis, filles de Mnémosÿne,
Dans mes vieux ans qui vîntes me ravir,
Que quand un homme avec vous s'acoquine,
Trop mal peut-il à Fortune servir;
Qui s'avisa d'en faire une déesse
Sur son autel devoit être immolé;
Quand m'en plaindrois, merveilles n'en seroit-ce:
Un éléphant auroit plutôt parlé
Qu'en ma faveur ne l'eût fait la traîtresse,
Qui sur un pied pirouette sans cesse
Et d'un bandeau couvre son œil fêlé

Ainsi qu'Amour, comme elle écervelé.
Pour apaiser l'inconstante maîtresse
Je me suis vu parfois en beau début;
Mais la guerre, dont je suis le rebut [1],
Empêcher veut qu'aucun bien je n'obtienne
Par quelque mort. Oh! si c'est là son but,
Fasse le ciel que ce ne soit la mienne,
Et que longtemps je chante cette antienne,
Dernier hoquet où nous réduit la mort.
La plus terrible est dans nos catastrophes.
Stoïciens qui la bravent si fort
Sont fanfarons masqués en philosophes;
Plus n'entendrons le chant du rossignol,
Quand de son croc nous grippera l'harpie,
Et je m'en tiens au proverbe espagnol :
Vive la poule, encor qu'ait la pepie!

1. Vers faux que je n'ai pas cru devoir corriger.

IXION

A MADAME LA COMTESSE DE ***

Fable.

our vous avoir, belle comtesse,
Dit deux mots de ma passion,   [justesse,
Par un savant reproche, et pourtant sans
Vous m'avez appelé téméraire Ixion.
Voulez-vous me prêter un peu d'attention,
Et je vais d'Ixion vous conter l'aventure.
Ni sa témérité ni son ambition
          N'eurent point de relation
          A son éternelle torture :
          C'est sa seule indiscrétion.

          Dans certain canton de la Grèce
Vivoit un jeune prince admirable en beauté,
          Hardi, vigoureux, bien planté,
          Distingué par sa politesse
          Plus que par sa solidité.
Jupiter, qui conçut pour lui de la tendresse,
L'éleva dans sa cour comme un enfant gâté.
Il touchoit à ce dieu d'un peu de parenté;
D'ailleurs, comme l'esprit est par ce qui précède
A prévoir l'avenir facilement porté,
          On murmuroit que Ganimède
Seroit par Ixion quelque jour supplanté.
La faveur à tel point enfla sa vanité
Qu'il devint amoureux de l'épouse du maître;
Mais quoi! cette Junon que le ciel redoutoit

Etoit femme d'honneur, et se piquoit de l'être
    Encor plus qu'elle ne l'étoit.
Que doit faire Ixion? quelle porte est ouverte
Pour tirer le garçon de son ennui mortel?
Parler de son ardeur, c'est courir à sa perte;
Brûler sans dire mot est encor plus cruel.
Pour moi, j'aurois parlé. Dans un mauvais quart d'heure
C'est affaire à finir sa vie et son amour;
Je suis comme César : s'il faut perdre le jour,
La plus prompte des morts me paroît la meilleure.

L'amoureux Ixion prit un autre parti :
    Soit que l'entreprise nouvelle
Et pleine de danger, d'aimer une immortelle,
        Eût au jeune apprenti
        Fait tourner la cervelle,
Soit que par la lecture il eût l'esprit gâté
    (Si déjà tendres poésies
Dérangeoient les ressorts des jeunes fantaisies
    Par leur chimérique beauté),
Aux arbres, aux ruisseaux il conta son martyre:
Il prit de sa langueur les rochers à témoin,
    Et les pria de n'en rien dire
    (Il n'en étoit guère besoin).
Accablé des douleurs dont l'excès le surmonte,
    Il devient sec et décharné;
Retranché par la faux, un lis est moins fané.
Le seigneur Jupiter n'y trouvoit pas son compte.
Caresses et présents, tout fut en vain tenté
Pour savoir d'Ixion quel déplaisir l'occupe;
    A quelque sot! Ixion n'est pas dupe;
A tout autre que lui plutôt l'eût-il conté.
Enfin, pour contenter sa curiosité,
Jupiter, qui savoit qu'au bord d'une fontaine

Le prince alloit souvent se plaindre de son mal,
  Prit la figure d'un grand chêne
Dont étoit ombragé le liquide cristal.
C'étoit là de ses tours. Pour la métamorphose,
Nul dieu de ses talents n'a jamais approché;
Surtout lorsque son cœur étoit un peu touché;
  Protée et lui, c'étoit la même chose.

Mais j'aperçois de loin venir l'objection :
Comment, me direz-vous, ce monarque suprème,
L'âme de l'univers et la lumière même,
  Pour lire dans l'intention
  D'un jeune aventurier qu'il aime
Avoit-il donc besoin d'un petit stratagème ?
Vous parlez de bon sens, comtesse; et cependant
  C'est là le style de la fable;
Ses dieux, dont la puissance étoit incomparable,
  Par un procédé discordant
Surprennent à tous coups un esprit raisonnable;
Encor plus, quand l'amour a su les captiver,
  Eux qu'on voyoit en maîtres s'élever
Au-dessus du pouvoir de l'humaine nature,
  A peine à sa ceinture
  Peuvent-ils arriver,
Plus foibles, plus rampants que n'est leur créature.

Grands négociateurs, Harlay, d'Avaux, Briord,
Dont les expédients tiennent de la magie,
Ne vous morfondez point à chercher quelque accord
Aux contradictions de la mythologie [1].
  Vous pourriez plutôt mille fois,
  Dans quelque sage conférence,

[1]. La science des fables.

Accorder la Pologne avec le Suédois
Et la maison d'Autriche avec celle de France.

Mais revenons au fait. Un jour sur le gazon
Le prince infortuné se nourrissoit de flamme,
Et sous Jupiter-arbre abandonnoit son âme
Aux symptômes cruels de l'amoureux poison.
Reine, s'écria-t-il, je suis un téméraire
D'avoir porté mes yeux sur vos divins appas;
Mais je vais expier un crime involontaire
     Par un volontaire trépas.
Adorable Junon, regardez sans colère
     Le sacrifice de mes jours;
Il vous parle d'amour, mais il est nécessaire.
Si je vivois encore, ô beauté trop sévère,
     Je vous offenserois toujours !
     Ixion, finissant sa plainte,
     S'alloit lancer sur son épieu;
Jupiter de frayeur sentit son âme atteinte,
     Quitta l'arbre et reprit le dieu,
Et se montrant à lui dans sa forme ordinaire :
Calme, prince, dit-il, calme ce désespoir;
Tu brûles pour Junon? Ce n'est pas une affaire;
     Je te la livre, et dès ce soir;
     Tu m'es plus cher qu'une chimère
Dont les mortels jaloux se laissent décevoir.
    Tu connois cette grotte obscure,
Où venant de la chasse... Il suffit, tu m'entends.
Pour donner à l'hymen certain air d'aventure
Qui pût assaisonner ses dons peu ragoûtants,
J'ai voulu que Junon ce soir m'y vînt attendre.
   A la faveur de son obscurité,
Tu peux jouer mon rôle en pleine sûreté;
Je te quitte ma place et t'invite à la prendre.

Tel qu'un homme ressuscité,
　Ixion, pour cette bonté,
A son libérateur rendit nouvel hommage.
　Pour Jupiter, en vérité,
　Sans le respect de sa divinité,
Il jouoit, ce me semble, un vilain personnage.
A certains accidents qu'on ne peut empêcher
　Accommoder sa prudence endormie,
Baste! on peut le souffrir; mais les aller chercher!
Je vous baise les mains : cela sent l'infamie.
　Or à juger soyons plus retenus :
　Le roi des dieux, comme c'est chose claire,
　Très-volontiers faisoit maris cornus;
　Le devenir n'étoit point son affaire.
　Que fit-il donc? Pour sauver le garçon
　Du désespoir, de flamme et de nuage
　Il fit un corps ressemblant à Junon
　De teint, de traits, de taille et de visage,
　Mais ressemblant d'une telle façon,
Qu'à moins d'avoir appris qu'on vouloit la surprendre,
La mère qui la fit auroit pu s'y méprendre.
Le fantôme à la grotte eut ordre de se rendre.
Tout s'y passa fort bien : l'amant sut profiter
　Du prétendu tour de souplesse,
　Et fit exploits à contenter
　Une véritable déesse.

Il fit si bien le dieu, mais si mal le mari,
Que la fausse Junon se douta de l'affaire,
Et, le reconnoissant, lui fit toute en colère
　Un étrange charivari.
　Après avoir joué la reine,
Elle joua la femme, et les crimes passés
　Qu'on avoit menacés

D'une éternelle haine,
Par des crimes nouveaux restèrent effacés.
    Enfin, contents de l'aventure,
    La déesse d'air et de feu,
L'amant de chair et d'os, dans la caverne obscure
Vinrent plus d'une fois recommencer le jeu.

Le prince étoit heureux, du moins dans son idée,
    S'il avoit pu se retenir;
Mais d'un trop grand plaisir sa jeune âme inondée,
Répandit un secret qu'elle eût dû contenir.
    Force gens en pareille place
Perdent la tramontane et se perdent d'honneur;
Tel affronte en héros et soutient la disgrâce,
    Qui succombe sous le bonheur.
C'est ainsi qu'Ixion révéla son mystère
A certain confident qu'il croyoit fort discret,
Mais qui parla pourtant: il conta son affaire.
Voulez-vous qu'un ami vous garde le secret?
Imprudent, apprenez le premier à vous taire.

Le bruit s'en répandit dans la voûte des cieux.
Vénus, Caliste, Isis, Cérès, Flore, Latone
Et cent autres beautés d'une trempe aussi bonne,
Osoient en rire au nez de la reine des dieux;
Fière comme elle étoit, et d'ailleurs innocente,
Jugez si ce faux bruit vivement la toucha.
Pour châtier cette langue insolente,
Des mains de son époux la foudre elle arracha,
Dont Ixion frappé, dans la fournaise ardente,
Trop content de périr d'une main si charmante,
En soupirant d'amour sur-le-champ trébucha.

Momus en plaisantoit, et malgré ce supplice,

A la chaste Junon ne rendoit point justice.
Malheureux, disoit-il, celui dont le caprice
　　　D'un amour suborneur
A dame d'un haut rang force à rendre service !
S'il arrive qu'un jour sa tendresse finisse,
L'ingrate, de l'amant qui fit tout son bonheur
　　　Fait tôt ou tard un sacrifice,
Tantôt à son dégoût, tantôt à son honneur.

Jupiter, qui savoit de l'histoire tragique
　　　Tous les ressorts secrets,
　　En devint si mélancolique
Qu'il ne fit point pleuvoir sur les sables d'Afrique
　　De deux ou trois mille ans après.
Ixion, toujours vain dans ses maux effroyables,
Ne fut point corrigé par l'horreur de l'enfer,
　　　Et conte encore à tous les diables
　　　Qu'il a fait cocu Jupiter.
Le fantôme accoucha d'une étrange lignée,
Ayant la face d'homme et le corps de cheval ;
Par le nom de Centaure elle fut désignée ;
La race jusqu'à nous s'en étant provignée,
J'en connois de moulés sur cet original.

　　Vous voyez, comtesse adorable,
Qu'Ixion avec moi n'a pas de grands rapports ;
Vous ne me verrez point, comme ce misérable,
　　　Prendre un fantôme pour un corps.
　　　Soulagez mon ardeur fidèle,
Je jure à vos beaux yeux un éternel secret.
　　　Enfin, ne soyez pas cruelle,
　　　Je ne serai pas indiscret.

MIRON ET LAIS.

Miron, sur ses vieux ans, amoureux de Laïs,
Demanda les faveurs qui se vendoient chez
Mais ses désirs furent trahis   [elle;
Par certains cheveux gris qui choquèrent la
Il lui fit vainement sa fatigante cour :   [belle.
Il ne put l'émouvoir qu'à lui chanter injure.
Va, dit-elle, vieux fou, songe à ta sépulture,
Et laisse aux jeunes gens à songer à l'amour.
     La manière étoit un peu dure ;
     Mais un cœur vivement touché
     S'expose à plus d'une aventure
     Et fait figure sur figure
     Avant qu'il soit bien détaché.
     Au défaut de sa tète grise
Miron de ce refus impute tout l'affront.
     Il se rajeunit, se déguise;
De cheveux empruntés il ombrage son front.
Il prétend que Laïs doit en être enchantée,
Et se trouve au miroir plus beau que le beau jour;
     Ainsi par la ruse d'amour
     La perruque fut inventée,
     Dont plus d'une tète éventée,
     Pour tromper plus d'une beauté,
     Se fait un mérite achevé.

Bien qu'inconnu pour lors et dans son origine,
Ce piége de Laïs n'abusa point les yeux;
     Si l'amour est ingénieux,
     L'aversion n'est pas moins fine.

De ce nouveau marchand de ses jeunes attraits
    Elle examine tous les traits,
    Et rappelant sa mémoire
    Malgré la perruque noire :
    — Tu pourrois bien te passer,
    Lui dit la belle en colère,
    De revenir me presser
    Et me parler d'une affaire
    Dont j'ai refusé ton père.

DIALOGUES DES DIEUX

DIALOGUES DES DIEUX.

—

MARS ET VÉNUS.

MARS.

 e suis prêt à partir pour courir les hasards
Qui consacrent les noms à l'illustre mémoire ;
Déjà le bruit guerrier s'entend de toutes parts,
Déjà l'intrépide Victoire
  Rassemble sous mes étendards
La Force et la Valeur, la Fortune et la Gloire.
Je pars, et toutefois, dans cet éloignement,
  Je ne vois rien en vous, déesse,
Qui flatte de mon cœur le rigoureux tourment ;
Les Grâces n'ont jamais avec tant de justesse
Réglé votre coiffure et votre ajustement,
Il n'est dans vos regards ni langueur, ni tristesse.
  Certain air de contentement,
Qui donne à votre teint un nouvel agrément,
  Alarme ma délicatesse.
Enfin, dans ce moment où mes tristes adieux
  Vous sont garants de l'excès de ma flamme,
Les volages amours, en désertant votre âme,
Viennent à contre-temps m'insulter dans vos yeux.

14

VÉNUS.

La campagne prochaine, où votre gloire est sûre,
Doit à votre valeur de grands événements,
 Et ce seroit vous faire injure
 Que d'aller par un triste augure
 En troubler les commencements.
Pourrois-je m'effrayer d'une vaine chimère?
 Pourrois-je redouter pour vous
 La cruelle atteinte des coups
 De quelque mortel téméraire?
Non : les dieux jusque-là ne sont plus avilis;
 Ce sont contes ensevelis
 Dans le poudreux tombeau d'Homère.
Le sort dans les combats, autrefois incertain,
 Est fixé par votre prudence
Depuis qu'un choix heureux vous attache au destin
 De la victorieuse France.

MARS.

 Cruelle, est-ce pour m'accabler
 Que vous me tenez ce langage?
 Depuis quand mon lâche courage
Conçoit-il des périls qui le fassent trembler?
Ah! tirez des enfers les enfants de la terre,
 Croissez leur troupe de moitié,
 Et, sans le secours du tonnerre,
Mettez-moi seul des dieux pour soutenir leur guerre;
Vous verrez si je cherche à vous faire pitié.
Mais, hélas! contre vous ai-je quelque défense?
Mon triste cœur gémit en quittant vos appas;
 Il brave l'horreur des combats,
 Il cède à l'horreur de l'absence,
 Et j'attendrois tranquillement

L'effort du revers le plus rude,
Si votre cœur en ce moment,
Pour le sort du guerrier exempt d'inquiétude,
Plaignoit le destin de l'amant.

VÉNUS.

O modèle parfait d'une rare constance!
Qui ne vous plaindroit pas auroit le cœur bien dur.
Vous qu'un excès d'amour si fidèle, si pur,
Met aux abois pour une absence.
Quand je ne lirois pas au fond de votre cœur,
Vos chers guerriers françois me le feroient connoître;
Toujours du courtisan le procédé flatteur
Le fit ardent imitateur
De tous les défauts de son maître.
Qu'un cavalier françois se rende à son devoir,
On ne peut l'arracher d'auprès de sa maîtresse.
Larmes, emportements, blasphèmes, désespoir,
Rien ne suffit à sa tendresse;
Quand la nuit disparoît, il croit avoir rêvé;
L'aurore en vain du jour vient ouvrir les barrières,
Vainement le soleil levé
Offusque ses regards de brillantes lumières,
Son adieu n'est point achevé,
Et ses chevaux sur le pavé
Attendent quatre heures entières.
On l'avertit enfin d'éviter le fracas,
Et la confidente fidèle
Le tirant vingt fois par le bras,
Demi-mort on le met en selle.
Qui ne croiroit dans peu voir sous un tel ennui
Succomber sa force abattue?
A peine a-t-il tourné le premier coin de rue
Que son léger amour s'est échappé de lui

L'entretien d'un ami qui badine ou qui chante
 Le fait rougir de ses douleurs,
Et les ris enroués de ses perfides pleurs
 Prennent la place encor fumante.
Si de quelques faveurs on s'est à lui fié,
La première beauté les emporte d'emblée;
Portraits, bagues, billets, tout est sacrifié
 Au premier quartier d'assemblée.
 Il croit qu'un long éloignement
 Met à couvert sa perfidie,
 Tout prêt, au premier mouvement,
D'aller jouer ailleurs la même comédie,
Tout prêt à prodiguer, en léger papillon,
A cent diverses fleurs le baiser le plus tendre,
 Et porter aux dames de Flandre
 Les dépouilles du Roussillon.
Voilà de vos héros la sincère conduite;
Ce sont là vos leçons : ils les pratiquent tous;
Par là de votre ardeur je me crois trop instruite;
 Par eux mon cœur juge de vous.

MARS.

Je ne répondrai point à vos sanglants reproches,
Tout fondé que je suis sur mille bons endroits;
 Je pourrois attendrir les roches
Si je donnois l'essor à mes justes regrets.
Un grand fonds de respect que pour vous je conserve
Me fait sans murmurer souffrir l'oppression.
Je ne veux près de vous qu'aucun moyen me serve
 Que ma seule soumission.
Je pourrois cependant, sans recourir aux fables,
 Alléguer des faits innombrables,
Et lorsque j'affrontois des dangers infinis,

Vous n'avez point manqué, ni vous ni vos semblables,
Ni d'Anchise ni d'Adonis.

VÉNUS.

Vous croyez que mon sexe, ardent à son remède,
Imite un procédé chez vos braves commun :
    La soif n'en fait mourir aucun,
    Pourvu qu'il trouve Ganimède.

MARS.

    Je vois que je fais mal ma cour;
Votre cœur qui s'aigrit de son courroux m'accable.
    Adieu; peut-être à mon retour
    Vous trouverai-je plus traitable
    Et plus sensible à mon amour.

VÉNUS.

Allez où la Victoire à hauts cris vous appelle ;
Je ne fais point de vœux pour vous revoir fidèle,
    Ce seroit inutilement.
    Si j'en fais, c'est uniquement
Pour vous revoir brillant d'une gloire nouvelle.

MARS.

Je ne fais point de vœux pour vous retrouver belle.
    Je vous la verrai sûrement;
    Si j'en fais, c'est uniquement
    Pour vous retrouver moins cruelle.

PAN ET SILÈNE.

SILÈNE.

eureux cent fois ! heureux cent fois et mille !
Les fleuves célébrés par des esprits brillants !
O Xanthe ! ô Simoïs ! qu'Homère étoit habile
Qui sut vous égaler aux flots les plus bouillants !
Après tant de héros massacrés sur vos rives,
Dont le fameux trépas sert à vous élever;
Après tant de combats peints de couleurs si vives,
La carte qui vous cherche a peine à vous trouver.
Si l'aveugle fameux que le vieux temps nous prône
De sa lyre à ma muse inspiroit les accords,
Que ton nom seroit beau, délicieuse Saône,
    Qui m'as vu naître sur tes bords !
Je saurois publier, d'une voix éclatante,
De César, de Louis, les glorieux exploits.
Pendant que le Romain, sur la rive sanglante,
Aux Suisses subjugués imposeroit des lois,
Mon roi, cent fois plus grand, à l'Espagne impuissante,
Comme un trait enflammé que le nuage enfante,
    Viendroit arracher les Comtois.
Mais de ces grands projets mes vers ne sont point dignes.
Il faut me retrancher à célébrer tes vignes,
    Digne sujet de mes écrits,
Mères d'une liqueur qu'aucune autre n'égale,
(Quoique depuis un temps chez des juges surpris
    La Champagne obtienne le prix,
    Moins par bon goût que par cabale.)

Pendant que le vin grec fut par son ascendant,
Et le meilleur du monde et le plus abondant,

Les Satyres cornus, altérés à toute heure,
Dans la Grèce avec Pan fixèrent leur demeure.
Là, par leurs fiers assauts, le tonneau tarissoit;
Des vers d'Anacréon l'écho retentissoit,
Et la troupe attentive à vider un grand verre
Laissoit à Jupiter gouverner son tonnerre.
En vain le sort fertile en révolutions
Soumettoit ces climats à trente nations.
Héraclide ou Romain, de Flandre ou de Venise,
Adorant dans les bois ou priant dans l'église,
Vivant sans sacrifice, immolant l'animal,
Pourvu qu'on fût buveur, tout leur étoit égal.
Mais, ô ciel! qui l'eût cru? Des Palus Méotides
Sortirent à la fin certains peuples perfides
Remplis de mille erreurs sur le culte divin,
Et mortels ennemis (ô blasphème!) du vin.
La Grèce à ses revers n'ayant point de parade,
Invoque Thémistocle, évoque Alcibiade,
Et regrette ces morts belliqueux et savants
Qu'elle persécuta tant qu'ils furent vivants.
Mais sous leurs grands tombeaux on voit la terre ouverte
Vomir cent furieux qui respirent sa perte,
Et de mânes vengeurs un noir arrière-ban
S'armer pour le détruire et prendre le turban.
Après mille combats, leur barbare insolence
Sous ces murs écrasés ensevelit Byzance,
Fait périr par le fer le dernier Constantin,
Et, pour outrer l'horreur de ce cruel destin,
On voit en peu de temps les campagnes jonchées
De cadavres sacrés des vignes arrachées.
A ce spectacle affreux tout l'Olympe s'émeut,
Et le héros des dieux cria : Sauve qui peut!
Rien n'avoit égalé cette frayeur mortelle;
La terreur des géants ne fut que bagatelle.

Minerve sans honneur se cacha dans un trou,
Bessarion sauva les muses à son coû,
Et Marrulle, avec lui, de leur douce folie
Vint encore une fois entêter l'Italie.
Mais l'intrépide Pan, rassemblant ses sujets :
Amis, dit-il, fuyons ces funestes objets.
Je sais d'autres climats, que Jupiter protége,
Exempts de voir jamais un pareil sacrilége :
Au pays que la Saône arrose de son cours,
La vineuse Mâcon, sous ses antiques tours,
Fleurit dans le repos et goûte l'abondance
Des champs les plus heureux que cultive la France.
Un mont près de ses murs noblement élevé,
Jouit en s'allongeant d'un spectacle achevé ;
Quand on grimpe au plus haut de ces roches insignes,
Quelque part qu'on se tourne on ne voit que des vignes,
Où le rouge et le blanc, après mille combats,
Vainquent mille autres vins et ne se vainquent pas.
Bacchus sous cet abri nous invite à nous rendre ;
Nous n'y craindrons plus rien, si ce n'est d'en trop prendre
La brigade à ces mots reprend ses sens troublés :
Tous demandent Mâcon par cent cris redoublés,
Et par sauts et par bonds, dans peu la troupe agile,
Conduite par son chef, attrape cet asile.
Souvent depuis ce temps on les trouve chargés
De grappes de rebut, de raisins négligés,
Et le fond de leur antre en distille sans cesse
Des vins plus estimés que les meilleurs de Grèce.
Quand ils sont échauffés de ce jus précieux,
Leurs chants, mal concertés, font retentir ces lieux.
Les bergers, étonnés de leur musique énorme,
Ont nommé *sol ut ré* le rocher qui la forme [1].

1. Ce vers forme un jeu de mots détestable. Il y a près de

Dans ses concavités souvent l'air concentré
S'échappe avec effort et chante *sol ut ré*,
Et cette triple note en un seul mot unie,
De leurs bachiques chants dénote l'harmonie.
Pan boit en galant homme, et voudroit inspirer
A la cour qui le suit l'art de se modérer.
Sous de diverses lois Silène instruit à vivre
Condamne tout buveur qui cesse et n'est point ivre.
Ils ont sur ce sujet souvent des démêlés,
Un de leurs sectateurs me les a révélés.
Il m'a dit qu'un matin ce vieillard ridicule,
Du jour qui précédoit respirant la crapule,
Vint aborder à jeun, pour la première fois,
Le dieu dont les forêts reconnoissent les lois,
Et l'ayant salué sur des jambes peu fermes,
Pan, d'un air indigné, lui parla dans ces termes :

PAN.

Quoi ! si souvent réprimandé,
Silène par mes soins ne deviendra point sage ?
Est-ce assez, par ton procédé,
De Jupiter vivant défigurer l'image ?
Le vin nous fut donné pour purger la raison
Des vapeurs qu'à son jour un chagrin noir oppose.
Tu corromps sa vertu par l'excès de la dose,
Et du préservatif tu formes le poison.
Le misérable Prométhée
Etoit moins coupable que toi ;
Tu l'as cent fois mieux méritée
Cette vengeance si chantée
Qui nous fait du Caucase un spectacle d'effroi ;
Tu devrois éprouver, par un arrêt funeste,

Mâcon une roche et un village de SOLUTRÉ (*Soluta rupes*), ou
Roche-Brisée.

Un supplice plus rigoureux;
Il déroba le feu céleste,
Et tu l'étouffes, malheureux!
Mais quel souci pressant te livre à l'humeur noire?
Tu ne me réponds point; tu me parois distrait.

SILÈNE.

Je songe à rouer mon valet
Qui m'a laissé sortir sans boire.
Pour commencer ce jour par un début heureux,
J'avois tiré de ma cantine
Certaine carafe divine
D'un persico très-vigoureux.
Je l'ai pour mes péchés oublié sur ma table;
Je crois que le coquin ne s'en oubliera pas.
Ma foi, le persico dans les meilleurs repas
Fait une figure agréable.
Les Piémontais sont bien galants:
Les charmantes liqueurs que ces gens savent faire!
La peste soit des turbulents
Qui nous ont avec eux brouillés à couteaux traire!

PAN.

Tu crois en plaisantant me pouvoir échapper,
Mais c'est une espérance vaine.

SILÈNE.

Qui? moi, mon cher seigneur, je voudrois vous tromper!
Non, je me donne au diable, elle étoit toute pleine.

PAN.

Au fait, Bacchus sait bien que je vis sous sa loi;
Qu'aucun n'est plus sensible aux douceurs qu'il inspire,
Qu'aucun n'est plus jaloux que moi
De la grandeur de son empire;
Mais confessons la vérité:

Dans tous les plaisirs qu'on se donne,
L'heureuse médiocrité
Et le sel qui les assaisonne,
Qui leur fournit la pointe et la vivacité.
Cet aimable ruisseau qui rit à la prairie,
Content de son bassin, l'orne de mille fleurs.
Quand il devient torrent, sa brutale furie
Sous une rouille immonde obscurcit leurs couleurs.
Le feu, si nécessaire aux besoins de la vie,
Réduit dans un foyer, le sert utilement;
Quand il gagne le toit, dans peu sa barbarie
Ne fait d'une cité qu'un vaste embrasement.

De vos buveurs à toute outrance
Examinons ensemble un célèbre repas:
Pesons-en chaque circonstance,
Je vais les suivre pas à pas.
D'abord, aux premiers coups dont le verre petille,
Chacun d'un feu charmant se sent tout transporté;
On ignore des trois qui plus noblement brille,
Le vin, l'esprit ou la gaieté.
Les galantes chansons, la fine raillerie,
S'empressent à l'envi de les entretenir.
Heureux en cet état qui pourroit se tenir;
A quels rois, à quels dieux porteroit-il envie?
Mais un léger brouillard paroît sur l'horizon;
Voyez-vous pas comme il s'élance?
Ami, d'un doigt de plus me feras-tu raison?
O ciel! il s'épaissit, et le nuage crève.
Les convives frappés sentent fleurir la fève,
Semblables à ce fou duquel en certains lieux
On fait voir aux passants l'épitaphe badine,
Qui se portant fort bien vouloit se porter mieux,
Et qui se fit crever par une médecine.

Si de quelque emporté le caprice galant,
A la santé d'Iris propose une rasade,
    On applaudit, et la brigade
    Pour l'exercice violent
    Abandonne la promenade.
    Les petits verres en morceaux
Laissent fouler aux pieds Venise méprisée.
    L'Allemagne est préconisée
Par ses fiers vidrecoms, dont trois tiennent deux seaux.
D'avaler le premier le moins hardi s'empresse;
On voit dès le second pâlir les combattants.
Le troisième paroit; la salive et la graisse
Nagent parmi le vin sur ses bords dégoûtants.
Même verre pour tous. Les buveurs équitables
Triomphent dans ce point sagement inventé;
L'arrêt a du bon sens : Estomacs dissemblables
Rendront pour tant de vin pareille quantité.
    Déjà la brûlante eau-de-vie,
Sous vingt noms différents enflamme leurs discours;
    Déjà, pour abréger leurs jours,
    De la dissolvante chimie
    Le vin mendie le secours;

    Déjà de la raison mourante
    Les vains conseils sont oubliés,
    Et la pudeur pâle et tremblante
    Suit les valets congédiés.

O Jupiter! quelle heureuse éloquence
Pourroit peindre l'horreur de ces tristes moments!
    Les chants deviennent hurlements,
La langue s'épaissit et meurt dans le silence :
On ne s'énonce plus que par des bégaiements;
Tel qui ne peut mettre ordre aux démarches légères

De la folle moitié qui dort à ses côtés,
    Veut établir des lois austères.
Pour policer l'Etat et régler les cités;
L'autre parle des dieux et souille leurs mystères
    De blasphème et d'absurdités.
Le plus heureux de tous, renversé sous la table,
S'endort tranquillement entre les deux tréteaux.
Le plus fou sur un mot emporté comme un diable,
    S'apprête à jouer des couteaux.
Chacun sent le penchant où la vapeur l'entraîne.
Le Lapithe au Centaure insulte fièrement:
Les tigres de Bacchus échappés de leur chaîne,
Remplissent tout d'horreur et de rugissement.
Si quelqu'un par hasard garde assez de prudence
    Pour empêcher le triste effet
    De leur brutale violence,
La rixe au lendemain de sang-froid recommence.
L'orgueil vient soutenir ce que l'ivresse a fait;
On court au gouverneur pour y former obstacle;
    On les tire enfin du bourbier,
Fort obligés au vin qui les donne en spectacle
    A tous les rieurs du quartier.
Vous les nommez plaisirs, ces excès détestables,
Ces fureurs que le vin propose à vos désirs,
Ces maux que la crapule attache aux longues tables,
Qui de Bacchus outré vous font enfin martyrs :
La goutte, la gravelle et mille autres semblables.
Misérables buveurs, vous les nommez plaisirs!
Dussé-je me charger de la haine commune.
De ceux qui de Louis attaquent la fortune,
Dussé-je avec le Nord me mettre en compromis,
    Et me faire plus d'ennemis
Que l'on n'entend de chiens aboyer à la lune,
    Si pour ce plaisir odieux.

On me voit quelque jour entrer en frénésie,
    Puissé-je à la table des dieux
    Ne goûter jamais d'ambroisie.

SILÈNE.

    Mon prince, vos discours sont beaux,
    Vous parlez aussi bien qu'un livre;
    Et Nervese et des Escuteaux,
Tout éloquents qu'ils sont, auroient peine à vous suivre;
    Mais, au bout du compte, il faut vivre.
    Ne déjeune-t-on point céans?
Allons, monsieur le maître, andouilles en campagne:
    Du moins point de vin d'Orléans:
    Je suis tout bourgogne ou champagne.

PAN.

    Autre vice qui fréquemment
    A la débauche se marie,
    La mauvaise plaisanterie.
    Réponds-moi sérieusement.

SILÈNE.

    Que vous plaît-il que je vous dise?
    J'étois un pauvre villageois;
Bacchus de sa cité m'établit franc bourgeois.
    Je l'aimerai toute ma vie.
Par lui je participe à la divinité.
D'ailleurs, aucun emploi ne me donne exercice;
    Pour éviter l'oisiveté
Je bois : que voudroit-on, mon maître, que je fisse?

PAN.

Ne te souvient-il plus du temps où les bergers,
Pour entendre tes vers, par des chaînes de roses
    T'arrêtèrent dans leurs vergers?

Tu chantois de si belles choses !
Ton esprit a-t-il fait naufrage dans le vin?
N'entreprend-il plus rien de châtié, de juste?
Ce siècle te fournit un sujet tout divin:
La grandeur de Louis ternit celle d'Auguste.

SILÈNE.

La langue des Latins, propre à déifier,
Etoit pour les auteurs d'une grande ressource;
Mais au François changeant peut-on se confier?
De l'immortalité fournira-t-il la source?
Est-il un nom fameux qu'on ose lui fier?
Noble sang des Valois, où seroit votre gloire?
Parleroit-on de vous encore en quelque part,
Si pour éterniser votre illustre mémoire,
On n'avoit que les vers que vous offrit Ronsard?

PAN.

Non, non, donne l'essor à ta muse excitée;
Ne crains plus ce péril qui suspendoit nos vœux.
L'illustre Académie, en tous lieux respectée,
A trouvé le secret, par ses travaux fameux,
D'enchaîner pour jamais cet inconstant Protée.
  Latins, vous deviendrez muets,
  Et les François sur vos ruines,
Elevant un trophée aux fatigues divines
  Des Fléchiers et des Bossuets,
  Des Despréaux et des Racines.....

SILÈNE.

 Je ne saurois vous éluder;
Vous réveillez en moi le désir de la gloire.
Déjà vous commencez à me persuader;
 Mais pour achever, allons boire.

SATIRES

SATIRES.

—

A MONSEIGNEUR LE MARÉCHAL DE NOAILLES.

IMITATION.
Du commencement du deuxième livre de Lucrèce.

Au vaste champ des mers, quand les vents
                            [déchaînés
Exercent leurs combats sur les flots mutinés,
On voit avec plaisir, assis sur le rivage,
Les vaisseaux démâtés lutter contre l'orage;
Non que le cœur de l'homme ait la malignité
De croire au mal d'autrui voir sa félicité;
Mais c'est que l'amour-propre, attentif à ses vues,
Dilate à cet objet ses entrailles émues,
Et dans la sûreté se formant des appas,
S'applaudit en secret des maux qu'il ne sent pas.
Sur le même principe, au haut d'une montagne,
Hors d'atteinte, on se plaît à voir dans la campagne
Des vainqueurs acharnés et des vaincus errants
Sur de pâles monceaux de morts et de mourants.
  Mais de tous les plaisirs de pareille nature,
Il n'est de volupté si solide et si pure,
Comme d'être à l'abri de ce fort respecté
Que contre les erreurs le bon sens a planté;

Et du haut du donjon de la philosophie
Envisager sur soi les troubles de la vie.
Qu'il est doux d'observer les hommes dissipés,
D'un objet étranger à toute heure occupés,
Incertains, chancelants, livrés à leurs caprices,
Mendiant le bonheur à la porte des vices !

   L'un, se piquant d'esprit, croit se faire un beau nom
Si de ses concurrents il ternit le renom.
L'autre, aux vieux parchemins fondant sa confiance,
Dispute de noblesse aux douze pairs de France,
Et de ses bisaïeux ostentant la valeur,
De ce qu'il n'a point fait cherche à se faire honneur ;
Tandis que l'avarice, ardente et mercenaire,
De soins et de travaux consume le vulgaire.

   O malheureux mortels ! ô cerveaux déréglés,
Par de fausses lueurs sans ressource aveuglés !
Dans quelle obscurité la raison confondue,
Perd-elle ses moments de si peu d'étendue,
Ces moments précieux tout autant qu'ils sont courts,
Où l'avare nature a renfermé nos jours !
Ne l'entendez-vous pas qui corne à vos oreilles
Qu'à d'indignes soucis vous consacrez vos veilles,
Et qu'en ces deux points seuls consiste son bonheur,
L'âme sans passions et le corps sans douleur ?

   Ce corps fragile, objet de vos soins les plus tendres,
Ce vil amas d'humeurs qui pétrissent des cendres,
Que vous demande-t-il que de l'entretenir
Par le peu d'aliments propre à le soutenir ?
Vous tiercez les traités, et vos dernières offres
Du sang des malheureux s'en vont gorger vos coffres :
Eh bien ! quand vos comptoirs seront remplis à fond,
Aurez-vous l'estomac plus large ou plus profond ?

   Voyez cette jeunesse au plaisir excitée,
Que la soif d'acquérir n'a point encor gâtée ;

Ils n'ont pour célébrer leurs convives joyeux,
Ni lustre de cristal, ni buffet précieux;
Leur salle est sans parquets, encor moins lambrissée,
Flamands ni Gobelins ne l'ont point tapissée,
Ils n'ont ni des perdrix les odorants fumets,
Ni ragoûts recherchés, ni piquants entremets;
Leur sauce est l'appétit, et pour toute harmonie
Le murmure des eaux leur sert de symphonie.
  Cependant, étendus sur le gazon mollet,
Ils fourragent le thym, flairent le serpolet,
Et quand le doux printemps émaille la prairie,
Se couronnant des fleurs de l'herbette fleurie,
Ils goûtent des festins dignes d'un immortel;
La brillante allégresse est leur maître d'hôtel;
Pour eux tout est exquis; la paix et l'innocence
A leurs désirs réglés tiennent lieu d'abondance;
Leur soif s'évanouit au coulant des ruisseaux,
La faim et l'enjouement s'arrachent les morceaux.
A faire de bon suc la nature appliquée
Se trouve rétablie et non pas suffoquée;
Un repas attend l'autre à peine, et la santé
Est l'impayable prix de leur frugalité.
O santé précieuse et des cieux descendue,
Sait-on ce que tu vaux qu'après qu'on t'a perdue?
Si ces voluptueux, à qui rien ne suffit,
Touchés de mes leçons, les mettoient à profit,
Auroient-ils ces dégoûts, auroient-ils ces nausées
A l'approche des mets par leur odeur causées?
Verroient-ils transformer le chile en crudités?
Dans leur sang corrompu, quand la fièvre allumée
Attaque le cerveau frappé de sa fumée,
A-t-elle du respect pour leurs lits de velours?
L'or dont ils sont brodés leur donne-t-il secours?
Quoique contre elle enfin leur noblesse réclame,

En sort-elle plutôt que d'un lit de Bergame?

  Mais si tant de faux biens dont l'homme est entêté
N'apportent à son corps aucune utilité,
Achevons de peser au poids de la satire,
S'il est quelque profit que son âme en retire.
Vous êtes bel esprit, Eugène, on en convient,
Tous les ans un volume au public en revient;
Vous avez du langage attaqué la noblesse
Et du raisonnement épuisé la justesse,
Et malgré le penchant qu'elle a pour babiller,
La critique sur vous n'ose plus pointiller.
Mais le vent qui vous porte à ce degré suprême,
Vous rend-il, dites-moi, satisfait de vous-même?
Êtes-vous bien purgé d'un inquiet orgueil?
Poussez-vous point la haine au delà du cercueil?
Et ne trouvant d'écrits comparables aux vôtres,
Souffrez-vous sans aigreur qu'on applaudisse à d'autres!
Avec la beauté chaste, avec le corbeau blanc,
Parmi ces raretés occupez votre rang,
Si vos talents unis avec la modestie
Peuvent sans détourner concerter leur partie.

  Pour vous, Polidamas, un courage brillant
Vous a su mériter le titre de vaillant;
Vos faits dans la Gazette occupent mainte page,
La Flandre et l'Italie en rendent témoignage;
Mais vous vanterez-vous d'être encor le vainqueur
De cette ambition qui vous ronge le cœur?
Ces bataillons serrés qui sur vos moindres signes
Vont insulter des forts, courent forcer des lignes,
Rendent-ils votre esprit exempt de passions,
De crainte, de remords, de superstitions?
Non, non, le noir souci vous devance, vous coupe,
Poursuit son cavalier, avec lui monte en croupe;
Et quand tout l'univers à sa gloire applaudit,

Lui qui sent sa foiblesse en secret l'en dédit;
Cet ennemi caché qui cause vos alarmes
N'a peur ni du mousquet, ni du fracas des armes,
Et malgré leur éclat vous en serez battu
Sous la pourpre et sous l'or dont vous êtes vêtu.
Il faut en convenir, de tout ce qui l'occupe,
Trésors, gloire, grandeurs, l'homme est toujours la dupe;
Pour nos jours si bornés, nos soins peu de saison
Sont, à les bien nommer, disette de raison;
Ces enfants égarés, que loin de leur village
L'approche de la nuit surprend dans un bocage,
Dès qu'un zéphyr léger par la feuille a couru
Pensent voir le loup gris ou le moine bourru,
Et leur esprit blessé leur rend la face blême
Par les illusions qu'il se forge lui-même;
Vous voilà peints, mortels; l'erreur qui vous séduit
Change vos plus beaux jours en menaçante nuit,
Et courant au bonheur par des routes vulgaires,
Vous en perdez la trace, offusqués de chimères
Que vous mépriseriez si vos cœurs dissipés
Au soin de vous connoître étoient plus occupés.
    C'est à peu près ainsi, Maréchal, que Lucrèce
Faisoit contraster Rome avec la vieille Grèce,
Avant que la beauté dont la flamme l'éprit
Par un philtre funeste eût troublé son esprit.
    Que vous êtes heureux, vous, dont l'âme sublime,
Seigneur, sait avec poids dépenser son estime,
Vous qui, comblé d'honneurs, brillant de dignités,
Démêlez le réel d'avec les vanités,
Qui passez par les biens ainsi que la lumière
Sans salir ses rayons pénètre la matière,
Vous qui fixez pour but à votre affection
Le service du maître et la religion,
Et qui dans les frayeurs où tout autre succombe

Ne connoissez de peur, sinon que le ciel tombe.
Que ne m'inspirez-vous ces nobles sentiments,
Pour calmer de mon cœur les lâches mouvements !
Je cherche à l'affermir ; instruit de sa foiblesse,
Je veux me retrancher au fort de la sagesse,
J'en munis les dehors et poste à l'environ
Horace, Juvénal, Sénèque et Cicéron ;
Dès que la pauvreté fait voir sa triste face,
Je passe sur le ventre aux gardes de ma place,
Et jette, pour la fuir, dans le fond du canal
Horace, Cicéron, Sénèque et Juvénal.
En vain pour arrêter son transfuge infidèle,
Du haut du bastion la vertu me rappelle,
Me montre ses drapeaux : je suis sourd à sa voix,
Et mon rebelle cœur vole après les emplois.

LA NOBLESSE VÉNALE.

A M. LE COMTE DE LA GUICHE SIVIGNON.

eigneurs du Sautoir Noir dans un champ de
[Sinople,
Ces Croisés dont l'effort soumit Constantinople,
Ce superbe escadron de Normands aguerris,
Qui conquit la province où règne Phalaris;
Ce corps de Mammelus, heureux autant que braves,
Qui fit trembler le Nil sous un sénat d'esclaves
Ces vaillants Espagnols dont le fer usurpa
L'état de Montézume et d'Attabalippa;
Ces fameux chevaliers qui firent par le monde
Voler le nom d'Arthus et de la table ronde,
Le vieux Perceforêts, l'amoureux Amadis,
Astolphe, à qui saint Jean montra le Paradis;
Ces pairs dont les romans outrés et ridicules
Au lieu d'admirateurs ont fait des incrédules;
Bref, tout ce que l'histoire ou la fable ont chanté
Cherche chambre à louer, errant et rebuté.
Les vigoureux fourriers de l'auguste mémoire
Ont effacé leur craie au temple de la gloire,
Et les appartements des héros surannés
Sont marqués pour loger les nobles nouveaux-nés.
Déjà la renommée aux vieux noms dévouée,
De les chanter sans cesse étoit tout enrouée;
Mars, étourdi du bruit que dans sa bouche font
Tavannes, Mont-Revel, La Guiche, Beaufremont,
Le redoutable Mars, dont souvent l'injustice
Dispense les lauriers au gré de son caprice,
Et qui, prompt à détruire un dessein qu'il a fait,

Aime la nouveauté comme François qu'il est,
Ce dieu d'un œil sévère en maître la regarde :
— N'as-tu rien de nouveau, déesse babillarde,
   Et prétends-tu pouvoir à l'avenir
De tes contes usés toujours m'entretenir?
A la fin fatigué de ta monotonie,
Je te ferai chasser avec ignominie,
Comme un pauvre vielleur, guidé par son garçon,
Qui sur son instrument ne sait qu'une chanson.
   Alors la Renommée, interdite, tremblante,
Abaisse la trompette et la met sous sa mante,
Fait humble révérence, et la rougeur au front,
A l'écho qui s'en rit va conter son affront,
Semblable aux violons qui dans l'hôtellerie
Vont chercher du secours contre la gueuserie;
Sitôt que sur l'archet leurs doigts appesantis
Ont préludé l'entrée ou le sommeil d'Atys,
Soit que les voyageurs craignent leur discordance
Ou veuillent de l'étrenne épargner la dépense,
La fille au bavolet qui les sert à souper
Va dire aux concertants qu'ils peuvent décamper,
Et, bien qu'avec regret, à la triste musique
Annonce en soupirant cet ordre despotique;
La brigade s'écoule, et le plus apparent
Se couvre de sa basse et sort en murmurant.
   La Fortune accourut, et de cette infamie
Par un beau stratagème affranchit son amie;
Car vous n'ignorez pas quels solides traités
Unissent d'intérêts ces deux divinités.
Tiens, ma sœur, lui dit-elle en ouvrant une bourse,
J'ai pitié de ta peine, et voici la ressource;
Contemple de cet or l'éclat majestueux :
Par lui braves nouveaux et nouveaux vertueux
Forçant à t'écouter le Dieu qui te rejette,

De nouvelle harmonie enfleront ta trompette.
La vertu, la valeur, par un trop long détour
Mettent pour qui les suit le mérite en son jour;
C'est une mer à boire, et les maisons illustres
Sont par ce vieux chemin l'ouvrage de cent lustres;
Mais l'or, pour les mortels le plus grand des bonheurs,
Est ce qu'on peut nommer l'abrégé des honneurs.
Tu vas voir : — A ces mots elle habille un fantôme
Des couleurs que chacun respecte en ce royaume,
Son chapeau de castor d'or ducat est bordé,
Chargé d'un plumet blanc et d'audaces bridé;
Son justaucorps d'azur est bordé d'écarlate,
Chamarré de galons sur la manche et la patte;
Son sabre argent doré passe l'aune de long,
Le pommeau frotte au coude et le bout au talon;
Sa démarche est superbe et des moins naturelles,
Et ses pas du pavé tirent des étincelles.
Déguisé sous l'habit d'un vieux consul romain,
L'orgueil pompeusement le conduit par la main;
Chamades de tambours, fanfares de trompettes
Font mettre à la fenêtre et courtauds et grisettes;
Sur un drapeau volant, en lettres d'or écrits,
On lit ces mots : Noblesse à vendre à juste prix.
  Ainsi ce capitaine au temps de sa recrue
Au jeune laboureur fait quitter sa charrue,
Étalant à ses yeux un valet aposté,
Orné d'une fontange et d'un habit prêté,
Le matois à sa dupe en moins d'une campagne
Promet tout le Pérou qui coule dans l'Espagne,
Lui fait boire bouteille, et veut qu'au régiment
Il attende le prix de son enrôlement;
Prix qui jamais ne vient. Alors dans son village
Le rustre enfontangé va montrer son courage
Et, plus ivre d'espoir que de jus de raisins,

Massacre impunément les poules des voisins.
Dans la place où l'orgueil promenoit sa figure
Deux fripons d'écoliers passoient par aventure,
Qui d'un bouchon voisin, pour n'être fustigés,
Venoient de retirer leurs livres engagés.
Le spectacle les frappe, et sans autre mystère
Ils jettent dans un puits Pajot et Despautère,
Et courant hors d'haleine au logis paternel
Font de la mascarade un récit solennel.
  Le père en son comptoir examinoit son livre,
Et s'estimoit réduit à ne pouvoir plus vivre,
D'autant que son commerce, ingrat et languissant,
N'avoit au mois passé produit que dix pour cent.
Ses fils, à contre-temps, dans l'ardeur qui les presse,
L'invitent d'acheter des lettres de noblesse.
L'usurier en courroux le prend sur le haut ton,
Les traite de coquins et saisit un bâton;
L'épargne famélique et le travail sordide
S'emparent du vieillard, le tirent par la bride
Et lui font rejeter la proposition
Comme un piège du diable, une tentation.
Mais sa chère moitié, qui, plus ambitieuse,
Voit avec d'autres yeux cette offre captieuse,
Jetant au cou du sot ses deux bras décharnés :
« Quoi, dit-elle, mon fils, vous nous abandonnez !
Contentez vos enfants, dont la guerrière audace,
Vrai portrait de la vôtre, éclate sur leur face.
Relevez leurs talents, qu'on ne peut trop payer,
Par le brillant vernis du titre d'écuyer.
Songez-vous aux honneurs qui me rendront si fière
Quand je prendrai le pas sur une conseillère,
Quand mon petit laquais, jusqu'aux pieds des autels
Me portera la robe en nos jours solennels ;
Y pensez-vous, mon fils ? » Aux charmes de son style

L'époux hoche la tête et demeure immobile;
Ainsi que la toupie aux yeux d'un écolier
Tourne sur son pivot et semble sommeiller
Jusqu'à ce que l'enfant, qui la suit dans l'allée,
De nouveaux coups de fouet lui lâche une volée.
  Mathurine recharge : — Eh bien, si ces raisons
Ne font pas déguerpir l'argent de vos prisons,
Souvenez-vous qu'enfin deux cents écus de tailles
Que les impositeurs vous tirent des entrailles
Méritent bien, sans doute, à tout considérer,
Que vous fassiez effort pour vous en libérer,
Et ces soldats pouilleux dont la troupe arrogante
Vient empester mes draps et tâter ma servante,
Qui pourroient quelque jour briser le coffre-fort.
Qui voudroit s'en défaire auroit-il si grand tort ?
Ce dernier argument lui parut sans réplique :
Il s'ébranle, on le presse, on le pousse, on le pique,
Trois larmes de commande et deux baisers baveux
Élèvent la bourgeoise au comble de ses vœux.
  Alors Robin soupire, et tirant de sa caisse
Trois cent trente louis de la nouvelle espèce,
Les baise, les remet, les tire une autre fois,
Le couvercle retombe et lui froisse les doigts;
Mais bien qu'épouvanté de ce sinistre augure,
Il reprend du courage et poursuit l'aventure,
Il court chez le traitant, son sac sous le manteau,
Qui le compte deux fois et rit sous son chapeau.
Dans un grand parchemin, scellé de cire jaune,
Accouche un beau détail des exploits du vieux Faune;
On dit que sa valeur hors de comparaison
A fait de ce beau titre honorer sa maison;
Qu'autrefois son aïeul reçut à La Rochelle
Une contusion trois doigts sous la mamelle;
Que lui-même à Senef par miracle échappé,

Boita d'un coup de pied par un roussin frappé,
Enfin tout ce que l'art fournit de fariboles
A qui veut échanger son or pour des paroles.
Tout fier de sa pancarte, il retourne au logis,
Où sans enchantement d'Organde ou de Maugis,
Il voit ses deux Robins, transformés par leur mère,
Au chapeau le plumet, au côté la rapière,
Qui marchent sur les pas du fantôme enchanté,
Qu'avoit dame Fortune à ses yeux présenté.
  Les enfants du quartier, piqués de jalousie,
D'être braves comme eux entrent en fantaisie ;
Lagrange le fermier, Ormont le sous-traitant,
Du sang de la Bourgogne encor tout dégouttant,
Gaulard le receveur et Griffon le notaire,
Rapinet l'épicier, Fleurant l'apothicaire,
Le changeur Rognolet, Pivaud le procureur,
Tous pour les parchemins ont la même fureur ;
Le prurit se dilate, et la France s'admire
De voir tant de noblesse illustrer son empire ;
A peine en ses États on trouve un roturier,
S'il n'est pas mendiant, manœuvre ou serrurier.
D'Antibe à Saint-Quentin, de Bayonne à Grenoble,
Il n'est chétif mercier qui ne veuille être noble.
Ainsi quand le bélier qui conduit un troupeau,
Après avoir bêlé va se jeter dans l'eau,
Le reste qui le suit, la tête la première
S'y plonge à son exemple et passe la rivière.
  La Fortune applaudit à son invention ;
La déesse à cent voix sous sa protection,
Fait revue et trouvant ses troupes bien complètes,
Retourne au dieu de Thrace annoncer des sornettes.
Rhodope s'en étonne, et craint que ses guerriers
Soient gens à dégrader ses forêts en lauriers.
C'est assez sur ce ton, notre muse bizarre

Petille de passer du bémol au bécarre,
Et, comme l'Arioste *au Roland furieux*,
Veut mêler le comique avec le sérieux.
 Grand roi, si le hasard fait, contre mon attente,
Tomber entre vos mains cette feuille volante,
Détournez de ma tête un soupçon d'attentat,
Et ne me traitez point en criminel d'État.
Parmi vos bons sujets nul autre n'est peut-être
Plus zélé, plus jaloux de l'honneur de son maître;
Nul autre plus que moi n'admire une valeur
Qui s'accroît dans l'orage et contraste au malheur.
Ainsi l'arbre courbé par une main rustique
Ramasse les ressorts de sa masse élastique
Et jetant loin de lui son lutteur tout froissé,
Relève jusqu'aux cieux son sommet abaissé.
Je n'ai point prétendu par des vers téméraires
De votre politique attaquer les mystères;
Je sais que dans les cas où vous vous rencontrez,
Les sentiers qu'elle suit vous ont été montrés.
Pour chasser l'ennemi qui ravageoit ses côtes,
Fière comme elle étoit, Sparte arma bien ses flottes;
Dans ses besoins pressants, le dictateur romain
A l'esclave affranchi le feu mit à la main.
Et même de nos jours l'orgueilleuse Venise
S'est fait de sa noblesse un fonds de marchandise;
Je sais qu'un corps d'armée est un monstre affamé
Qu'on forme par le ventre, ou qu'il est mal formé,
Et qu'à l'avidité qui ronge ses entrailles
Les revenus courants ne sont que feux de pailles.
Des biens de vos sujets, sans les indemniser,
Par un ordre absolu vous pouvez disposer.
Un noble équivalent qui passe leur attente
Excite à son devoir leur vertu languissante.
Par le raffinement de votre amour exquis,
Vous échangez des fonds qui vous étoient acquis;

Un vice par vos soins supplante un autre vice,
Et l'orgueil dans leur cœur fait taire l'avarice.
    Mais, me dira quelqu'un des plus civilisés,
Quel est donc, s'il vous plaît, le but où vous visez ?
Je prétends faire voir à la foule importune
De ces nobles nouveaux, jouets de la fortune,
Qu'ils seront méprisés malgré leurs parchemins,
Si l'honneur ne les aide à faire leur chemin,
Et si de leurs vertus le secours favorable
Ne fait briller au jour son éclat respectable ;
Je prétends leur montrer, s'ils font les insolents,
Qu'ils doivent ce qu'ils sont à nos jours turbulents,
Et que sans nos malheurs qui les ont mis en place,
Ils seroient, comme moi, morts dans leur vieille crasse.
    Un jour certain baudet, dans un bois à l'écart,
De la peau d'un lion qu'il trouva par hasard
Avoit si bien masqué son encolure grise
Que le plus fin renard tomboit dans la méprise.
Le taureau, le cheval, de frayeur éperdu,
S'écartoit du chemin de son roi prétendu.
Baudet rioit sous cape en les regardant faire,
Quand, par malheur pour lui, baudet se prit à braire ;
Trop connu par les champs, son cri le démasqua,
Sur lui chacun revint et chacun s'en moqua,
Et l'assommant de coups, la troupe impitoyable
Laissa le roi postiche étendu sur le sable.
    Veux-tu que j'applaudisse à ton honneur subit,
Noble ? Change de mœurs quand tu changes d'habit ;
Sois juste, sois modeste ; au bien de la patrie
Immole, s'il le faut, sang, fortune, industrie.
Des ordres de ton roi fidèle exécuteur,
Remplis tous tes devoirs sans faste, sans hauteur.
De ces rares talents te sens-tu quelque dose ?
Bon, je te reconnois pour un noble à la rose ;
J'abaisse devant toi mon rang moins élevé,

Et cède avec plaisir le dessus du pavé.
Mais si ce grand dessein d'acheter la noblesse
Est du pur intérêt la criante foiblesse;
S'il tend à rejeter sur le peuple affligé
Et taille et logements dont tu te sens chargé;
Si toujours au profit ton honneur se mesure,
Si tu ne peux quitter le commerce et l'usure,
Si tu veux toujours braire, et sur le même ton,
Va, tu n'es qu'un baudet formé pour le bâton.
  Mais tout beau, ma satire, et de votre imprudence
Prévoyez l'infaillible et triste conséquence.
Un prétendu bon mot qu'il vous plaît d'hasarder
Pourroit bien quelque jour vous faire lapider.
On sait qu'un empereur pour de tels vaudevilles
Envoyant Juvénal paître les crocodiles,
Lorsqu'à quatre-vingts ans il le fit colonel,
Masqua d'un faux honneur un affront solennel.
Régnier ainsi que vous prenoit toute licence :
La plume fit l'erreur, son dos la pénitence;
Et deux auteurs fameux, pour quelques méchants vers,
Faillirent d'éprouver la canne de Nevers.
Un peu de correctif adouciroit la chose.
C'est bien dit, ma raison, vous voulez une glose,
La voici : Je connois dans le nombre effréné
De ce peuple annobli pour l'or qu'il a donné
Des hommes distingués par un rare mérite,
Braves comme César, chastes comme Hippolyte,
Discrets comme Nestor, subtils comme Platon,
Plus justes que Minos, plus fermes que Caton.
Que voulez-vous encor? J'en sais tel dans ce nombre
Qu'un talent inconnu laissoit sécher dans l'ombre,
Qui, si chez le ministre il avoit fréquenté,
Eût obtenu *gratis* cet honneur acheté.
Le détour vous plaît-il, ma Reine? — Oui, je confesse

Que c'est d'un mauvais pas sortir avec adresse;
Chacun peut s'appliquer cette restriction
Et croire que c'est lui qui fait l'exception.
Ainsi lorsqu'un buveur, les coudes sur la table,
Se plaint entre deux vins de quelque objet aimable,
Gronde contre le sexe et conclut l'entretien
Soutenant qu'il n'est plus qu'une femme de bien
Que la pudeur gouverne et que l'honneur retienne,
Un sot rit dans sa barbe et croit que c'est la sienne.

    Redoutable escadron fraîchement anobli,
Quels secours tu promets à l'État affoibli!
Quels héros, quels géants, vrais enfants de la terre,
Qui jusques dans les cieux pourront porter la guerre!
Celui qui connoît tout sait ce qu'il en sera,
Mais de l'événement réponde qui pourra!
L'ennemi de César, le grand, l'heureux Pompée,
Se faisant, comme on dit, tout blanc de son épée,
Se vantoit que du pied frappant tous les sillons,
Il en feroit sortir de nombreux bataillons.
En effet il frappa : les bataillons sortirent,
Mais aux champs de Pharsale on sait trop ce qu'ils firent,
Et sur ce foible appui dont il s'étoit flatté,
Le chef perdit le jour, Rome la liberté.

    Grand roi, ressource unique au mal qui nous oppresse,
Appuyez votre espoir sur la vieille noblesse;
Son courage au berceau prit soin de l'aguerrir,
Et sait comme il faut vaincre ou comme il faut mourir.

    Peut-être que bientôt la paix tant désirée
Des nouveaux anoblis viendra faire curée;
Peut-être leur orgueil se verra débusqué
Du rang qu'à si bas prix il avoit extorqué;
Reviens, charmante paix, approche, et nous délivre
De ces deux mille écus et des deux sols pour livre.

RÉFLEXIONS SUR LA TAXE DES TRAITANTS.

Stances libres.

ous ne vous trompez pas, espérances conçues
    D'une charmante paix :   [haits
Déjà nous apprenons qu'au gré de nos sou-
Louis fait rendre gorge aux publiques sang-
  En vain ce grand législateur,   [sues.
Pour rendre à ses États une sage abondance,
    De son peuple dissipateur
Avoit par ses édits modéré la dépense ;
Si son attention sur les gens de finance
    N'eût par un retour sérieux
De tant d'exactions dévoilé les mystères,
On eût vu tous les jours un luxe ingénieux
    Éluder ses lois somptuaires.

Déjà les magasins de glaces épuisés
A leurs appartements ne suffisoient qu'à peine.
La Chine et le Japon manquoient de porcelaine,
Et dans leur antichambre on voyoit méprisé
Le coloris lombard et la teinte romaine.
Téniers et les Flamands occupoient le haut bou
    Leur manière sèche et petite
    Se faisoit admirer partout,
    Et par un fastueux dégoût
Le prix insolemment contrastoit au mérite.

    Quand le vainqueur industrieux
    De la puissante Babylone

S'ouvrit avec le fer le chemin de son trône,
L'Euphrate suspendit ses progrès glorieux.
De ses flots mutinés l'amas prodigieux
Ralentit quelque temps l'aile de la Victoire;
    Mais actif et laborieux
Cyrus d'un trait illustre ennoblit son histoire:
    Il divisa la masse de ces eaux
Dont l'Euphrate à sa gloire opposoit ses barrières,
Et fit en peu de jours, par d'immenses travaux,
    De la plus fière des rivières
    Un nombre immense de ruisseaux.
Louis, dont les exploits serviront de matière
    A l'imitation des héros à venir,
    Ne dédaignez pas la lumière
Qu'à vos justes projets l'exemple peut fournir.
Un torrent furieux, formé par les rapines,
Par les vents de l'orgueil chaque jour grossissant,
Menace en pleine paix votre État florissant,
Prêt à l'ensevelir sous ses vastes ruines.
Percez de cent canaux ses flancs audacieux,
    Et que sa masse divisée
    D'une salutaire rosée
Humecte abondamment les plus arides lieux.

Si l'effort menaçant d'une guerre étrangère
    A pu par d'inflexibles lois
    Contraindre le meilleur des rois
D'exiger des secours plus grands qu'à l'ordinaire,
On n'a point murmuré contre un mal nécessaire;
Mais qui pouvoit souffrir que la concussion,
    Par sa cruelle extension
    De l'ordre le plus supportable,
    D'une manière impitoyable
    Chargeât sur notre affliction?

Rentrez dans le trésor, dépouilles des provinces:
   Le plus équitable des princes
A vous restituer force vos ravisseurs.
  De vos exactions recevez le supplice,
    Inexorables oppresseurs;
Nous croyons qu'on nous rend les biens dont la jüstice
    Prive d'indignes possesseurs.

Nous ne verrons donc plus dans la reine des villes
Les traitants s'applaudir d'un bien si mal gagné,
Ni de leurs chars dorés les fêtes inciviles.
Ranger contre les murs le guerrier indigné.
   De leurs maisons enjolivées,
Leurs femmes rentreront dans quelque vieux taudis,
  Et reprendront la serge et le cadis
Où leurs parents obscurs les avoient élevées.
Elles n'oseront plus, à l'abri d'un portier,
    Faire révolter en cachette
    Les coquettes de leur quartier
    Contre l'édit de la bassette.

    O roi digne d'être adoré,
    Contre les vices déclaré,
Louis, entretenez une immortelle guerre.
    Puissent nos destins fortunés
    Ne vous demander à la terre
    Qu'ils ne soient tous exterminés.

LES PLAISIRS

OPÉRA

LES PLAISIRS

DANS LES GRANDS APPARTEMENTS DU ROI

PETIT OPÉRA
Exécuté devant Sa Majesté.

ACTEURS

LA DANSE,	LA CONVERSATION,
LA MUSIQUE,	LA MAGNIFICENCE,
LE JEU,	L'AMOUR.

La scène est à Paris, dans les jardins du Palais-Royal.

ARGUMENT.

 e roi ayant résolu de passer à Versailles le carnaval de l'année 1683, voulut désabuser toute la cour de l'injuste prévention où elle étoit que l'hiver y fût plus fâcheux qu'ailleurs ; et sachant que les plaisirs de cette saison, en quelque endroit où on la passe, ne dépendent que de l'industrie que l'on a de se les procurer, on donna quantité de divertissements, qui firent convenir toute la France que jamais on n'avoit passé d'hiver plus agréable. Mais le plaisir de tous qui parut le plus nouveau fut celui d'une assemblée qui se faisoit trois fois la semaine dans les grands appartements, où Leurs Majestés se rendoient avec leur superbe cour. Les dames surtout s'y faisoient voir extrêmement parées. Là nos maîtres paroissoient avoir déposé leur grandeur, et donnoient dans ces lieux délicieux toute honnête liberté.

On y jouoit à toute sorte de jeux, soit de hasard ou de commerce. On y faisoit conversation avec le beau sexe, on s'y promenoit de chambre en chambre, avec la liberté d'admirer à loisir cet amas prodigieux de meubles magnifiques et de précieux flambeaux, éclairés par un million de bougies.

Ceux qui n'avoient rien d'affecté pour leur divertissement s'y donnoient les autres en spectacle, et ce n'étoit pas le moins réjouissant de tous.

Il y avoit quatre grands buffets, dans un salon, chargés de toute sorte de rafraîchissements, où tout le monde étoit bien reçu et servi diligemment selon son goût.

Enfin, quelque fois, les dames dansoient dans les chambres du trône, où il y avoit toujours de la musique et souvent des pièces de quelque nouvelle invention. Celle-ci fut composée à dessein d'entrer dans les ornements de la fête royale.

LES PLAISIRS, OPÉRA.

SCÈNE PREMIÈRE.

La Danse, La Musique.

LA DANSE.

Où va la charmante Musique ?

LA MUSIQUE.

Ah ! je vous trouve à propos,
Ma sœur ! Il faut qu'en peu de mots
De mes chagrins avec vous je m'explique.

LA DANSE.

Vous, des chagrins, ô dieux !
Vous, du nombreux Paris les plus chères délices !

LA MUSIQUE.

Qu'il m'est dur, qu'il m'est ennuyeux,
Cet amour ! Qu'à mon cœur il cause de supplices !
C'est la mode aujourd'hui d'estimer mes appas,
On témoigne d'en faire cas
Et chaque goût s'en accommode ;
Mais quand on croit que tout me rit,
Ce n'est pas moi que l'on chérit,
C'est la mode.

LA DANSE.

On chante partout,
Partout on s'en pique ;
L'aimable Musique
Y tient le haut bout.
Vivez plus contente ;
Quel soin superflu
A tort épouvante
Votre âme tremblante ?

On ne parle plus,
On chante.

LA MUSIQUE.

Oui, je deviens commune, et c'est là mon malheur!
C'est par là que je suis perdue.
Cette fureur dans les cœurs répandue
Est la source de mon malheur.
Le froid compositeur et le chanteur bizarre
Avilissent mon art, tristement corrompu,
Et par un murmure barbare,
Dans l'opéra mon récit le plus rare
Est chaque jour interrompu.

TOUTES DEUX.

Pour ne point divulguer une si noble étude,
On ne peut avoir trop d'égards
Et les mains de la multitude
Sont le tombeau des arts.

LA MUSIQUE.

Recevez-moi, solitude charmante,
Vous qui m'avez donné le jour.
Hélas! dans vos déserts je vivois si contente!
Trop d'empressement m'épouvante,
Un tumulte odieux m'alarme en ce séjour;
Recevez-moi, solitude charmante,
Vous qui m'avez donné le jour.
Chez vous, dès l'aurore naissante,
J'entendrai les oiseaux célébrer mon retour.
C'est chez vous qu'il faut que je chante
Le tendre, le discret amour.
Recevez-moi, solitude charmante,
Vous qui m'avez donné le jour.

LA DANSE.

Le dieu du jeu vient à nous, ce me semble,
Avec la nymphe des discours.
Ils sont toujours ensemble
Et se grondent toujours.
Cachons-nous pour savoir l'état de leurs amours.
Au chagrin qu'ils font voir votre tristesse unie,
Vous portera des coups moins rigoureux ;
On n'est point si malheureux,
Quand on l'est en compagnie.

TOUTES DEUX.

On n'est point si malheureux
Quand on l'est en compagnie.

SCÈNE SECONDE.

Le Jeu, La Conversation.

LE JEU.

Séparons-nous avant qu'avoir querelle,
Nous en prenons assez le train.

LA CONVERSATION.

Est-ce chose nouvelle
De voir le Jeu chagrin ?

LE JEU.

Prétendez-vous que j'endure
Votre fatigant caquet ?
Quand je mets à l'aventure
La substance la plus pure
Que produise la nature,
Puis-je souffrir sans murmure
Le babil d'un perroquet
Et ce procédé coquet

Qui me rompt toute mesure ?
Quand ma bourse à la torture
Pousse le dernier hoquet,
Prétendez-vous que j'endure
Votre fatigant caquet?

LA CONVERSATION.

Ingrat ! qu'osez-vous dire ?
Attendois-je de vous de tels remercîments ?
Sans ma vertu, quel dieu pourroit suffire
A régler vos emportements ?

LE JEU.

Votre vertu sévère
Est dans un grand crédit !
Mais par malheur, des tours que vous m'avez fait faire
On a pénétré le mystère ;
Écoutez ce que l'on en dit :
Souvent à la tendresse
Le jeu fait un chemin ;
L'amant avec adresse,
Les cartes à la main,
En conte à sa maîtresse.
De mille heureux moments
Cette feinte est la source,
Et le jeu des amants
N'en veut point à la bourse.

LA CONVERSATION.

C'est bien le prendre, en vérité ;
On doit vous pardonner cette délicatesse,
Vous que la bonne foi, vous que l'honnêteté
Accompagnent sans cesse,
Vous qu'on voit fréquenté
Par tant de gens de probité !
Vous qui réglez si bien les mœurs de la jeunesse !

C'est bien le prendre, en vérité ;
On doit vous pardonner cette délicatesse.

LE JEU.

Si je vous pousse un peu, vous l'avez mérité.
Pourquoi vous emporter sur une bagatelle ?
Je vous l'ai déjà dit, chatouilleuse beauté :
Séparons-nous avant qu'avoir querelle.

SCÈNE TROISIÈME.

Le Jeu, la Conversation, la Musique, la Danse.

LA MUSIQUE.

Nous avons entendu un injuste débat,
Que cause une aveugle colère.

LA MUSIQUE ET LA DANSE.

Vous moquez-vous, de faire
D'aussi ridicules éclats ?

LE JEU ET LA CONVERSATION.

Écoutez-moi, je vous conjure.

LE JEU.

C'est à moi...

LA CONVERSATION.

C'est à moi...

TOUS DEUX.

De conter mes raisons.

LA CONVERSATION.

Il fait à ma pudeur une mortelle injure.

LE JEU.

Si l'on en croit son imposture,
Je ne suis bon qu'à mettre aux petites maisons.

TOUS DEUX.

Ecoutez-moi, je vous conjure.

LE JEU.

C'est à moi. .

LA CONVERSATION.

C'est à moi...

TOUS DEUX.

De conter mes raisons.

LA MUSIQUE.

Plaisirs, accordez-vous;
De vos chagrins votre intérêt s'offense,
Si vous n'êtes d'intelligence
Vous languissez, vous n'avez rien de doux.
Le travail, l'austère sagesse,
Le dégoût, l'affreuse vieillesse
A leurs lois vous rendent soumis.
Ah ! lorsque tant de maux vous nuisent,
Feriez-vous donc encor dire à vos ennemis
Que les plaisirs eux-mêmes se détruisent ?

LA CONVERSATION.

Pourquoi faut-il qu'il soit sans doute
L'avis qu'il vient nous donner ?

LE JEU.

Pourquoi faut-il qu'il m'en coûte
A ne vous point pardonner ?

TOUS QUATRE.

A l'intérêt qui nous rassemble
Il n'est pas sûr de résister :
Les fragiles plaisirs ne peuvent subsister
Que quand ils sont unis ensemble.

LA DANSE.

Mais quel objet brille à mes yeux ?
O dieux ! c'est la Magnificence.
Que ne devons-nous point à ses soins précieux !
Courons tous l'assurer de notre obéissance.

SCÈNE QUATRIÈME.

La Magnificence et les Acteurs précédents.

LA MAGNIFICENCE.

Les ordres de Louis appellent dans sa cour
La troupe des plaisirs que je vois assemblée.
En est-il parmi vous dont l'ardeur en ce jour
Pour plaire à ce héros ne soit pas redoublée ?
      De servir le plus grand des rois
Les faciles plaisirs doivent faire leur gloire.
      Il a bien rangé sous ses lois
L'inconstante Fortune et la fière Victoire.

LA MUSIQUE.

      Est-il de cœur qui ne s'empresse
A prendre chez Louis un glorieux emploi?
Ses vertus, sa grandeur, ses bontés, sa sagesse,
Attirent le respect, inspirent la tendresse,
Et son moindre avantage est celui d'être roi.

CHŒUR DE PLAISIRS.

Quel est son ordre ? Instruisez-nous, déesse.

LA MAGNIFICENCE.

Dans un palais des plus superbes
Qu'on ait jamais fait pour les dieux,
Tandis que l'hiver à nos yeux
Cachera la pointe des herbes,
Chacun de vous, plaisirs charmants,

Dans les appartements
De ses riches demeures,
A son auguste cour fera passer les heures
Comme on passeroit les moments.
Bacchus secondera vos divertissements.
Déjà ses ordres s'accomplissent,
Et déjà sous le poids des rafraîchissements
Les buffets précieux gémissent.

LA MAGNIFICENCE, LE JEU ET LA MUSIQUE.

Bacchus doit exciter
Les plaisirs qui languissent,
Quand on veut éviter
Que les jeux ne finissent.
Son avertissement
Leur reproche à l'oreille
Leur assoupissement,
Et le goût se réveille
Au bruit de la bouteille.

CHOEUR DES PLAISIRS.

Allons, courons, volons, au superbe Versailles,
Louis a la bonté de nous faire chercher;
Peut-être, hélas! que le Dieu des batailles
Viendra trop tôt nous l'arracher.

LA MUSIQUE.

Allons porter dans ce séjour céleste
La touchante harmonie et tout son agrément.

LA CONVERSATION.

L'entretien soutenu d'esprit et d'enjouement.

LA DANSE.

La danse galante et modeste.

LE JEU.

Le jeu sans artifice et sans emportement.

CHOEUR DES PLAISIRS.

Allons, courons, volons au superbe Versailles,
Louis a la bonté de nous faire chercher;
Peut-être, hélas! que le Dieu des batailles
Viendra trop tôt nous l'arracher.

SCÈNE DERNIÈRE.

L'Amour et les Acteurs précédents.

L'AMOUR.

Quoi! pour la plus belle des fêtes
Vous osez partir sans l'Amour?
Sans moi, dont vous tenez le jour!
Sans moi, qui vous ai faits, ingrats, ce que vous êtes!

LA MAGNIFICENCE.

Pardonnez, Dieu charmant!
Nous ne pouvons mieux faire.
Des ordres souverains je suis dépositaire,
Et l'on n'a point pour vous marqué d'appartement.

L'AMOUR.

Par quel espace
Puis-je être limité?
Je ne sais ce que c'est qu'occuper une place;
L'univers est rempli de ma divinité.
De me chasser le dessein téméraire
Ne donneroit que d'inutiles soins;
Je suis pour l'ordinaire
Où l'on me veut le moins.
D'une extrême patience,
Les Amours sont revêtus,
On exerce leur constance
Par cent farouches vertus.
Cependant il est à naître

17

Qu'on les ait vus étonnés;
Fermez–leur la porte au nez,
Ils rentrent par la fenêtre.

LA DANSE ET LA MUSIQUE.

Venez, Amour, venez, poursuivez vos conquêtes,
Nos soins à vous cacher seront tous appliqués.
Est-il sans vous d'aimables fêtes?

LE JEU ET LA CONVERSATION.

On est troublé quand vous en êtes,
On est perdu lorsque vous y manquez.

CHOEUR DES PLAISIRS.

Allons, courons, volons au superbe Versailles,
Louis a la bonté de nous faire chercher;
Peut-être, hélas! que le Dieu des batailles
Viendra trop tôt nous l'arracher.

PIÈCES DIVERSES.

PIÈCES DIVERSES

LES JEUX.

LE LANSQUENET.

n certain guerrier d'Allemagne,
Nonobstant la foi des traités,
Incessamment bat la campagne
Et commet force hostilités.
Il n'est malice qu'il ne forge;
Il vit comme en pays conquis,
Et son plaisir le plus exquis
Est de voir couper une gorge.
Quoiqu'il ne donne aucun quartier,
Il cache si bien ses allures,
Qu'il ne fait jamais de blessures
Qu'avec un sabre de papier.
C'est un impie, un anathème,
Si dissolu, si mal vivant,
Qu'il n'observe point le carème
Et perd la messe assez souvent.
Il pervertit de sa nature
L'institut le plus régulier,
Dormant tandis que le jour dure

Et veillant la nuit pour piller.
Il est brutal, sans politesse,
Et jure comme un vrai chartier ;
Et c'est bien souvent dans l'ivresse
Qu'il travaille de son métier.
Avec plus grande hardiesse,
Nos dames l'aiment cependant.
D'où peut venir cet ascendant
Dont le pouvoir n'a point de bornes ?
C'est que le traître à petit bruit,
Dans le silence de la nuit,
Leur apprend à faire des cornes.

LE PHARAON.

Une coureuse de Venise
Fit un bâtard Égyptien,
Par qui beaucoup de gens de bien
Ont été mis nus en chemise.
Son air n'a rien qui scandalise,
Tant il paroît d'un doux maintien.
Les yeux baissés comme un novice,
On diroit que dans son emploi
Il ne respire que justice.
Voilà pour moi, voilà pour toi.
Qui soupçonneroit d'artifice
L'égalité de cette loi ?
Il fait bien plus, il vous présente
Trois, sept, quinze et trente pour un.
Quel est le marchand que ne tente
L'espoir d'un gain si peu commun ?
Mais cet espoir qui vous cajole
Est la fable du pot au lait.

Au lieu de la double pistole,
Vous êtes payé d'un doublet.
Quand il vous présente sa face,
Il vous en coûte votre argent,
Autant vaudroit voir la grimace
De Bouquin, l'honnête sergent [1],
Qui nous met tous à la besace.
Le fourbe est souvent expulsé
Par les ordres de notre maître;
Mais il rentre par la fenêtre
Quand par la porte on l'a chassé,
Et s'il n'est pas mieux relancé,
Il va vous conduire à Bicêtre.

L'OMBRE.

'étois un Espagnol fort grave;
Mais l'on m'a tant pretintaillé,
Qu'à force de me faire brave,
Je parois tout dépenaillé.
Autrefois, dans toute la France,
Fier comme un empereur romain,
Je tenois bonne contenance
Et marchois la pique à la main,
Escorté d'un profond silence.
Toujours par quelque intelligence
Je tenois l'ennemi si bas,
Que, si je n'en triomphois pas,
Je mettois l'affaire en balance,
Prêt à livrer nouveaux combats,
Quand j'aurois doublé ma finance.
Mais j'ai baissé le pavillon;

1. Sergent de Bourgogne.

Le beau sexe qui me mutile
Volage comme un papillon,
Par une invention stérile,
Rendant ma valeur inutile,
M'a fait périr par le talon
Comme le malheureux Achille.
Dans le trio, mon favori,
Les voix étoient bien assorties;
Mais je fus fait charivari,
En chantant à quatre parties.
Mon courage partout connu
Enfin succomba sous le nombre,
Et par là je suis devenu
Quelque chose de moins que l'ombre.

SUR LE BRUIT

fait par M. le vicaire à la petite porte de l'église
Saint-Germain, pendant le salut,
la reine y étant.

e seriez-vous point en souci
D'apprendre quel est l'homme illustre
Qui fait le plus grand bruit ici,
Où le grand bruit est dans son lustre?

Sur nos braves aventuriers
Vous allez jeter votre vue ;
Tous nos galants, tous nos guerriers,
Chez vous vont passer en revue.

Mais vous vous fatiguez en vain
A deviner sur cette affaire ;
Vous connoissez mal le terrain :
Cet homme est monsieur le vicaire.

Hier on parla tout d'une voix
Sur la gloire qu'il s'est acquise,
Et le haut bruit de ses exploits
Fit retentir toute l'église.

Bien qu'aux rares événements
Notre cour soit accoutumée,
Ce bruit causa des mouvements
Dont la reine fut alarmée.

On crut que c'étoit un avis
Qui venoit à notre princesse,

Que tout au moins ses ennemis
Avoient mis le siége à Gonesse.

A ce tumulte on se déchaîne,
Et tout le monde en ce saint lieu
Prend la querelle de la reine
Jointe à la querelle de Dieu.

Le plus froid murmure et s'emporte,
Et le cas lui semble nouveau
Qu'on marque ainsi sur une porte
Les coups qu'on a dans le cerveau.

Dans le feu de cette colère,
Qui tous les esprits agitoit,
On donne au diable le vicaire
Avant qu'on sût que ce l'étoit.

Mais quoique le public le blâme,
J'entreprends seul de l'excuser :
C'étoit une divine flamme
Qui l'excitoit à tout oser.

Sans juger ce qu'on voit paroître,
Examinons son action :
Le pauvre homme a cru qu'on peut être
Insolent par dévotion.

Lorsqu'on adoroit en silence
Nos saints mystères exposés,
Hélas! c'est à grand tort qu'on pense
Que son bruit les ait méprisés.

Il vouloit nous faire connoître,
Dussions-nous en crever d'ennui,

Qu'il étoit bien avec le maître,
Puisqu'il frappoit si fort chez lui.

Ce bruit est un soin pitoyable
De ses saintes intentions,
Fait pour effaroucher le diable
Qui cause les distractions.

Souvent pour moins on se transporte;
Pouvoit-il n'être point fâché
D'entendre au travers d'une porte
Le salut sans lui dépêché?

Comparons ses raisons aux nôtres.
C'est un brave qui court au feu,
C'est un joueur qui dit aux autres:
J'en suis, ou je brouille le jeu.

La grande porte l'embarrasse;
On dit qu'il y pouvoit passer.
Mais où le petit peuple passe,
Un vicaire y doit-il passer?

Enfin, quoi qu'on en puisse dire,
Je tiens que parmi le clergé,
Cet homme que chacun déchire
Ne doit point être négligé.

Le roi, dans la semaine sainte,
N'a point de prêtre en ses États
Qui puisse avecques moins de crainte
Chanter : *Attollite portas.*

S'il étoit dans les grands emplois,
Il ne feroit jamais la canne

Pour défendre les sacrés droits
De notre église gallicane.

Les conséquences en sont claires,
Pour qui des pieds et de la main
Défend les droits imaginaires
Au vicaire de Saint-Germain.

Mais du moins, s'il est estimé
Peu propre à ces emplois célèbres,
Je demande qu'il soit nommé
Pour faire du bruit à *ténèbres.*

LA FRANCE

A LA MAURITANIE-TINGITANE

sur la demande faite de madame la princesse de Conti
pour le roi de Maroc [1].

ue me demandez-vous, superbe Tingitane ?
  Osez-vous y penser?
La fille de Louis jusqu'au rang de sultane
  Peut-elle s'abaisser?
Si votre ambition m'enlevoit ma princesse,
  Mes peuples révoltés
Armeroient plus de bras que n'en arma la Grèce
  Pour de moindres beautés.
Notre Europe, en héros, en monarques féconde,
  Suffit à son désir,
Et pour y faire un roi le plus heureux du monde,
  Elle n'a qu'à choisir.
L'Afrique de tout temps fut pour les belles reines
  Un terrain dangereux;
Je frémis d'y penser : les histoires sont pleines
  De leur sort malheureux.
Chaque jour on entend retentir le théâtre
  Des pleurs de leur maison.
On y voit Sophonisbe, on y voit Cléopâtre
  Périr par le poison.
Encor des temps passés oublieroit-on la rage,
  Si votre nation

---

1. Muley-Ismaïl ayant demandé en mariage la princesse de
Conti (1700), cela donna lieu à une foule de pamphlets.

N'avoit point fait glisser jusqu'à son voisinage
    Cette contagion.
Belle âme qui m'entends du haut de l'Empirée,
    Sans un trait si méchant
Tu régnerois encor et serois adorée
    Des peuples du couchant !

Mores empoisonneurs dont le sang infidèle
    Dut être exterminé,
Ah! pourquoi Ferdinand et la fière Isabelle
    Vous ont-ils pardonné ?
Mais quand je ne craindrois d'aucun revers tragique
    Le déplorable sort ;
Quand la foi de l'Arabe avec la foi punique
    N'auroit aucun rapport,
Comment pourrois-je voir sous vos lois conjugales
    Un objet si charmant
A disputer un cœur contre deux cents rivales
    Occupé bassement ?
Quoi donc ! cette beauté qui faisoit les délices
    D'un empire galant,
Vivroit assujettie aux barbares caprices
    D'un eunuque insolent ?
Ce génie adoré des savants et des braves,
    Cette source de feux,
N'auroit pour entretien qu'un vil troupeau d'esclaves,
    Autant esclave qu'eux !
Non, non, je ne veux point de couronne usurpée
    Toujours prête à périr,
Et si j'y prétendois, Louis porte une épée
    Qui la peut conquérir.
Son aïeul pour la foi souffrit avec constance
    Des travaux infinis.
Ce n'est point par les nœuds d'une indigne alliance
    Qu'il attaqua Tunis,

Aussi grand, aussi saint, le roi qui tient sa place
    Aspire au même honneur.
Tremblez, présomptueux, il l'égale en audace
    Et le passe en bonheur.
De vos anciens guerriers qu'on vante avec justesse,
    Suscitez les grands noms.
Faites-nous voir Syphax, Jugurtha, Massinesse,
    Nous vous écouterons,
Surtout si vous cherchez à vous rendre facile
    Un projet trop hardi.
Commencez par soumettre au joug de l'Évangile
    Le démon du midi.
Renouvelez ces temps dont le pieux usage
    Fut lâchement proscrit,
Où la savante Hippone et l'austère Carthage
    Annonçoient Jésus-Christ.
Rétablissez chez vous ce culte vénérable
    Qu'Arius avilit,
Et que par une erreur encor plus détestable
    Mahomet abolit.
Il se pourra qu'alors sur l'ardeur qui vous presse,
    Jetant des yeux plus doux,
De l'aveu de Louis, notre chère princesse
    Prenne pitié de vous.
Peut-être consentant qu'une illustre fortune
    Vous comble de bonheur,
Pour reine elle pourra vous accorder quelqu'une
    De ses filles d'honneur.

SUR UN DÉSORDRE

ARRIVÉ A LA COMÉDIE PAR UNE CABALE

pour faire tomber une pièce intitulée :
le *Chevalier de l'Industrie*, à sa première représentation.

uteurs, cessez de vous flatter;
Le cygne cède à la grenouille.
Il n'est plus saison de chanter,
Muses, filez votre quenouille.

Ce parterre si redouté,
Ce protecteur du noble usage,
Ce fleau des sots de qualité,
N'est plus qu'un fameux brigandage.

Qui peut attendre un bon succès
De la pièce la plus parfaite?
On perdra le meilleur procès
S'il est jugé par l'étiquette.

Un téméraire emportement
Qui décide avant que d'entendre,
Condamneroit également
Plaute, Aristophane et Ménandre.

Étourdi d'un pareil complot,
Molière, cet esprit si rare,
Eût vu tomber au premier mot
Son *Misanthrope* et son *Avare*.

Je comprends, siffleurs apostés,
Opprobres de votre patrie,

Par quels motifs vous insultez
Au *Chevalier de l'Industrie*.

Vous voyez qu'on prend le chemin
De démasquer votre imposture;
Vous craignez qu'une habile main
Ne vous peigne d'après nature.

Auteur que je ne connois point,
Console-toi de ta disgrâce;
Sa grandeur t'égale en ce point
Aux gens de la première classe.

Ainsi de l'orateur romain
La majestueuse éloquence
Au seul aspect des gens de main
Se vit condamner au silence.

Par les cris des mauvais garçons
Ainsi le tonnant Démosthène,
Réduit au destin des poissons,
Rougit et fit rougir Athènes.

Le sifflet est un instrument
Dont l'utilité seroit grande
Pour réprimer l'égarement
Des écrivains de contrebande.

Mais pour faire un loyal devoir
D'en noter les pièces mauvaises,
Il faudroit qu'il fût au pouvoir
Des Scaligers et des Saumaises.

Puisque d'en modérer les coups
Si peu de gens savent l'usage,

Des vagabonds et des filous
Que le sifflet soit le partage.

Maudite soit l'invention
Par qui tout homme qui travaille
Est mis à la discrétion
Des bretteurs et de la canaille!

O temps! ô mœurs! ô cruautés
Dignes d'un plus mordant libelle!
Le Seigneur des juges bottés
Préserve tout auteur fidèle!

LA DÉVOTE JOUEUSE,

ou

PLACET DE SOPHIE A THÉOTIME, SON DIRECTEUR,

pour obtenir la permission de jouer quelquefois
à l'Ombre.

laise à ce directeur, par qui j'espère un jour
Plaire aux esprits ailés de la céleste cour,
Pour consoler mon âme à ses lois attachéee,
User d'une morale un peu plus relâchée.

Je ne demande pas que votre complaisance
S'étende lâchement à la permission
De lire ces romans qui corrompent la France,
Ou de voir l'opéra qui va perdre Lyon.
  Le fait dont il est question,
Et dont (je l'avouerai) tout le sang me pétille,
C'est d'entrer quelquefois en conversation
    Avec le Baste et l'Espadille.

    L'innocence courroit hasard
Parmi les méchants rois dont l'Écriture est pleine.
Vos crimes font horreur, vos noms seuls me font peine,
Achab, Antiochus, Pharaon, Balthazar;
Mais qui pourroit souffrir qu'avec eux on confonde
Des rois pareils à ceux que l'enfance du monde
A vu rendre justice assis sous un ormeau,
  Sans nul égard pour aucun du hameau,
Dans une indifférence, une équité profonde?
Tels sont le roi de trèfle et celui de carreau.

Où peut-on mieux trouver une école parfaite
  Que parmi les règles du jeu,
  De ces vertus que me souhaite
De votre zèle ardent le charitable feu ?
De même qu'autrefois chez les vieux solitaires
  Le silence y tient le haut bout,
  Et l'on n'y parle point du tout
  Que pour les choses nécessaires.

  Renoncer à sa volonté
(Effort chez les chrétiens à bon droit si vanté,
Où ne peut arriver l'impuissante nature,
  Par qui l'amour-propre est dompté),
C'est du jeu qui me plaît l'ordinaire aventure.
  On voit à ses sublimes lois
Toute notre cabale humblement asservie,
Et dans une reprise on fait garro vingt fois,
  Sans qu'on en ait la moindre envie.

  Vous saurez si la patience
  Est dans le jeu d'un usage excellent ;
Que qui veut s'y sauver doit avoir de prudence
  Un inépuisable talent ;
Mais êtes-vous instruit que de la tempérance
  Il est encor un trésor opulent ?
  Permettez-moi de le dire à ma gloire :
(Sans conséquence au moins) quand une fois j'y suis,
J'y passerois les jours sans manger et sans boire,
Et même sans dormir j'y passerois les nuits.

  Je sais que d'un très-vilain vice
  On veut que le jeu soit taché,
  Et qu'on l'accuse du péché
  De la détestable avarice ;

Le moyen qu'il soit vrai? Ce sont abus criants,
    Théotime, à cela ne tienne
Que l'effet de mes vœux près de vous je n'obtienne :
L'avarice remplit la bourse à ses clients,
    Le jeu vide souvent la mienne.

A tout ce que j'ai dit j'ajouterai l'aveu
(Sous le sceau du secret) d'un motif plein de zèle,
    C'est que de mes profits du jeu
    Je veux bâtir une chapelle;
    Voilà ce qui d'accumuler
    Si puissamment me sollicite.
    A ne vous rien dissimuler,
    Je crois qu'elle sera petite.

ÉLOGE DU NOIR.

STANCES LIBRES.

ous condamnez le noir, il vous est odieux,
Duchesse, et son malheur me touche;
J'ose appeler à vos beaux yeux
De cet arrêt de votre bouche.

Les filles du soleil, ces heures fugitives,
Qui partagent tous nos moments,
Du blanc avec le noir mêlent les agréments.
Si les noires sont les plus vives,
J'en prends à témoin les amants.

Si le ciel éclatant de blanc et de vermeil
Présente à nos regards, qu'il offusque et qu'il lasse,
Toute la pompe du soleil,
Trouvez-vous qu'il ait moins de grâce
Lorsque sans tumulte et sans bruit
Il paroît sous de sombres voiles,
Mêlant la noirceur de la nuit
Avec l'or bruni des étoiles?

Et vous, noires forêts, retraite du silence,
Où les cœurs tendrement touchés,
De leurs ennuis profonds, de leurs tourments cachés,
Vont soulager la violence,
Par quelle charmante douceur
Savez-vous alléger le poids qui les opprime!
Oh! qu'elle ajoute un trait sublime
A l'éloge de la noirceur!

Vous savez quelle fut la fille de Cérès ?
Un sombre lumineux régnoit dans ses attraits ;
  Toutefois, le tyran des âmes
  Fut arrêté dans ses liens ;
Sa noirceur fit sentir au monarque des flammes
  Des feux plus cuisants que les siens.

Sous la sombre vapeur qu'exhalent ses pavots,
Couché nonchalamment sur un lit de repos,
Le plus charmant des dieux, dans la grotte enchantée,
Brûle pour tes yeux noirs, galante Pasithée.

  Cette Hélène, pour qui la Grèce
Au ravisseur troyen fit sentir son courroux,
  Avoit les sourcils et la tresse,
  Avoit les yeux, jeune Duchesse,
Moins beaux, à dire vrai, mais noirs ainsi que vous.

  Vous me direz que je me moque
  Avec ce creux raisonnement,
  Et que si la noirceur vous choque,
  Ce n'est que dans l'habillement ;
  Mais si la muse à mon idée,
  Trouve des termes à fournir,
Je prétends sur ce point vous faire convenir
  Que vous n'êtes pas mieux fondée.

  Le noir, dans son ajustement,
  A des fonctions infinies,
Et nos sages aïeux en ont fait l'ornement
  Des plus nobles cérémonies.
En noir on fait sa cour ; c'est un habit pompeux
Que le bal n'exclut point de sa galanterie.
En noir on se visite, en noir on se marie,
En noir à nos autels on présente ses vœux.

Le noir, par son contraste, est pour un beau visage
    Le plus avantageux atour.
    C'est ainsi que l'astre du jour
Se montre plus brillant quand il perce un nuage.
Le noir de la beauté relève la splendeur;
Son éclat se nourrit sous cette ombre épaissie.
    La blonde en a moins de fadeur,
Et la piquante brune en paroît éclaircie.
C'est la couleur du deuil, il faut qu'on le confesse,
Et ce sera le fort de vos objections;
    Mais pour le noir, belle Duchesse,
    Renoncez aux préventions :
    Car s'il convient à la tristesse,
    Il convient aux successions.

A ces grandes raisons je n'en ajoute qu'une,
    Mais dont le poids est important:
Ce joli petit chat que vous chérissez tant,
Sur son habit doré charge la couleur brune;
    Jugez par là si vous devez
Garder contre le noir une haine si forte.
    Haïssez-le, si vous pouvez;
Mais haïssez aussi le mignon qui le porte.

ÉLÉGIE.

D ans une forêt solitaire
    De chênes plus vieux que le temps,
    Où jamais le soleil par ses feux éclatants
    Des amours tristes ou contents
      N'interrompt le mystère,
Philène, avec Iris cruellement brouillé,
    D'une réflexion funeste,
    Le teint livide et l'œil mouillé,
Donnoit à sa douleur l'aliment indigeste.
    Est-ce vous, lieu délicieux,
    Disoit-il d'une voix touchante,
    Autrefois si cher à mes yeux,
Et si commode à ma flamme constante?
    Quel destin vous rend ennuyeux?
    Quel démon jaloux vous enchante?
Oui, je vous reconnois : c'est vous, sombre séjour,
Où l'équitable Iris recevoit mon hommage;
    C'est vous, où son timide amour
Dans vos obscurités venoit prendre courage.
Voici le vert gazon, voici le frais ombrage,
    Où tous deux mollement couchés,
Où tous deux, d'un seul trait également touchés,
    Elle me tenoit ce langage :
« Tu le veux donc, cruel, m'arracher cet aveu
Qui coûte à ma pudeur une contrainte extrême?
Il faut donc à tes yeux étaler tout mon feu,
    Il faut te dire que l'on t'aime?
Eh bien, puisqu'il le faut, mon cœur tendre y consent,
Et n'écoute plus rien que l'ardeur qui l'en presse :

Il va t'apprendre ce qu'il sent.
Jouis, pressant berger, jouis de ma foiblesse.
Je t'aime, cher Philène, et mon cœur enchanté
Obéit sans murmure à la nécessité
    Du feu qui me dévore.
De son heureuse étoile il approuve les lois;
Enfin, s'il se pouvoit que l'on aimât par choix,
     Il t'aimeroit encore. »

    Quels baisers! quels embrassements
     Suivirent ces mots favorables!
Les rois dans leur grandeur ont-ils de tels moments?
Les dieux même, en leur gloire, en ont-ils de semblables?
Mais pourquoi rappeler ce plaisir effacé
    Dans ma mémoire trop fidèle?
Rigoureux souvenir de mon bonheur passé,
Soyez enseveli dans la nuit éternelle.

    Dans ce moment le berger entendit
Sur un arbre voisin deux jeunes tourterelles:
    Leur murmure amoureux rendit
Son souci plus cuisant, ses peines plus cruelles.
    Il parcourt d'un œil ennemi
    Les ouvertures du feuillage,
    Qui ne lui cachoient qu'à demi
     Leur galant badinage.
Sur ces oiseaux enfin son regard est porte;
    Conduit par leur tendre murmure,
Il les voit travailler à leur postérité,
Et préparer un nid pour leur race future.
    Ils fondoient leur espoir trompeur
    Dessus la branche la mieux faite,
    Et se donnoient avec ardeur
    Deux baisers pour chaque bûchette.

Philène en est ému : leur bonheur l'inquiète ;
Il ramasse un caillou qu'il trouve près de lui,
Et s'écrie en fureur : La même solitude
Verra donc vos plaisirs et mon inquiétude,
Et des plus doux transports vous ferez votre étude
    Pendant que je mourrai d'ennui !
Ah ! goûtez comme moi votre bonheur en songe ;
De mon sort rigoureux ressentez le pouvoir.
    Succombez sous le désespoir
    Où l'infidèle Iris me plonge.
A ces terribles mots il fixe ses regards ;
Le coup funeste part, et l'atteinte est si franche,
    Qu'il jette dans les airs épars
    Le nid, les oiseaux et la branche.

LA MUSIQUE.

A MADEMOISELLE DE LALANDE.

Épithalame.

st-il donc vrai, charmante Mélanie,
Que vous quittez mes doux amusements,
Et que je touche à ces tristes moments
Où de chez vous je dois être bannie ?
Le jour fatal de la cérémonie
Où votre cœur, pour jamais engagé,
Prendra des lois d'un plus puissant génie,
Va devenir le jour de mon congé ;
Car s'il vous faut tout dire en abrégé,
Lit nuptial est tombeau d'harmonie.

Vous soutiendrez, pour calmer mon ennui,
Que c'est à tort que votre hymen m'afflige ;
Qu'entre ses bras m'aimerez ; non, vous dis-je ;
Plus ne serez ce qu'êtes aujourd'hui.
Je sais trop bien qu'amour veut qu'on néglige,
Qu'on foule aux pieds tout ce qui n'est point lui.
Ce dieu jaloux n'admet aucun partage.
Un cœur qu'il tient ne se laisse toucher
D'autres plaisirs. Serviteur au ramage
Des rossignols dès qu'ils veulent nicher !
D'où je conclus, sans peur qu'on me le nie,
Lit nuptial est tombeau d'harmonie.

Si bien chantant en grec comme en latin,
Nous en pourroit instruire Calliope,

A qui le dieu qui suit l'héliotrope
Nouvelle gamme apprit un beau matin.
Dès ce moment, la muse dégourdie,
Jetant sa lyre et brisant ses clairons,
Pendant dix mois d'aucune mélodie
Ne réveilla l'écho des environs.
Plus ne prisa sublime chromatique
Près des transports de deux cœurs amoureux ;
Plus ne fit cas des soupirs de musique
Près des soupirs de deux amants heureux.

Elle trouva qu'aucun concert ne touche
Si vivement, qu'aucun n'a tant d'appas,
Que le concert où l'on ferme une bouche
Avec une autre, en murmurant tout bas.
Dans ce duo lui plaisoit toute chose,
Hors un seul point qu'eût voulu retrancher.
Quel étoit-il ? Sans vous faire chercher,
Vous le dirai dans un seul mot : la pause.
Par cet exemple est fort bien démontré
Que mes propos ne sont point calomnie,
Quand je vous dis avec un cœur outré :
Lit nuptial est tombeau d'harmonie.

Quelques raisons qu'ayez de me quitter
Pour prendre mieux, le dépit qui m'enflamme
N'y peut souscrire et cherche à me dicter
Chagrine épître au lieu d'épithalame.
N'attendez pas que j'aille vous conter,
Ainsi qu'on fait aux belles qu'on marie,
Que vous brillez, blonde, blanche et fleurie,
Que vous avez un mérite éclatant
A retenir mille amants dans vos chaînes ;
Que vous pourriez défier en chantant,

Cygnes mourants et trompeuses sirènes,
Que votre danse enlève tous les cœurs,
Qu'un clavecin, sous vos doigts enchanteurs,
Tire du corps l'âme qui s'extasie;
Qu'on voit sécher, par vos charmes vainqueurs,
Héros d'amour, nymphes de jalousie;
Ni qu'à seize ans vous faites ce fracas
(Défaut terrible à gâter tout le reste).
Pour vous si doux, le jour m'est si funeste
De votre hymen, qu'il me met dans le cas
De vous chanter pour toute symphonie :
Lit nuptial est tombeau d'harmonie.

Dois-je nommer mon rival? Hélas, non.
Non, sur ma foi. Pour moi, ce seroit peine;
Pour vous, plaisir. La tête d'Artamène [1]
Et de Cyrus en composent le nom.
Jugez par là quel vainqueur ce doit être.
Il est, dit-on, galant, jeune, bien fait,
Plein de valeur, favorisé du maître.
Mais quoi! fût-il mille fois plus parfait,
Eût-il déjà ce poste d'importance,
Où ses vertus tendent à l'élever,
Dont le devoir consiste à cultiver
L'auguste objet de l'espoir de la France,
Plus il aura de gloire et de talent,
Plus s'aigrira ma douleur infinie,
Pour répéter d'un ton triste et dolent :
Lit nuptial est tombeau d'harmonie.

Or, c'est assez par d'inutiles soins
Sur votre hymen faire tant de vacarmes.

1 D'Arcy

Quand jour et nuit j'en répandrois des larmes,
Il n'en seroit toujours ni plus ni moins.
Mariez-vous, puisque les destinées,
Dans leurs décrets ainsi l'ont arrêté,
Et nous donnez une postérité
Que la faveur des têtes couronnées
Rende éclatante à perpétuité.
Je comprends bien que le premier trophée
De votre amour doit être un petit Mars;
Mais si pour moi vous gardiez des égards,
Que le second, du moins, soit un Orphée.
Par cet accord partageant le terrain,
Plus ne viendrois semer la zizanie,
Plus ne viendrois vous corner ce refrain :
Lit nuptial est tombeau d'harmonie.

CHANSON.

our uné jeune bergère
Faut-il que mon cœur soit pris?
Cruel amour, considère
Que mes cheveux sont tous gris.

La raison me fait connoître
Qu'amour n'est plus de saison;
Mais quand l'amour est le maître,
Écoute-t-on la raison?

Qu'est-ce que mon cœur espère
Quand il se mêle d'aimer?
Quand on n'est plus propre à plaire,
Pourquoi se laisser charmer?

RITOURNELLE.

n soir, dans une grotte obscure,
Où d'un ruisseau le cours secret
Accompagnoit de son murmure
Les plaintes d'un amant discret,
Tircis à l'objet qui l'engage
Recommençoit cette chanson :
C'en est trop si c'est badinage,
Et trop peu si c'est tout de bon.

Lorsque l'excès de mes souffrances
Me rend inquiet et rêveur,
Tu fais voler mes espérances
Sur les ailes de la faveur.
Après tu m'abats le courage
Par des rigueurs hors de saison :
C'en est trop si c'est badinage,
Et trop peu si c'est tout de bon.

Quand sur ma musette plaintive
Je chante quelque air langoureux,
Je vois ton oreille attentive
A mes préceptes amoureux ;
Si je veux les mettre en usage,
Tu deviens sourde à ma leçon :
C'en est trop si c'est badinage,
Et trop peu si c'est tout de bon.

De fleurs fraîchement amassées
Quand je te présente un bouquet,
Dans ton sein je les vois placées

D'un air complaisant et coquet.
Veux-je en faire un galant pillage,
J'en obtiens à peine pardon :
C'en est trop si c'est badinage,
Et trop peu si c'est tout de bon.

De ma sœur entre tes compagnes,
Tu parois chérir l'entretien,
Et souvent, parmi nos campagnes,
Ton troupeau paît avec le sien;
Mais un pareil soin te ménage
Les sœurs d'Ergaste et d'Alcidon :
C'en est trop si c'est badinage,
Et trop peu si c'est tout de bon.

Piqué de quelque jalousie,
Si je t'exagère mes maux,
Tu te ris de ma frénésie,
Tu plaisantes de mes rivaux.
Avec eux sous l'épais feuillage
Tu danses pourtant sans façon :
C'en est trop si c'est badinage,
Et trop peu si c'est tout de bon.

Quelquefois, par un trait de flamme,
Tes yeux aux miens font entrevoir
Qu'Amour, qui captive mon âme,
Te range aussi sous son pouvoir.
J'en demande un baiser pour gage,
Et n'en puis obtenir le don :
C'en est trop si c'est badinage,
Et trop peu si c'est tout de bon.

Pour me prouver toute la force
Du coup dont ton cœur est blessé,

Tu graves sur la tendre écorce
Mon chiffre au tien entrelacé ;
Mais tu m'as refusé ta cage
Pour emprisonner mon pinson :
C'en est trop si c'est badinage,
Et trop peu si c'est tout de bon.

« Ingrat, interrompt la bergère,
« Avant qu'il fût près d'achever,
« Est-ce véritable colère,
« Où le fais-tu pour m'éprouver ?
« Je t'aime, et tu le sais ; sois sage :
« Chasse un injurieux soupçon :
« C'en est trop si c'est badinage,
« Et trop peu si c'est tout de bon. »

Ce doux mot bannit la tristesse :
Tircis, interdit et confus,
Baise la main de sa maîtresse,
Et n'ose risquer rien de plus.
Le feu d'amour monte au visage
Et de la fille et du garçon :
C'en est trop si c'est badinage,
Et trop peu si c'est tout de bon.

Un faune, habitant de cet antre,
Qui la regardoit par un trou,
Couché tout à plat sur le ventre,
S'en prit à rire comme un fou,
D'une voix moqueuse et sauvage
Redisant sur le même ton :
C'en est trop si c'est badinage,
Et trop peu si c'est tout de bon.

Cette histoire par la contrée
Se répandit en peu de temps,
Et du galant pays d'Astrée
Réjouit fort les habitants.
Tous y chantoient dans leur village,
Menant paître chèvre et mouton :
C'en est trop si c'est badinage,
Et trop peu si c'est tout de bon.

CHANSON

que Sénecé adressa sans doute à sa sœur
Constance Bauderon,
qui épousa M. de Gorze, et dont c'étoit la fête.

dorable Constance,
Vertu d'un grand renom,
On dit parmi la France
Que tu n'es rien qu'un nom
Inventé tout exprès pour endormir les dupes
Par le sexe fripon, don, don !
Qui porte falbalas, la, la !
Plissés au bas des jupes.

C'est pure médisance,
J'oserois en jurer.
Je sais une *Constance*
Qui se fait admirer,
Constance de vertu, Constance de courage :
Constance de raison, don, don !
Qui jamais ne broncha, la, la !
Que veut-on davantage ?

Son long pèlerinage
Par les rochers cornus
A sauvé du naufrage
Nos petits revenus.
Elle a quitté pour nous les doux bords de la Saône
Et sa chère maison, don, don !
Vivant par ci, par là, la, la !
De pain bis et de lard jaune.

C'est aujourd'hui ta fête,
Il faut la signaler.
Que chacune s'apprête
Pour nous bien régaler.
Mettons tout en commun et faisons pique-nique.
As-tu quelque bonbon, don, don!
Ma sœur? Pour moi, voilà, la, la!
Le fond de ma boutique.

CHANSON DE CHIEN

SUR L'AIR D'UNE ANCIENNE VILLANELLE, DONT
LE REFRAIN EST :

Je ne veux point changer
Guillaume mon berger.

édor et sa Grisette
Sont ma chienne et mon chien;
Tous deux de ma retraite
L'amusant entretien.
Disette m'y travaille,
Je n'ai denier ni maille;
Mais il m'y reste encor
Grisette avec Médor.

De l'aimable jeunesse
Grisette a les appas;
Médor qui la caresse,
Vieillot, ne déplaît pas :
Inégale alliance,
Tu me rends l'espérance
Qu'un jour soit Léonor
Grisette, et moi Médor.

Mes amis de bouteille
Tout à coup m'ont laissé
Comme un sot qui s'éveille
Plein d'un songe éclipsé.
Que ce peuple déserte,
Je n'en sens plus la perte,

Si je conserve encor
Grisette avec Médor.

Qu'à nos vins de Bourgogne
Tombant dans le mépris,
Les buveurs de Pologne
Rendent leur juste prix.
Qu'on augmente l'espèce,
Qu'on la fixe ou la baisse,
Il n'importe pas fort
A Grisette et Médor.

De pain la panse pleine
Suffit à leurs repas,
Et l'eau de ma fontaine
Leur tient lieu d'hypocras.
Aux besoins de la vie
Se borne leur envie :
Point n'aboie après l'or
Grisette ni Médor.

Ils suivent à la piste
Tous les pas que je fais ;
Grondeurs quand je suis triste,
Si je ris ils sont gais.
Un grain de jalousie,
Troublant leur fantaisie,
Déconcerte l'accord
De Grisette et Médor.

De Grisette volage
Ou de Médor coquet
Leur chien de mariage
Reçoit-il un soufflet...

Tour de queue ou gambade,
Au plus quelque bourrade,
Raccommode d'abord
Grisette avec Médor.

Maris jaloux et mornes
De rage transportés,
Vous qu'une ombre de cornes
Porte aux extrémités,
Rengaînant baïonnette,
Pratiquez la recette,
Qui vaut son pesant d'or,
De Grisette et Médor.

Ils m'ont tiré du nombre
De ces fous désœuvrés
Qui de piquet et d'ombre
Sont toujours enivrés.
Tout jeu me soit contraire,
Si jamais je préfère
Repic ou Matador
A Grisette et Médor.

De monnoie ayant cours
Apollon leur fait grâce.
A la cour du Parnasse,
La plus gueuse des cours,
Il veut que l'on écrive
Dessus la roche vive
Les noms en lettres d'or
De Grisette et Médor.

A MADAME LA M. DE LA GUICHE.

e ce couple de chiens, vrai meuble de ruelle,
Daignez, belle marquise, accepter le présent;
Ils sont respectueux, empressés et fidèles :
C'est pour se faire aimer un titre suffisant.
Vous verrez d'un coup d'œil tout ce qu'ils savent faire;
Avec attention je les ai créancés.

    S'ils ont le bonheur de vous plaire,
    Mes soins sont trop récompensés.

LA LEÇON DE MUSIQUE.

our profiter dans la musique,
Et bien conduire votre voix,
Belle, que votre esprit s'applique
A toujours observer ces lois.

Il faut bien payer votre maître.
Climeine, il n'est rien d'assez doux
Par où l'on puisse reconnoître
Tous les soins qu'il prendra pour vous.

Son âme n'est point mercenaire,
Il n'oblige point à moitié;
Mais seulement pour son salaire
Il demande votre amitié.

Dedans toute la symphonie
On ne rencontra jamais rien
D'une si charmante harmonie
Que deux cœurs qui s'entendent bien.

Ils s'écoutent, ils se répondent,
Ils font mille divers accords;
Ils se mêlent, ils se confondent
Et ne font plus qu'un même corps.

Belle écolière que j'admire,
Unissez votre cœur au mien.
Écoutez ce qu'il voudra dire
Et répondez-y toujours bien.

Le soupir est de la musique,
Et vous devez considérer
Qu'une personne qui s'en pique
Doit savoir aussi soupirer.

Je sais soupirer à la mode,
Climeine, et sans trop me vanter,
Pour en apprendre la méthode,
Vous n'aurez rien qu'à m'écouter.

Chantez fort souvent par nature,
Si mon conseil vous semble bon;
Pour moi, la belle, je vous jure
Que j'en aime beaucoup le ton.

Quand vous sentirez quelque chose
De favorable à ma langueur,
Alors servez-vous de la pause
Pour y confirmer votre cœur.

Si quelque penser moins propice
Occupoit votre entendement,
La fugue fera son office
Pour le chasser dans un moment.

Un jour si vous veniez, Climeine,
Jusqu'à la composition,
Gardez-vous de payer ma peine
D'une fausse relation.

Mais plutôt, afin qu'il me vienne
Quelque petit fruit de mes soins,
Que votre partie et la mienne
S'accordent par degrés conjoints.

Les faux accords sont fort à craindre ;
Il n'en faut point faire avec moi,
Et j'aurois sujet de me plaindre
Si vous manquiez à cette loi.

Je n'aime point du tout la quinte ;
Je ne sais ce qu'elle m'a fait,
Mais, pour vous en parler sans feinte,
Je l'estime accord imparfait.

Elle gâteroit le mistère
Quand elle viendroit s'en mêler.
Il faut que pour me satisfaire
Je n'en entende point parler.

Si vous désirez de comprendre,
Quand je vous donnerai leçon,
Climeine, pour beaucoup apprendre
Soyons toujours en unisson.

Je vous chanterai votre gamme
Si vous négligez ces avis,
Et vous en aurez tout le blâme
S'ils ne sont par vous bien suivis.

Si vous les suivez, mon estime
Pour vous jamais ne finira ;
Et, plus longue qu'une maxime,
Éternellement durera.

Si vous ne me jugez pas digne
De faire avec vous quelque accord,
Vous me ferez chanter en cygne,
Qui ne chante bien qu'à sa mort.

CALIXTE.

Fable à mettre en musique.

alixte, dans un bois
A la chasse égarée,
N'entendant plus le son du cor ni de la voix,
De Diane étoit séparée.
Après quelques cris vains dans les airs prodigués,
Cherchant à prendre haleine,
Au bord d'une vive fontaine
Elle étendit ses membres fatigués.
Le maître de la foudre,
Qui la guettoit dans ce bois écarté,
Fondant sur cette proie avec avidité,
Se mit en devoir de l'absoudre
De son vœu de virginité.
Malgré ses cris, malgré sa résistance,
Ce brusque procédé la mit hors de défense ;
Amer ou doux, il fallut l'avaler.
Une pucelle tendre et blonde,
Par quels efforts pourroit-elle égaler
Ces bras puissants capables d'ébranler
La base immobile du monde ?
Le silence profond de ces sombres campagnes
Pouvoit la consoler un peu :
Affront caché porte son désaveu.
Combien Calixte a-t-elle de compagnes
Qui tiennent bonne mine avec plus mauvais jeu ?
Mais de son ravisseur la nature féconde
Fut ce qui mit le comble à son cuisant souci.
Il n'étoit pas content d'être le dieu du monde,

Il en vouloit être le père aussi.
 Fécondité cruelle
 Qui viens sans qu'on t'appelle,
 Combien de vilains tours
 Fait ta rage mortelle
 Aux timides amours !
 Fécondité damnée,
 Que n'étois-tu bornée
 Pour le commun bonheur !
 Faut-il que tu sois née
 Pour égorger l'honneur !
 Que n'étois-tu bornée
 Au tranquille hymenée !
A peu de mois du jour infortuné,
 Calixte à la mélancolie
 Vit son triste cœur condamné !
Comment pouvoir cacher son sort empoisonné.
Point de vertugadin, point de corps baleiné ;
L'usage en étoit rare à la cour de Délie.
 Certains esprits méfiants et jaloux
(La cour, et cour de femme encore, en manque-t-elle ?)
Auprès de la déesse accusèrent la belle,
Et contre l'innocente armèrent son courroux.
 D'une simarre fort ample
On la fait dépouiller par force un jour de bain ;
Et, lui mettant le ventre aussi nu que la main,
Du fils de Jupiter on découvre le temple.
 Calixte de douleur
 En perd force et couleur ;
 Diane de colère
Redouble sa couleur et sa force ordinaire
 Et repoussant avec un de ses traits
 La suppliante qui tremble :
« Va, brutale, dit-elle, unis-toi désormais

« A l'espèce qui te ressemble. »
A ces mots foudroyants un prodige nouveau
       Consterne toute l'assistance;
    Son visage se ride et s'allonge en museau;
Le poil (jeunes beautés, je frémis quand j'y pense),
Un poil hideux lui perce et lui couvre la peau.
       Calixte, en un mot, devient ourse,
       Qui, dans ses fiers ressentiments,
Accusant Jupiter par d'affreux hurlements,
Se perd dans la forêt qu'elle gagne à la course.

Si Diane aujourd'hui montroit pareille ardeur,
       Pour venger les injures
       Qu'on fait à sa pudeur,
O ciel! quel grand marché nous aurions de fourrures!

ÉNIGME.

ans un canton de la vaste Amérique,
Mississipi nommé vulgairement,
S'est introduit certaine arithmétique,
Qui pour Barême est du haut allemand.
Quatorze et huit que l'on suppute ensemble
N'y font que douze. Onze ajoutés à trois
Produisent neuf. Lecteurs, que vous en semble?
Trouvez-vous pas le calcul iroquois?

esogne ose briguer la place
Du Théophraste de nos ans;
Pour moi, j'approuve cette audace
Que sifflent tant d'honnêtes gens.

La Bruyère en ses Caractères
Ménage trop la qualité;
Besogne y fait des commentaires
Qui lèvent toute obscurité.

Comparez-les ligne par ligne
Pour décider de leur renom.
Tous ceux que le premier désigne,
L'autre les nomme par leur nom.

De la cour du Parnasse
L'État est mal réglé.
Dans la première classe
Chacun veut avoir place,
Par l'orgueil aveuglé.
O la belle besogne
Que feront les auteurs
S'ils reçoivent Besogne
Parmi leurs sénateurs!

MENUET DE LULLY.

 es soins que j'ai pris
Pour attendrir Iris
Ont touché foiblement l'infidèle ;
Son traître cœur donne à la bagatelle.
Une ardeur nouvelle
Lui semble plus belle
Que mes feux constants.
Cependant quelques ans
Vont finir son printemps :
Elle voudra m'aimer en ce temps ;
Mais c'est où je l'attends.

ÉPIGRAMMES.

Que vos traits sont charmants ! que vous avez l'air doux !
Ne vous ai-je point dit que je brûle pour vous ?
Il est vrai pourtant, ou je meure :
Pour vous prouver ma passion,
Au sortir de ce bal il ne me faut qu'une heure
De conversation.

Lycas, qui partageoit le lit
D'Armide qu'il croyoit fidèle,
La surprit en flagrant délit
Avec un amant beau comme elle.

D'abord, prompt à brutaliser,
Il fit un éclat authentique,
Mais la belle sut l'apaiser
Par cette raison sans réplique :
Ah ! mon cher, tu dois m'excuser,
Et ma faute n'est pas si grande :
Quel moyen de le refuser ?
Il pleure quand il le demande.

Arcas, aux maux accoutumé,
  Porte de dures chaînes ;
Pendant qu'il ne fut point aimé,
  Il souffrit mille peines ;
Mais quand sa belle a consenti
  De payer sa tendresse,
Le malheureux a ressenti
  Des maux d'une autre espèce.

Philis, que son berger réduisit aux abois,
  Disoit d'une tremblante voix :
Si tu n'arrêtes pas ton effort téméraire,
Je ferai de mes cris retentir tout ce bois.
Mais un loup qui passoit fit peur à la bergère.
  Philis se tut et laissa faire.

La jeune et friponne Sylvie,
Un jour s'entrenant avec son médecin,
Lui demandoit quel temps il trouvoit le plus sain
Pour prendre le plaisir le plus doux de la vie,
— La question me plaît ; elle est digne de vous,
Dit-il, et je vous vais éclaircir ce mystère :

On dit que le matin il est plus salutaire,
    Mais le soir je le crois plus doux.
Alors, en souriant d'une bouche si belle,
Que le vieil Esculape en fut tout transporté :
— J'aurai soin tous les soirs de mon plaisir, dit-elle,
    Et les matins de ma santé.

———

Damon, tu me promets les vers de la Monnoye ;
D'un si rare présent j'aurois beaucoup de joie,
Mais la moitié suffit à mon ambition.
Va ! fais-moi seulement tenir de la monnoye,
Pour des vers, Dieu merci ! j'en ai provision.

BONS MOTS

BONS MOTS,
TRAITS REMARQUABLES, SATIRES, ÉLOGES, CONTES ET AUTRES SEMBLABLES RECHERCHES.

SATIRE CONTRE BENSERADE.

Pendant que Benserade étoit jeune, il étoit fort plein de lui-même, et se piquoit d'homme à bonnes fortunes. Un jour, certaine jalousie l'ayant porté à faire des couplets de chansons fort médisants contre des filles de la reine régente, il fut chassé de la cour pour ce sujet. Mais comme la reine l'aimoit et le trouvoit réjouissant, elle fit sa paix et obtint de ses filles qu'il seroit rappelé. Une d'entre elles, qui n'y consentoit pas de bon cœur, ne pouvant résister à une semblable intercession, prit le parti de se venger par les armes dont elle avoit été attaquée et fit ce quatrain contre lui :

Revenez, revenez, beau faiseur de chansons,
La reine a commandé que l'on vous les pardonne,
Pourvu que votre rousse et suante personne
Change pendant l'été plus souvent de chaussons.

AUTRE CONTRE RACINE.

Racine, ayant fait une fortune considérable à la cour, pour un homme de lettres, prétendit usurper une espèce de tyrannie sur les autres gens de son caractère, et, regardant le bel esprit comme son patrimoine, s'établit autant qu'il put dans la possession de persuader à toute la France que l'on ne pouvoit en avoir sans sa permission, qu'il n'accordoit à personne. Cela révolta contre lui la nation indocile des auteurs, autant impatiente de la servitude qu'aucune autre, et on lui donnoit de temps à autre des marques de rébellion. Il fit certaine pièce nommée *Athalie*, dont le sujet est tiré des livres saints, pour récompense de laquelle il fut gratifié d'une charge de gentilhomme ordinaire de la chambre du roi. Cet ouvrage n'eut pas autant de succès au Parnasse qu'il en avoit eu à la cour, et un poëte de Paris s'en expliqua de cette manière :

> Racine, de ton *Athalie*
> On fait ici très-peu de cas :
> Ta race en peut être anoblie,
> Mais son nom ne le sera pas.

ÉPITAPHE D'UNE CHATTE.

La duchesse de l'Édiguières (*sic*), femme d'une vertu distinguée, et qui, étant demeurée veuve fort jeune, fort belle et fort riche, vécut avec beaucoup de réputation, donna dans la fantaisie que beaucoup de gens ont pour les bêtes, ce qui étoit pardonnable en elle, qui n'auroit pas manqué, si elle eût voulu, d'attachements d'une autre espèce. Elle avoit entre autres une chatte qu'elle aimoit passionnément. Elle mourut, et sa maîtresse, pour adoucir son affliction, lui fit ériger un beau mausolée de marbre dans son jardin, où elle fit graver les vers suivants qu'elle avoit composés elle-même :

> Cy-gît une chatte jolie :
> Sa maîtresse, qui n'aimoit rien,
> L'aima jusques à la folie.
> Pourquoi le dire ? on le voit bien.

PASQUINADE CONTRE LA FONTAINE.

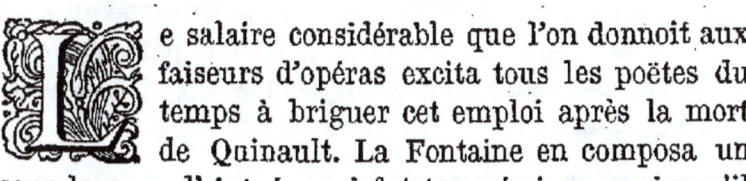

e salaire considérable que l'on donnoit aux faiseurs d'opéras excita tous les poëtes du temps à briguer cet emploi après la mort de Quinault. La Fontaine en composa un sous le nom d'*Astrée*, qui fut trouvé si mauvais qu'il eut besoin de trois ou quatre ans de cabale pour le faire recevoir. Il fut enfin joué, et le public peu indulgent rejeta avec mépris ce que la faveur avoit adopté. Cet ouvrage ne parut pas plus tôt qu'il fut accablé d'une infinité de satires et de railleries : on en feroit un juste volume ; mais comme mon dessein n'embrasse que des sujets très-courts, je me contenterai de remarquer ce quatrain, qui fut trouvé assez joli pour n'être qu'un jeu de mots :

> Plaignons le pauvre Céladon ;
> Que sa fortune est inhumaine !
> Après s'être sauvé des ondes du Lignon,
> Il s'est noyé dans La Fontaine.

CHANSON CONTRE TROIS POÈTES DRAMATIQUES

e grand succès qu'eurent sur le Théâtre-François l'aîné Corneille, et Racine après lui, donna beaucoup de dégoût pour les auteurs qui eurent le malheur de paroître à leur suite. Ce n'étoit pas une chose facile d'approcher de leur mérite. Abeille, Campistron et Pradon ne laissèrent pas de tenter l'aventure, mais avec peu de succès. Les deux premiers cherchèrent dans de grandes protections ce qu'ils ne pouvoient espérer de leur mérite. Abeille s'attacha à M. de Luxembourg et Campistron à M. de Vendôme, qu'ils suivirent dans leurs expéditions militaires. Pradon demeura à Paris sans patron. Pendant la campagne de quatre-vingt-onze, on fit de tous trois ce couplet :

> En Flandres, Abeille accompagne
> Nos victoires de son clairon ;
> Sur les affaires d'Allemagne
> On verra prendre le haut ton
>   A Campistron ;
> Pour chanter toute la campagne,
> En Irlande il faudroit Pradon.

ÉLOGE D'UN PEINTRE ET D'UN POÈTE.

a part que j'ai à cet éloge me fera soupçonner d'un peu de vanité pour l'avoir mis dans mon recueil ; mais, parce que j'y suis pour la moitié, s'ensuit-il qu'il soit moins bon ? Ce seroit une conduite injuste et ridicule tout ensemble de vouloir supprimer une bonne chose parce que l'on y dit du bien de moi. Le jeune Coipel, un des plus

excellents peintres de notre temps, ayant fait un fort
beau tableau, dans lequel il représentoit la colère de
Jacob trompé par son beau-père Laban, quand il lui
supposa Lia dans son lit à la place de Rachel, je fus
si touché des grâces de ce tableau que je voulus le célébrer par une Idylle, qui fit assez de bruit. Vigarani,
un des plus beaux esprits que l'Italie ait donnés à la
France, renvoya ce distique à un de nos amis communs, qui lui avoit envoyé copie de cette Idylle :

Ad Senecœum.
Ora videns tabulis voces audisse putavi :
Carmine dicta refers, ora videre puto.

Un gentilhomme, nommé Saint-Gilles, qui n'étoit
pas accusé de trop louer, ne laissa pas néanmoins d'imi-
ter ces vers latins en cette sorte :

Des vers et du tableau l'agréable imposture
Fait briller à nos yeux un merveilleux talent :
   Sénecé nous peint en parlant
   Et Coipel nous parle en peinture.

PLAISANTERIE DU CARDINAL LE CAMUS.

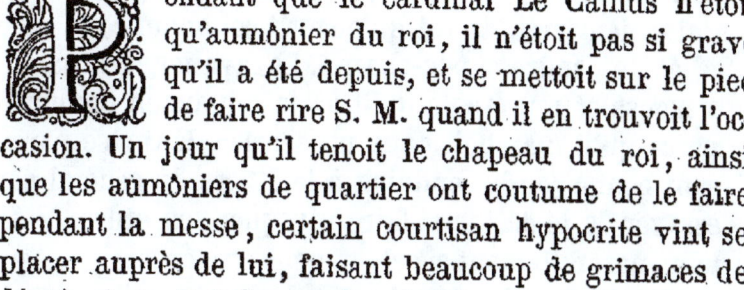

endant que le cardinal Le Camus n'étoit
qu'aumônier du roi, il n'étoit pas si grave
qu'il a été depuis, et se mettoit sur le pied
de faire rire S. M. quand il en trouvoit l'occasion. Un jour qu'il tenoit le chapeau du roi, ainsi
que les aumôniers de quartier ont coutume de le faire
pendant la messe, certain courtisan hypocrite vint se
placer auprès de lui, faisant beaucoup de grimaces de
dévot et tenant les mains jointes et élevées. Alors
l'abbé Le Camus, remettant promptement le chapeau

du roi à un de ses camarades, se mit à fouiller dans ses poches avec précipitation. Le roi, s'apercevant de cette action, lui demanda ce qu'il avoit et si le bouton de ses chausses étoit rompu. — Ah! Sire, répondit-il, c'est bien pis que tout cela. Je regarde si on ne m'a point volé ma bourse ou ma montre. — Et sur quoi craignez-vous cela? lui dit le roi. — Eh! ne voyez-vous pas, Sire, reprit l'abbé, cet homme qui prie si bien derrière moi!

TRAIT GÉNÉREUX DE WALSTEIN.

Le fameux Walstein, qui, de simple gentil-homme de Bohème, s'étoit élevé si haut par le métier de la guerre qu'il en avoit donné de l'ombrage à l'empereur son maître, qui enfin le fit assassiner, étoit fort sévère aux soldats et les faisoit punir sans quartier quand ils contrevenoient à ses ordres. Un jour qu'il marchoit avec son armée, se faisant porter dans une litière à cause de la goutte où il étoit sujet, il aperçut un cavalier détaché du gros, qui marchoit au travers d'un blé. Il avoit défendu sur peine de la vie de faire aucun dégât, et, prenant feu à cet aspect, il commanda à des officiers qui étoient près de lui qu'on prît cet homme, et qu'on allât le pendre sur-le-champ. Le cavalier étant saisi, il s'excusa et représenta qu'il ne faisoit aucun dommage, parce qu'il marchoit dans un sentier. L'excuse paroissant bonne, on le conduisit à la litière du général pour essayer de le fléchir et faire révoquer son ordre. Walstein, naturellement cruel, et peut-être encore plus qu'à l'ordinaire par le chagrin des douleurs qu'il souffroit, ne répondit autre chose aux raisons du cavalier, si ce

n'est : — N'importe ! qu'il soit toujours pendu ; pourquoi quitte-t-il son étendard ? Le cavalier, outré de cette
injustice, ne perdit point le jugement et ne se consuma
pas en regrets inutiles ; mais tirant un de ses pistolets :
— Pardieu ! dit-il, puisque tu me fais mourir si injustement, tu passeras le premier, et en même temps,
lâchant son coup, perça la litière de trois balles, qui
passèrent à deux doigts du nez de Walstein sans le
blesser. Ce général, sans s'ébranler : Va, lui dit-il, tout
homme assez résolu pour faire un pareil coup mérite
de vivre. Et s'étant fait apporter trente pistoles, il lui
en fit présent, à quoi il ajouta celui d'une cornette à la
première promotion. Depuis ce temps-là, il n'eut aucun
serviteur plus affidé que ce déterminé cavalier.

HUMANITÉ DE M. DE TURENNE.

Une des grandes qualités du vicomte de Turenne étoit l'humanité. Aussi les soldats l'ap-
peloient-ils leur père, et il les traitoit comme
des enfants. Cependant, comme il faut de
la discipline, surtout avec le François, plus porté au
désordre qu'aucune autre nation, il fit certain jour des
défenses sévères aux soldats d'aller en maraude. Il
arriva qu'un fantassin, contre les défenses, s'écarta
pour butiner et revint chargé d'un mouton qu'il avoit
pris. Comme il rejoignoit le camp par un chemin où
M. de Turenne alloit passer, ses camarades l'avertirent
qu'il étoit perdu s'il ne se cachoit. Le malheureux, tout
tremblant, jeta son mouton dans le fossé, et, s'étant
jeté dessus, demeura là blotti pendant une heure. A la
fin, s'ennuyant d'y être et croyant le péril passé, il leva
la tête pour demander si M. de Turenne avoit fait che-

min. Ce fut justement dans le temps qu'il passa, et ce
fut à lui-même qu'il s'adressa. Ce général, comprenant
bien ce que c'étoit : — Non, lui dit-il en souriant, il
n'est pas encore passé; mais il le sera bientôt.

BON MOT DE BENSERADE.

L'Académie françoise a coutume, tous les
jours de la fête Saint-Louis, de faire un
service solennel, après quoi on prêche
dans la chapelle du Louvre. Cet emploi est
brigué par tous les sermonneurs de la première classe;
aussi faut-il être bel esprit pour entreprendre de parler
devant ces messieurs. L'année avant la mort de Benserade, ce sermon fut fait par certain abbé de Montelet,
qui s'en acquitta, à ce que l'on dit, passablement mal.
Cependant, comme le Parnasse ne manque jamais de
vils flatteurs, il se trouva quelqu'un assez fat pour aller
féliciter Benserade sur ce que leur prédicateur avoit
fait merveilles. — Ma foi, reprit-il, je ne sais comme
vous l'entendez; mais, pour moi, je ne pense pas qu'il
y ait aucun d'entre nous à qui l'on puisse faire compliment de ce sermon, qu'à l'abbé de la Chambre.—Je ne
m'étonne pas du peu de succès de notre prédicateur,
ajouta un autre, car il nous a été présenté par mademoiselle de Scudéri. (Pour comprendre le bon mot, il
faut savoir que mademoiselle de Scudéri et l'abbé de
la Chambre étoient tous deux sourds au suprême degré.)

NOBLE MANIÈRE DE RÉPRIMANDER.

Rien ne mortifie tant les hommes emportés que le sang-froid de ceux auxquels ils ont affaire, surtout quand ce sont des gens que leur rang et leur mérite mettent hors de soupçon de manquer de puissance ou de courage pour se ressentir. Un jour à Paris, dans un embarras de carrosses, certains jeunes officiers qui se promenoient dans un fiacre ayant accroché le carrosse de M. de Turenne, dont ils ne connoissoient point la livrée, ils querellèrent son cocher et ses laquais. Ils firent plus; ils descendirent et leur donnèrent cent coups. M. de Turenne, pendant la mêlée, demeuroit tranquille dans son carrosse. Soit qu'on le nommât à ces étourdis ou que quelqu'un d'entre eux l'eût reconnu, ils allèrent à lui, au désespoir de leur promptitude, et le supplièrent de la leur pardonner. Il leur demanda froidement où ils demeuroient, et ces gens tout interdits hésitant à le dire, crainte que ce fût pour les faire arrêter, il répéta deux ou trois fois la même instance. A la fin, ils furent contraints de lui dire leur demeure avec de nouvelles soumissions. — Non, Messieurs, leur dit ce grand homme en souriant, n'appréhendez rien. Mes valets sont des marauds qui n'ont que ce qu'ils méritent et qui se prévalent de ce que je ne sais point battre. J'en ai encore d'autres chez moi qui ne valent pas mieux, et j'ai voulu apprendre votre logis pour vous prier de trouver bon que je vous les envoie, parce qu'il me semble que vous battez fort bien.

ÉPIGRAMME DE RACINE.

'est une entreprise téméraire à un auteur de vouloir travailler sur le même sujet qu'un autre a choisi avant lui, à moins qu'un intervalle de plusieurs années ne lui en laisse la liberté. Bien que l'aîné Corneille fût un génie bien supérieur à celui de Mairet, cependant le public n'approuva point le dessein qu'il avoit eu d'effacer sa *Sophonisbe* par une pièce du même nom, et il parut en cela une espèce de vanité qui ne contribua pas peu à faire tomber la tragédie de Corneille. A plus forte raison est-on ridicule quand on veut disputer contre un autre avec un mérite inférieur. C'est ce qui arriva à Le Clerc et Coras, qui s'avisèrent de travailler conjointement à une pièce de théâtre intitulée *Iphigénie*, par laquelle ils prétendoient couler à fond la charmante pièce que Racine avoit depuis peu fait jouer sous ce même nom. Leur ouvrage fut sifflé et ne fut pas joué cinq ou six fois. Racine, victorieux, insulta à leur défaite par ce huitain du style marotique :

Entre Le Clerc et son ami Coras,
Tous deux auteurs rimant de compagnie,
Ces jours passés sourdoient certains débats
Sur le sujet de leur *Iphigénie*.
Le Clerc disoit : La pièce est de mon cru;
Coras disoit : Elle est mienne et non vôtre.
Mais aussitôt que la pièce a paru,
Plus n'ont voulu l'avoir fait l'un ni l'autre.

VIVE RÉPARTIE DU DUC D'ANJOU.

e conte est de la vieille cour, et je l'ai ouï dire à un ancien courtisan qui le tenoit de son grand-père; mais comme je n'estime pas qu'il en soit fait mention ailleurs, j'ai cru qu'il tiendroit bien son coin dans mon recueil. Après la mort du docte Fernel, le roy Charles neuvième choisit un médecin de la main d'une dame qu'il aimoit, dont le mérite n'étoit pas brillant et qui ne passoit pas pour habile homme dans sa profession. Il arriva peu de temps après que le duc d'Anjou, son frère, qui fut depuis le roy Henri troisième, prit aussi un médecin à son service qui avoit très-peu de réputation. Le roi étant un jour en conversation avec lui : — Mais, mon frère, lui dit-il, je ne vous comprends point d'avoir choisi pour médecin le dernier homme du royaume; encore vous le passerois-je si vous aviez pris le pénultième. — Monsieur, répondit le duc d'Anjou sans hésiter, je ne le pouvois, car vous l'aviez.

MADRIGAL CONTRE BOYER.

Les pièces de théâtre de Boyer étoient si décriées dans Paris, qu'il se vit à la fin obligé de supprimer son nom quand il en vouloit produire quelqu'une. Avant qu'il se fût avisé de cet expédient, il en fit représenter une qui eut la destinée des autres. On la produisit un vendredi, qui est ordinairement le grand jour de la comédie, et peu de gens y vinrent. Heureusement pour lui, il pleuvoit fort ce jour-là; il s'avisa de dire, pour sauver cette solitude, que la pluie en étoit cause. Le dimanche ensuite on donna une seconde représentation où il y eut encore moins de monde. Le temps étoit fort beau ce jour-là, et le malheureux Boyer imputa au beau temps sa triste destinée, prétendant que par un si beau soleil on avoit mieux aimé aller promener que de venir à la comédie. On trouva si plaisante cette manière de se disculper que l'on la mit en vers de cette sorte :

> Quand les pièces si peu vantées
> De Boyer sont représentées ,
> Chagrin qu'il est d'y voir si peu de gens,
> Voici comme il tourne la chose :
> Le vendredi, la pluie en est la cause,
> Et le dimanche le beau temps.

BON MOT DU MARÉCHAL DE GRAMMONT.

Certain fripon, nommé Monroy, qui, sous la large barbe de Saint-Lazare et les grimaces d'un extérieur composé, avoit caché pendant quinze ans une vie fort licencieuse, ayant mangé avec des femmes cent mille francs de patrimoine et pour le moins autant de bien de plusieurs dupes qui avoient donné dans le panneau de sa fausse dévotion; il fut à la fin obligé de se sauver par une nuit, après avoir affronté le plus de gens qu'il put, et de faire banqueroute à ses créanciers. Comme cette affaire faisoit grand bruit à la ville et à la cour, on en parloit un jour dans une assemblée où étoit le comte de Choiseul, qui écoutoit tout cela fort froidement. Une personne de la compagnie lui dit : — Mais , monsieur, vous ne dites mot; est-ce que vous n'êtes pas étonné d'un semblable tour ? — Je vous ferai à cela, dit-il, la même repartie que j'ai ouï faire au feu maréchal de Grammont. Un jour, on lui disoit : Mais, monseigneur, n'êtes-vous point surpris d'une telle femme qui faisoit la dévote, et que l'on a découvert qui couchoit avec son palefrenier? — Non plus, répondit-il, que de voir un prunier qui porte des prunes.

LES POËTES DU TEMPLE.

ertaine cabale de gens, à la tête desquels étoit Campistron, à la faveur de messieurs de Vendôme, qui leur donnoient logement au Temple, s'étoient érigés en censeurs des auteurs vieux et nouveaux, prétendant se distinguer par un goût extraordinaire et ne voulant souffrir que « personne eût d'esprit qu'eux et leurs amis », comme dit Molière. Un homme d'un esprit délicat, qui ne pouvoit supporter cette injustice, s'en plaignit par ces vers :

Critiques redoutés bien plus que redoutables,
    Des auteurs les plus misérables
    Incorrigibles défenseurs,
Vous que Racine ennuie et que Pradon enchante,
    Pour qui Voiture est sans douceurs
    Et l'*Énéide* languissante,
En vain vous espérez des siècles ignorants
Où vos fades écrits pourront servir d'exemple :
Chez nos derniers neveux les poëtes du Temple
    Vaudront moins que ses diamants.

BON MOT DU PR. DE BELMONT.

l est assez ordinaire aux hommes, et particulièrement aux femmes, de se piquer d'avoir des liaisons qui leur font honneur et d'attribuer à leur cœur les sentiments de

leur vanité. La princesse de Br.... ayant connu dans sa jeunesse la reine de Portugal pendant qu'elle étoit mademoiselle de Nemours, avoit entretenu quelque commerce de lettres avec elle. Les nouvelles de la mort de cette reine arrivèrent à Rome dans le temps du carnaval, et précisément le même jour qu'on devoit représenter une comédie chez la princesse avec beaucoup d'appareil, dont tous ses amis se faisoient un plaisir depuis longtemps. Cette mort changea la face des choses, et, soit que la princesse en fût effectivement touchée ou qu'elle voulût se faire honneur de l'être, elle fit cesser tous les préparatifs de fête et commanda que l'on abattît le théâtre. Le prince de Belmont, son beau-frère, qui ne pouvoit digérer que l'on interrompît ce divertissement pour un évènement auquel il ne prenoit aucun intérêt, et où il prétendoit que sa sœur n'en prenoit que par grimace: — En vérité, dit-il à une personne de ses amies, madame de Br.... est admirable, et je ne sais comme elle l'entend, de faire abattre le théâtre dans le temps qu'elle veut faire jouer la comédie.

NAIVETÉ D'UNE FEMME DE CHAMBRE.

Mademoiselle de la Force, fameuse aventurière de nos jours, après avoir fait plusieurs mariages en détrempe et manqué plusieurs tentatives d'établissements plus solides, s'accrocha enfin avec un jeune homme, fils du président de Briou, et mit si bien en œuvre tout ce qui lui restoit d'appas, qu'elle l'engagea à l'épouser clandestinement, mariage qui fut depuis cassé par arrêt du parlement. L'heureuse nuit étant arrivée où cette précieuse fleur

devoit être cueillie, le jeune amant, impatient, se donnant à peine le loisir de quitter son habit, se jeta dans
le lit avec précipitation; alors la femme de chambre,
confidente qui l'aidoit à se déshabiller, lui dit : — Comment, monsieur, vous ne changez point de chemise !
Oh! dame, voyez-vous, mademoiselle aime la propreté :
quand on couche avec elle, on prend du linge blanc.

Pendant que nous sommes sur son chapitre, il me
souvient d'un couplet de chanson que l'on fit à sa louange
dans le temps de ses amours avec le marquis de Mailly,
fils du comte de Nesle. Il mérite d'être conservé à la
postérité, non pas pour avoir rien de trop fin, mais pour
sa naïveté seulement. Il est sur un air du ballet intitulé
le Triomphe de l'Amour.

> Laide guenon qui partout cours,
> Crois-tu me faire aimer par force?
> La frayeur saisit les amours
> Sitôt qu'on leur nomme La Force.
> Si tu veux des amants qui chérissent tes fers,
> Cherche-les aux enfers.

LETTRES

LETTRES

A MADAME ***

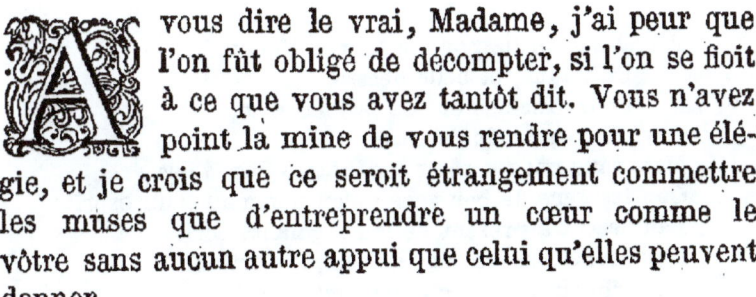

vous dire le vrai, Madame, j'ai peur que
l'on fût obligé de décompter, si l'on se fioit
à ce que vous avez tantôt dit. Vous n'avez
point la mine de vous rendre pour une élégie, et je crois que ce seroit étrangement commettre
les muses que d'entreprendre un cœur comme le
vôtre sans aucun autre appui que celui qu'elles peuvent
donner.

Cependant vous l'avez promis,
Votre cœur pour des vers doit être mon partage.
J'ai vu de la rougeur dessus votre visage,
Et cet espoir charmant me doit être permis ;
Car enfin, belle Iris, voulez-vous qu'on vous die
Ce que l'on pense à cœur ouvert ?
Vous pouviez tout mettre à couvert
Et tourner l'entretien en pure raillerie ;
Mais malheureusement cette rougeur vous perd.

Si vous me croyez, vous vous ferez honneur de la
chose, et vous avoûrez de bonne foi ce que vous en
pensez; car à quoi sert-il de déguiser avec nous autres
connoisseurs? Ce n'est que du temps et de la peine
perdue.

> Nous connoissons ce que veut dire
> Une si subite rongeur.
> Le beau sexe par là découvre son martyre,
> Et c'est chez lui l'interprète du cœur.
> Enfin, pour s'expliquer en paroles communes,
> On ne rougit point pour des prunes.

Je ne sais si je serai bon devin, mais peut-être que la chose ira plus loin que vous ne pensez. Quelquefois l'amour se plaît à faire des miracles et à confondre l'orgueil des plus fières et la sagesse des plus prudes, par des moyens qui paroissent les plus éloignés.

> Angélique brûla pour le berger Médor,
> Et Vénus, la belle déesse,
> Pour Anchise eut de la tendresse,
> Et pour Adonis encor.
> Mais sans nous arrêter à ce fatras des fables,
> Que les gens de bon sens qu'on nomme beaux esprits
> Bannissent à présent de leurs galants écrits,
> Nous servirons un jour d'exemple véritable,
> Et chaque amant qui sera maltraité
> De quelque charmante beauté
> Dira pour adoucir l'ardeur de la cruelle :
> Iris fut comme vous jeune, charmante et belle,
> Iris fut comme vous fière, ingrate et rebelle,
> Rebuta des soupirs et des vœux infinis.
> Mais ces forfaits furent enfin punis :
> De tant de malheureux Amour prit la querelle
> Et la fit soupirer pour le pauvre Daphnis.

En vérité, quand ce ne seroit que pour être un jour citée à la postérité, il me semble que vous devriez faire la chose; car, à mon sens, ce n'est pas un médiocre plaisir de pouvoir se promettre d'être considérée dans les siècles à venir. Mais je suis bien ridicule de vouloir par raison vous persuader une chose que je puis vous faire faire malgré que vous en ayez.

Vous qui ne pouvez pas comprendre
Qu'on puisse résister au charme de mes vers,
Comment pourriez-vous vous défendre
D'asservir votre cœur et partager mes fers?
Vous en tenez pour toute votre vie,
Car on ne peut éviter son destin.
Rougissez, soupirez, tremblez, aimez enfin,
Voici la fatale élégie.

ÉLÉGIE.

Je ne sais ce que c'est qui trouble ma raison,
Quel chagrin inquiet, quel charme, quel poison :
Il n'est rien qui me plaise ou qui me satisfasse,
Je change à tout moment de dessein et de place.
Je veux faire des vers, je veux n'en faire pas,
Je me sieds, je me lève et je marche à grands pas.
Je tremble, je rougis, après je deviens blême
Et je ne suis d'accord de rien avec moi-même.
Seroit-ce vous, Iris, qui causez mon souci?
Avant que de vous voir je n'étois point ainsi.
Hélas! je me croyois l'âme bien affermie,
Et je bravois d'Amour la puissance ennemie.
J'avois fait grand amas de puissantes raisons,
Et j'en croyois avoir pour toutes les saisons;
Mais lorsque vos beaux yeux entreprennent de plaire,
Tout le raisonnement n'est que pure chimère.
Un éclat de vos yeux les confond au besoin,
Ces vains raisonnements recueillis avec soin,
Comme le jour des nuits efface les ombrages,
Ou comme le soleil dissipe les nuages,
Et l'Amour, dans ces yeux, qui me paroît si doux,
Dit qu'il n'est de raison qu'à soupirer pour vous.
Je reconnois mon trouble au défaut de ma veine;
Les vers en sont rampants et ne coulent qu'à peine.
Mon style est endormi, l'on n'y voit point briller
Un caractère aisé qui m'étoit familier;
Et moi qui près de vous déclamois à voix haute
Contre les méchants vers, je tombe en même faute.
Je fais de méchants vers, et les fais par malheur
Dans un temps où de bons toucheroient votre cœur,
Dans un temps où, comptant sur leur forte magie,

J'osois vous menacer d'une tendre élégie,
Et me flattois déjà que leur divin pouvoir
Sauroit fléchir ce cœur ou du moins l'émouvoir.

Cependant c'est à tort que je m'en mets en peine ;
Je suis à point nommé bien servi de ma veine.
Dans l'état où je suis, toute sombre qu'elle est,
Sa manière me charme et son style me plaît.
Peut-on mieux exprimer l'excès de son martyre
Que de rester muet quand on a tant à dire?
Et rien fait-il mieux voir la grande passion
Qu'un esprit plein de trouble et de confusion?
Évitez, belle Iris, pour une ardeur secrète
Ces conteurs éloquents d'éternelle fleurette,
Qui font voir par leurs mots suivis et compassés
Que c'est une leçon qu'ils répètent assez.
J'aurois pu débiter quelque chose plus tendre ;
Mais, Iris, j'aurois pu là-dessous vous surprendre :
Un discours plus poli seroit dissimulé,
Et j'aurois moins senti si j'avois mieux parlé.
Mon esprit à mon cœur s'immole en sacrifice ;
Il partage avec lui sa peine et son supplice,
Et fait auprès de vous, par un dessein heureux,
Céder le tour galant au transport amoureux.

A MADAME ***.

'on m'a trompé, Madame, quand on m'a toujours fait croire que l'amitié étoit un sentiment doux et tranquille, qui remplissoit le cœur de plaisir et de joie et qui n'y souffroit jamais de fréquents chagrins ni de violentes inquiétudes. Il faut assurément que ce grand calme ne soit que pour les amitiés vulgaires, et je sens bien que celle que j'ai pour vous n'est point de cette nature.

Je n'ai point de moments agréables et doux
    Que quand je suis auprès de vous ;

Alors de vos beaux yeux la douce et vive flamme
Fait passer le plaisir jusqu'au fond de mon âme :
Alors une agréable et divine langueur
Occupe tous mes sens et règne dans mon cœur ;
Mais quand de mon destin la rigueur ennemie
Me dérobe au bonheur d'une si douce vie,
Tous mes sens abattus sous ce cruel effort,
Laissent dessus mon front l'image de la mort.
Une vive douleur en mon âme est empreinte ;
J'ouvre mon âme aux pleurs et ma bouche à la plainte ;
L'éclat même du jour me paroît ennuyeux,
Et je ne puis souffrir que celui de vos yeux.

Bien que j'espère de vous revoir dans deux heures,
je ne saurois me consoler de vous avoir quittée, et je
ne pense pas que de ma vie j'aie eu une si forte envie
de vous voir. Je voudrois à présent me changer contre
la moindre personne du peuple qui est assemblé dans
le lieu où vous êtes ; je porte envie à tous ceux qui ont
le bonheur d'être auprès de vous, et il n'est pas même
jusques aux autels à qui je ne fasse passer ma jalousie. Que je serois heureux, si je pouvois vous faire
comprendre une partie de l'ardeur que je sens pour
vous ! Mais je désespère d'y pouvoir parvenir ; tous ces
empressements vous sont inconnus, et vous ne jugerez
jamais de ce que je sens pour vous que par les sentiments que vous avez pour moi, qui sont les plus
foibles et les plus languissants que l'on puisse avoir
dans une tendre amitié. Ah ! Madame, ne me faites
pas ce tort, je vous en conjure, car vous me mettez au
désespoir. Je ne prétends pas que vous ayez pour moi
toute l'ardeur que j'ai pour vous : je ne présume pas
tant de mon propre mérite, et j'attends quelque chose
du temps et de mes assiduités ; mais au moins essayez
de vous figurer que tout ce qu'un cœur peut ressentir
de tendresse et d'ardeur, je le sens indubitablement
pour vous.

L'Amour se vante injustement
De remplir seul un cœur et d'ardeur et de flammes;
Je sens pour vous dedans mon âme
Tout ce qu'on peut ressentir en aimant.

. . . .

Croyez-le, objet doux et charmant,
Peut-être que l'on a bien plus d'emportement,
Mais on n'a pas plus de tendresse.

Effectivement, Madame, vous me feriez le plus grand
tort du monde si vous n'en étiez pas entièrement persuadée; mais je veux croire que vous l'êtes, pour ma
satisfaction, et je me souviendrai longtemps de nos
conventions d'hier au soir.

Il reviendra souvent, ce moment précieux,
Où je vis dedans vos beaux yeux
Que vous ne doutiez plus des ardeurs de mon âme
Et que vous partagiez mon innocente flamme.
Oui! je m'en souviendrai jusques à mon trépas;
Mais souvenez-vous-en, Madame;
De grâce, ne l'oubliez pas!

A MADAME ***.

A Paris, ce 3 décembre.

J'avoue, Madame, que le compliment que je
vous fais est un peu tardif, et que, depuis que
vous êtes hors de Paris, vous aurez peut-
être oublié le nom d'un homme qui, dans
une amitié qui ne faisoit que commencer, n'étoit pas
fort dans votre mémoire : mais je vous avoue en même
temps que je n'ai su jusqu'ici de quelle manière m'y
prendre pour vous faire tenir une lettre, n'étant même
pas bien sûr de l'endroit où vous étiez. Maintenant,
que je vous crois à Clermont et qu'un gentilhomme de

mes amis m'a promis de vous faire rendre ma lettre
en main propre, je suis fort embarrassé de la manière
dont je dois vous écrire; je ne sais que confusément
la cause de votre départ de ce pays, et même le peu
que j'en sais m'a fait juger qu'il n'étoit pas à propos
que je témoignasse de l'empressement d'en savoir davantage. Tout ce que je sais certainement, c'est que de
ma vie je n'eus tant de surprise ni tant de douleur
que quand j'appris que vous n'étiez plus ici; il n'y
avoit que deux jours que j'avois eu l'honneur de vous
voir sans que vous m'eussiez rien dit de semblable, et
même il y a lieu de croire que vous n'en saviez rien
vous-même; ainsi je faillis à tomber de mon haut,
quand j'appris de M. d'Ouvrier cette cruelle aventure.
A quoi sert, madame, de vous faire une description de
mes déplaisirs, dans l'incertitude où je suis si elle
vous sera rendue? Tout ce que je dois vous dire présentement, c'est que vous n'avez ni dans Paris, ni au
reste du monde, un homme plus assuré que moi, ni
qui sacrifiât avec plus de joie toute sorte de choses
pour vous rendre service. Si je puis vous être utile, ne
considérez pas que je ne suis qu'un nouvel ami : tous
vos anciens amis ont été nouveaux comme moi; mais
songez que jamais personne n'eut tant de zèle pour
votre service. Je vous conjure, madame, de me vouloir
ordonner quelque chose, et quand ce ne seroit que vous
écrire des nouvelles, je vous prie de me faire voir, en
m'honorant de vos commandements, que vous ne m'en
jugez pas absolument indigne, et que vous êtes véritablement persuadée que je suis avec autant d'ardeur
que de respect, votre très-humble et très-obéissant
serviteur.

A MONSEIGNEUR LE MARÉCHAL DE NOAILLES [1].

MONSEIGNEUR,

Il n'est rien de plus utile, ni de plus agréable aux hommes que le feu dans les usages ordinaires de la vie, ni rien de plus terrible que lui dans les embrasements ; autant qu'il les réjouit par son éclat et par la douceur de ses influences dans les astres, autant il les épouvante par son bruit et par ses menaces dans les météores : c'est l'image naturelle de la valeur françoise, si redoutable à ses ennemis quand elle est armée, si charmante quand le retour de la paix laisse agir cette douceur et cette civilité qui les distingue parmi toutes les autres nations. Le roi ne pouvoit prendre un meilleur parti, pour convaincre les Espagnols, que celui de vous préposer à la conduite de leur nouveau roi ; ils seront agréablement surpris de voir ce général, qui leur avoit paru si redoutable les armes à la main et dont le seul nom leur inspira la terreur, être le plus doux de tous les hommes et le plus poli de tous les courtisans dans le commerce de la société. Je doute qu'ils puissent s'y fier tout d'un coup, et il y a lieu de craindre que plusieurs d'entre eux, qui ne vous ont jamais regardé qu'en tremblant, n'aient quelque peine, dans les commencements, à se défaire sur votre chapitre de leurs anciens préjugés. Je pourrois pousser plus loin cette pensée ; mais, Monseigneur, je pécherois contre mes propres principes, et je ne dois rien

1. Cette lettre et la suivante furent écrites à l'époque où le duc d'Anjou devint Philippe V.

dire ici qui ne se rapporte parfaitement avec la réconciliation sincère de nos deux nations, dans le même temps que je vous envoie un ouvrage qui ne parle d'autre chose. Je dis, Monseigneur, que je vous l'envoie, puisque je l'adresse à M. le comte d'Ayen, et je ne doute point qu'il ne me fasse la faveur de vous le communiquer. Si mon paquet vous rencontre encore dans la route, ainsi que je l'espère, c'est un amusement à vous faire passer un quart d'heure dans votre carrosse. Dieu veuille que ce ne soit pas un quart d'heure d'ennui; mais, enfin, si vous ne jugez pas mes vers indignes de paroître, je vous demande la faveur de votre protection, que vous n'accorderez jamais à personne qui soit plus respectueusement que je ne suis, Monsieur,

Votre très, etc.

A M. LE COMTE D'AYEN.

MONSIEUR,

'étois inconsolable de votre départ dans un temps où je m'étois flatté de sentir les effets de votre protection, lorsque M. de Bellocq, mon cher ami, m'a donné une consolation qui m'étoit fort nécessaire, en m'apprenant que vous aviez toujours la bonté de vous intéresser à ma fortune et que vous lui en aviez donné en partant des assurances positives. Il m'a même assuré que si je faisois quelque chose pour le roi, vous lui aviez laissé ordre de vous envoyer mon ouvrage, afin que, sous votre aveu, il fût présenté à Sa Majesté. Cet espoir a ranimé ma muse languissante et lui a inspiré l'ouvrage que je vous envoie. Ceux qui n'estiment les choses que par les grâces de la nouveauté ne les trouveront peut-être pas ici toutes (*sic*) entières, et je ne doute point que je n'aie été prévenu par les meilleures plumes du royaume sur le sujet dont il est question. Cependant, je me suis efforcé de le traiter d'une manière nouvelle, et c'est tout ce que j'ai pu faire de me retrancher sur le tour que je lui ai donné, dans l'impossibilité où je suis, par mon éloignement de la cour, d'apprendre ce qui s'y passe que longtemps après les autres. Je sais que chez des juges équitables comme vous l'êtes, les bonnes choses ne vieillissent point, et que si vous trouvez que ce que je vous envoie soit de ce caractère, vous ne laisserez pas de l'autoriser de votre suffrage. C'est, Monsieur, la grâce que je vous demande, avec celle de vouloir bien me donner avis du temps de votre passage par Lyon à votre retour, afin que je puisse vous y assurer de mes respects, aussi bien que Monseigneur votre père, et vous protester qu'encore que je sois une des plus nouvelles de vos créatures, il n'en est peut-être pas d'ancienne qui soit, avec autant d'attachement et de reconnoissance que j'ai l'honneur de l'être, Monsieur,

Votre très, etc.

AU DUC DE NOAILLES.

MONSEIGNEUR,

our satisfaire à l'ordre qu'il vous a plu me donner par la dernière lettre que vous m'avez fait l'honneur de m'écrire, je vous envoie la dernière production de mes

muses. Le sujet en est triste et touche certains endroits qui ne sont pas autrement ajustés à la délicatesse des oreilles qui ne peuvent souffrir la vérité. Mais comme je vous connois aussi avantageusement partagé de bon esprit comme vous l'êtes du beau, j'ai cru que vous entendriez raison là-dessus, et que, dans la situation malheureuse où le monde se trouve, vous ne désapprouveriez pas que j'essayasse d'adoucir l'amertume des idées qui m'en reviennent en les passant par l'alambic de la poésie. Peut-être que si nous retournons sincèrement à Dieu, comme les dernières strophes de mon ode nous y invitent, sa bonté ne dédaignera pas de nous fournir quelque jour la matière à chanter sur un autre ton. Si je l'osois, Monseigneur, je vous supplierois très-humblement de me faire instruire de temps à autre de votre destinée par quelqu'un de vos secrétaires. Quand mon pauvre Bellocq étoit vivant, je savois à point nommé toutes vos grandes actions. Il m'avertissoit de toutes choses, et sa vigilance suivoit votre gloire pas à pas. A présent, destitué d'un tel secours, je vis dans une ignorance invincible; je n'apprends les plus beaux traits de notre histoire que par les gazettes et dans un temps qui feroit perdre toute la grâce de la nouveauté à la part que j'y pourrois prendre. J'ignore même si vous commanderez cette campagne les armées du roi et si vous irez forcer l'opiniâtreté de nos ennemis à nous accorder la paix. Ce que je sais très-certainement, c'est qu'à quel emploi que la Providence vous destine, vous vous en acquitterez toujours avec cette valeur et cette prudence connues de toute la terre, dont l'envie elle-même ne peut pas disconvenir. Honorez-moi, s'il vous plaît, de quelques marques de votre souvenir; je vous en conjure, Monseigneur, par la profonde vénération que j'ai pour vos illustres qualités et par le respect avec lequel j'ai l'honneur d'être, Monseigneur,

Votre très, etc.

AU ROI[1].

SIRE,

n a cru de tout temps que le bruit des armes condamnoit les muses au silence, et que l'harmonie guerrière étouffoit la douceur de leurs concerts. Mais cette opinion n'auroit point été reçue parmi les hommes s'ils avoient été accoutumés d'obéir à des rois capables, comme Votre Majesté, de suffire à toutes choses. On la voit avec étonnement repousser la plus vive des guerres jusques dans le cœur des États de mille princes conjurés, dans le même temps qu'elle entretient un calme profond dans les provinces qui lui sont soumises, et rassemble dans sa cour les plaisirs tremblants et les arts exilés du reste de l'Europe. Un million de braves sujets de Votre Majesté concourent avec elle par leurs généreuses fatigues à l'exécution de ses glorieux projets; il semble que les gens de lettres soient seuls oisifs dans cette conjoncture et que l'on doive à présent les regarder comme un fardeau inutile de l'État. Il leur reste cependant deux fonctions considérables : la première, de consigner à la postérité les actions éclatantes de Votre Majesté; l'autre, d'essayer à la délasser quelquefois des travaux immenses sous lesquels tout génie moins ferme et moins intrépide que le sien pour-

1. J'ignore si cette lettre fut adressée. Elle est prise sur un brouillon.

roit aisément succomber. J'essaie, Sire, de remplir ce double devoir en proposant à Votre Majesté le divertissement dans laquelle j'ai fait entrer, le mieux que j'ai pu, quelques-unes de ces nobles idées que la gloire de Votre Majesté nous inspire si vivement, dans le même temps qu'elle nous désespère de pouvoir les exprimer avec assez de dignité. Plusieurs beaux esprits de l'ancienne Rome, imités par quelques autres des derniers temps, ont promis à leurs héros, peut-être avec trop de vanité, de rendre leurs noms immortels à la faveur des vers qu'ils employoient pour les célébrer. Pour moi, Sire, tout au contraire d'eux, j'espère pouvoir faire durer mon nom avec votre gloire, et je suis persuadé que la postérité, avide d'en recueillir tous les monuments, tels qu'ils puissent être, en voyant mes efforts impuissants, en louera du moins mon zèle et se souviendra que j'ai eu l'honneur de vivre, Sire,

De Votre Majesté, etc.

A M. DE SALORNAY.

A Condemines, le 9e de novembre 1720.

ous m'avez bien mis la puce à l'oreille, Monsieur mon cousin, en me disant que j'ai rajeuni un vieux conte de La Fontaine. Sur ce pied-là, je me serois donné une peine bien inutile, en composant plus de deux cents vers et les châtiant avec soin, pour ne passer que pour un plagiaire. Je vous jure, en homme d'honneur, que je ne sais ce que c'est que le conte du Charlatan, et que je ne l'ai jamais vu. Le fond de mon conte est tiré des

Apophthegmes de Plutarque, qui raconte en deux mots l'entreprise d'un esclave et le mot qu'il dit à son ami qui l'en reprenoit : Dans dix ans de terme que l'on me donne, ou l'éléphant mourra, ou mon maître ou moi. Tous les ornements de cette pièce, que j'ai mélangée assez agréablement, à mon avis, d'un peu d'érudition et de satire, avec beaucoup de plaisanterie, sont tout entiers de ma façon, et je n'ai rien dérobé à La Fontaine, dont je ne connois point l'ouvrage, pas même ce que je dis des charges de valet de chambre du roi, et que j'ai augmenté depuis de plusieurs vers qui ne sont point dans la copie que je vous ai envoyée, et qui assurément ne convenoient point à La Fontaine. Si vous avez ses œuvres, je vous prie instamment de m'envoyer le tome où est celui dont vous me parlez, et, s'il y a dans ce conte quelque uniformité avec le mien qui puisse me rendre suspect de plagiat, je vous promets de jeter le mien dans le feu.

Maintenant, pour répondre aux questions de votre lettre, je vous dirai, touchant l'expression latine, *trahere quatuor equis*, ce que j'en ai écrit à l'auteur du *Mercure*, qui m'avoit envoyé avec d'autres épigrammes satiriques celle dont il est question. Cette expression est un pur gallicisme et ne se trouvera dans aucun auteur classique de la bonne latinité. Il y a apparence que cette espèce de supplice n'étoit pas en usage dans l'ancienne Rome, car dans les vieux actes des martyrs, à qui on faisoit souffrir les plus atroces douleurs qu'on se pouvoit imaginer, je n'estime pas qu'il s'en trouve d'exemple. Nous voyons bien dans les anciens poëtes des gens traînés à la queue d'un cheval, comme l'est dans Homère le corps d'Hector par Achille. On y voit aussi des gens mis en pièces par leurs chevaux qui prennent le mors aux dents, comme le bel Hyppolite chez Euripide; mais pour des gens démembrés par quatre chevaux comme nous l'entendons, je ne me souviens pas d'avoir rien vu de semblable. Le plus fameux exemple, et peut-être un des plus odieux qui soit dans notre histoire, sous la barbarie de nos rois de la première race, c'est celui de la reine Brunehaut, qui ne leur fait assurément pas honneur, fût-elle aussi criminelle que l'ont faite quelques-uns de nos historiens, et dont Pasquier l'a parfaitement bien défendue. Quoi qu'il en soit, j'estime qu'on doit pardonner ce nouveau latin à l'auteur de l'Épigramme, tant par la disette d'expressions où il s'est trouvé que pour la gentillesse de la pensée.

L'autre question que vous me faites me paroît plus difficile à vider. Il s'agit de savoir si on peut mêler dans des lettres familières des citations de quelque autre langue que la maternelle. On vous dit que cela n'est plus d'usage, n'est plus à la mode. C'est un grand maître que l'usage, c'est une dame bien impérieuse que la mode, surtout s'il s'agit de coiffures de femmes. Mais il faut savoir en premier lieu si cela est vrai. Qu'est-ce qui établit cet usage? Ne sont-ce pas les gens de la plus grande réputation pour le temps où la question est agitée? Si une fois on en convient, j'ai gagné ma cause, en soutenant que l'on peut citer de bonne grâce, et je ferai voir quand il leur plaira à ceux qui en doutent que j'ai reçu vingt lettres depuis peu, du P. Du Cerceau, de M. de Fontenelle, de M. l'abbé Boutard, de M. Bachet, auteur du *Mercure*, qui sont des témoins *omni exceptione majores*, dans lesquelles il entre des passages latins, italiens, espagnols. A la vérité, ou auroit mauvaise grâce d'alléguer des citations en écrivant l'histoire, parce qu'elles en interromproient la suite, ou dans un poëme dramatique, parce qu'elles en

refroidiroient les mouvements; mais dans des lettres
familières, pourvu qu'elles soient écrites à des gens à
qui la langue qu'on leur parle n'est pas étrangère, je
prétends qu'elles relèvent le goût de ce qu'on peut dire
de bon de son chef et que ce sont autant de pierres
précieuses enchâssées dans de l'or. Cicéron et Sénèque
étoient tous deux de beaux esprits, et chacun d'eux,
selon le temps où il vivoit, savoit la langue de son
pays en perfection. Cependant leurs lettres sont
toutes rehaussées de passages grecs, qui leur étoient
autant étrangers que le latin à nous. Savez-vous ce que
je pense des gens qui ne veulent point citer? Il n'y en
a que de deux espèces : l'une, de ceux qui n'étudient
point et n'ont pas eu le soin de se meubler la mémoire
de passages des anciens dont ils se puissent servir à
l'occasion, et à ceux-là il leur est difficile de supporter
que la diligence des autres leur reproche leur paresse.
L'autre espèce est encore plus condamnable, et c'est de
ceux qui, sachant ce que les anciens ont dit de juste et
d'agréable sur la matière qu'ils traitent, veulent s'en
faire honneur et s'en attribuer l'invention en le tournant en leur langue sans citer l'endroit dont ils l'ont
tiré, semblables à ces bohémiens qui, après avoir dérobé
un cheval, le déguisent si subtilement, soit par des
teintures ou en lui coupant la queue et les oreilles, que
la mère qui l'a fait auroit peine à le reconnoître. Par
ces raisons et autres à suppléer de droit, je conclus que
c'est bien fait de citer, quand c'est aussi juste que vous
le faites, et je vous invite à continuer de citer comme
à continuer de croire que je suis, avec un parfait attachement,

   Monsieur mon cousin,

     Votre très-humble et très-obéissant
     serviteur, DE SÉNECÉ.

A M. DE SALORNAY.

A Condemines, le 28e de novembre 1720.

Je vous demande la permission, Monsieur mon cousin, de commencer cette lettre par vous gronder un peu. Vous me faites savoir que vous avez vendu et livré votre vin, et vous ne m'apprenez point à quel prix ni à quelles conditions. Je vous crois incapable de cette basse jalousie de la plupart de nos Mâconois, qui font un mystère de leurs petites économies ou qui n'accusent jamais juste quand ils s'avisent d'en parler, dans la crainte qu'ils ont que leurs voisins ne fassent leurs affaires aussi bien qu'eux, ou bien pour se faire estimer plus riches ou plus pauvres qu'ils ne sont en effet, ainsi qu'ils croient l'opinion d'autrui convenable à leurs intérêts ou à leur vanité. Pour vous, que je ne crois point frappé à un si vilain coin, je vous prie de vouloir bien me faire savoir à quel prix vous avez vendu, si c'est comptant, ou quel terme vous avez donné, afin que je puisse me mouler sur un aussi bon ménager que vous l'êtes, au cas qu'il me vienne des marchands. Cette année est si difficile pour tirer quelque chose de son revenu, qu'on a besoin de boussole pour s'y conduire, et je n'en puis désirer de plus fidèle que la vôtre.

Revenons à nos moutons. La requête civile par laquelle vous prétendez revenir contre la décision du *Repas élégant* est fondée sur une pièce nouvellement recouvrée, à qui le nom de Voiture semble donner beaucoup de poids. Cependant, quand on l'examinera de près, on ne trouvera qui vous empêche d'être condamné à l'amende. Voiture étoit un goguenard perpé-

tuel, qui tiroit son plus grand mérite de la plaisanterie,
et il faut convenir que la sienne étoit très-fine et très-
ingénieuse. La figure familière de Socrate, je veux dire
l'ironie, étoit aussi la sienne. Ne la sentez-vous pas
dans ce passage que vous me citez? Balzac et lui étoient
en grande concurrence de réputation. Ils avoient chacun leur parti, et c'étoit alors une grande contestation
pour décider si l'atticisme de Voiture étoit préférable
à l'éloquence diffuse et asiatique de Balzac; cela n'est
pas encore vidé, et *adhuc sub judice lis est.* Nonobstant cette rivalité, ces deux beaux esprits aspiroient
à la première place en honnêtes gens, et ne professoient
point d'inimitié déclarée, comme Scaliger avec Cardan,
ou Saumaises avec tous les savants de son temps. Cependant, leur politesse n'empêchoit pas qu'ils ne se
donnassent l'un à l'autre de temps en temps quelque
coup de griffe, et je me souviens d'en avoir vu dans
leurs ouvrages plusieurs échantillons que je n'ai pas
présentement en main, mais que je retrouverois bien
si cela étoit nécessaire. En faut-il un mieux marqué
que le même passage que vous m'alléguez, et sur lequel je veux bien prendre droit? Ces potages de l'invention de Balzac, que Voiture estimoit plus que le
Panégyrique de Pline, pour quoi, à votre avis, peuvent-
ils passer que pour une raillerie outrée d'un homme
qui s'égaye avec son ami intime, tel qu'étoit Costar à
Voiture? Et ne conviendrez-vous pas qu'en remontant
au commencement de la phrase, où votre auteur dit
que M. de Balzac n'est pas moins élégant dans ses festins que dans ses livres, il faut convenir que c'est une
ironie, soutenue par une exagération ou hyperbole, et
que par conséquent on n'en doit point conclure qu'un
repas élégant soit une bonne manière de parler sérieusement, mais seulement qu'elle est supportable dans

la plaisanterie ? Si vous prenez la peine de relire la
lettre du *Mercure*, vous trouverez en substance que je
n'y ai pas dit autre chose. Je souhaite que ces raisons
vous contentent, n'en ayant pas d'autres à vous alléguer; sinon, amis comme auparavant.

Diversum sentire duos de rebus iisdem
Incolumi licuit semper amicitia.

Quand vous demandez à un vieux courtisan, exilé
depuis plus de trente ans, des éclaircissements ou des
notes sur un ouvrage moderne qui concerne les intrigues
de la cour telle qu'elle est aujourd'hui, c'est ce que
l'Espagnol appelle *pedir peras al olmo*. Si c'étoit là de
ces termes que la langue espagnole a retenus de l'arabe
depuis la conquête qu'en firent les Maures, je me met-
trois en devoir de vous les interpréter, avec le secours
de mon Covarruvias; mais ils approchent trop du latin
pour vous dire que c'est demander des poires à un ormeau que d'exiger de moi que je vous révèle des mystères qui me sont inconnus. Je me suis contenté seulement de corriger par-ci par-là plusieurs petites fautes
que j'ai trouvées dans votre copie, et qui ne viennent
pas sans doute de votre copiste dont je connois la main
et la capacité, mais qui se sont glissées par son trop
d'exactitude pour ce qu'il avoit devant les yeux. Il y en
avoit une entre autres dans la pénultième stance qui
causoit beaucoup d'obscurité, et que le bon sens m'a fait
apercevoir du premier coup d'œil. C'est en un endroit
où il reproche à M. de La Force son peu de mérite; il en
veut beaucoup à ce seigneur-là.

Quelques missions séraphiques,
Peu de compagnes pacifiques
Et beaucoup de vers empruntés.

On ne sait ce que veut dire le second vers. J'ai pris la liberté de le corriger par un seul petit jambage qui change en *a* l'*o* de compagnes, moyennant quoi on comprend qu'il l'accuse d'être un mauvais guerrier, qui a fait ses campagnes en temps de paix. Pour le dernier vers, c'est qu'apparemment M. de La Force se pique d'en faire, et que quelque poëte à gages lui en prête ou lui en vend. La strophe qui suit celle-là et qui finit l'ouvrage est fort belle, mais par malheur elle est pillée de Racine. Si vous avez son *Britannicus*, vous y pourrez voir dire quelque chose de semblable à Agrippine. Au reste, je vous félicite du goût que vous me témoignez prendre de plus en plus pour les belles-lettres, où vous avez déjà fait de si grands progrès. J'en félicite aussi notre patrie, où il semble que toute la jeunesse sacrifie à la dive ignorance et ne s'occupe plus que du soin de boucler et de poudrer une perruque. Vous avez de grands exemples domestiques, surtout du côté maternel, pour vous entretenir dans ces heureuses dispositions : M. le lieutenant-général Foillard, votre aïeul et le mien, et M. le président Demeaux, votre oncle et mon cousin.

Et pater Æneas, et avunculus excitet Hector.

Vous voyez que pour un vers des Églogues de Virgile je vous en rends un de son Énéide : il n'y a rien à perdre.

Je suis sensiblement touché de la mort du pauvre André Demeaux. C'étoit entre lui et moi une liaison d'amitié, contractée depuis plus de soixante ans, sans qu'aucune froideur y eût jamais apporté d'interruption. Son grand âge ne me console point; il me fait craindre avec raison une prompte citation au rigoureux tribunal où il est allé comparoître, et où je suis si peu en état de me présenter. En attendant, je puis vous assurer que jusqu'au jour de l'échéance du délai, je serai toujours avec estime et affection,

    Monsieur mon cousin,

             Votre très-humble et très-obéissant serviteur,

                  DE SÉNECÉ.

Si vous pouvez par mon petit messager m'écrire un mot d'instruction sur le premier article de ma lettre, je vous en serai très-obligé.

Je salue avec respect Madame votre épouse.

A M. DE SALORNAY.

A Condemines, le 23e de novembre 1720.

Je vous renvoie, Monsieur mon cousin, les jolis ouvrages qu'il vous a plu me prêter, dont je vous rends très-humbles grâces; et quoique vous ne m'en ayez pas demandé mon sentiment, je ne laisserai pas de vous le dire en quatre mots. Un peu de critique exerce l'esprit et raffine le goût et j'en use ainsi pour ma propre instruction dans toutes les nouveautés qui me tombent entre les mains.

La petite comédie de *Momus fabuliste* m'a paru fort réjouissante, et, à mon avis, l'a encore paru davantage dans la représentation par les agréments qu'y ont ajouté les ornements de la scène; son titre est composé d'un mot nouveau et fabriqué à plaisir. Il ne se trouve dans aucun dictionnaire. Cependant, ces termes hasardés ne laissent pas quelquefois de réussir, et il se peut faire que dans la suite cet auteur aura enrichi notre langue d'un terme nouveau, qui signifiera à l'avenir un conteur ou un inventeur de fables. Le style de sa prose est fort léger et brillant par-ci par-là d'assez bons mots. Je ne fais pas le même jugement de ses vers, qui n'ont rien de fort ingénieux dans l'intention et dont la versification est fort commune, quoique je sache bien que le genre où il s'est renfermé ne demande pas de l'élévation; mais il y a une espèce de noblesse, même dans le style bas, que je ne trouve pas qu'il ait attrapée. Ses idées n'ont pas grande justesse; car qu'est-ce, je vous prie, qu'un saumon tuteur d'une anguille, et quelques autres de cette nature, que je pourrois citer si je ne craignois que vous ne m'accusassiez de malignité. Il est vrai que ces niaiseries conviennent assez à notre temps, dont je vois que l'ignorance commence beaucoup à s'emparer. Il est à craindre qu'elle ne fasse de plus grands progrès, et que, comme depuis le siècle d'Auguste le bon goût commença à décliner chez les Romains, on ne marque aussi quelque jour l'époque de la décadence de celui des François par le règne de Louis le Grand. Mais pour revenir à Fuzelier, il y a une chose rebattue trois ou quatre fois dans sa préface et dans le corps de son ouvrage, que je ne puis lui pardonner : c'est qu'il se soutient original et avance effrontément que personne avant lui ne s'étoit avisé, dans une comédie, de faire expliquer ses acteurs par des fables, et il le soutient à la face du public, où il y a encore cent mille personnes vivantes qui peuvent lui en donner le démenti. Il y a environ vingt ans qu'un auteur de Paris, nommé Boursaut, un de ceux qu'il plut à Despréaux de dégrader pour remplir son vers, en compagnie de plusieurs autres, quoiqu'il eût du génie et qu'il ne méritoit pas d'être mal traité, ce Boursaut donc fit une pièce de théâtre en cinq actes, intitulée *Ésope à la cour*, qui n'étoit qu'un tissu perpétuel de fables qu'Ésope récitoit à chaque événement de sa pièce ; cette invention, qui étoit alors nouvelle, eut beaucoup de succès. J'en ai vu deux ou trois représentations, et je crois en avoir encore un exemplaire en quelque endroit. Comment donc Fuzelier se peut-il dire l'original, dont il n'est même pas une trop bonne copie? car la pièce de Boursaut étoit en cinq actes et soutenue de quelque intrigue galante, et celle de Fuzelier n'est autre chose que ce qu'on appeloit autrefois une farce, et qui se jouoit à la suite de quelque pièce sérieuse pour délasser l'imagination du spectateur fatiguée par trop de contention. L'auteur du *Momus* ne réussit pas mieux à vouloir persuader le public qu'il n'a point prétendu attaquer La Mothe ni le tourner en ridicule ; apparemment qu'il prétend se ménager pour quelque jour à venir une entrée dans l'Académie françoise, qui a fait un décret par lequel en sont exclus tous ceux qui auront écrit contre quelqu'un du corps. Mais les fables philosophiques et métaphysiques plusieurs fois rebattues, la longueur et l'ennui des morales et le plastron que *Momus* veut se faire, si on l'attaque, avec de belles images, désignent si sensiblement le livre de La Mothe, qu'on ne sauroit s'y méprendre. Il a beau le louer dans sa préface, cela ne sert qu'à faire ressouvenir les gens tant soit peu éclairés de ce trait des Juifs dans la passion de Notre-Seigneur, *ave Rabi, et dabant ei alapas.* Ce mot de latin soit-il cité avec la permission de messieurs les critiques.

Je ne serai pas si long dans l'examen de la satire. Elle m'a ébloui à la première lecture, apparemment par la malignité du cœur humain, dont moi pécheur j'ai ma petite portion. Il n'y a rien qu'il reçoive avec

23

tant de complaisance et d'avidité que les médisances, surtout celles qui attaquent les gens constitués en dignité et dont on croit d'ailleurs avoir un légitime sujet de se plaindre. Mais à la seconde lecture que j'en ai faite, je ne l'ai plus trouvée d'une si grande force. Cette comparaison par où il débute, [de Démosthène et Cicéron avec lui, n'a point de justesse. Les deux orateurs étoient des gens autorisés qui attaquoient pour ainsi dire tambour battant et dans la tribune aux harangues les usurpateurs de la liberté publique. Le jugement que j'en fais, c'est que cette pièce a été composée par quelque jeune homme de ces convertis à la royale, et les reproches qu'il fait au duc de La Force d'avoir changé de religion peuvent légitimement faire naître ce soupçon. C'est à mon avis un jeune homme qui a bien fait ses humanités et qui sait par cœur le nom de tous les tyrans cruels ou voluptueux dont les anciennes histoires font mention. Mais les Basires, les Procustes, les Tibères, les Nérons, les Caligules, les Héliogabales, les Sardanapales, etc., reviennent si souvent sur la scène que cela ennuie et affadit, en sorte qu'il auroit besoin de cette excuse d'Horace : *Ecce iterum Crispinus et est mihi sœpe vocandus.* D'ailleurs, il ne le faut pas priver de la louange d'écrire avec beaucoup de feu, quoique ce soit un feu de soufre qui jette une flamme trop âcre et trop puante. J'y ai trouvé des fins de strophes très-bien tournées, surtout dans l'endroit où il attaque la distinction que les ducs et pairs voulurent se donner sur la haute noblesse.

> Et comme des fleuves superbes,
> Ils méconnoissent sous les herbes
> La source qui les a produits.

Et dans la stance suivante, où il parle aux ombres

des Polignac, des Tonnerre, des Beaufremont et des Châtillon :

> Je vous vois sur le noir rivage
> Frémir du honteux esclavage
> Où vos neveux sont retenus ;
> Par des noms égaux à tant d'autres,
> Des noms obscurcis par les vôtres,
> Ou qui ne vous sont pas connus.

C'est là de la fine satire et qui n'a rien de trop mordant. Il y en a encore quelques pareilles stances, mais en petite quantité ; et à tout prendre, il y a dans tout l'ouvrage un peu trop de la bile de Juvénal et pas assez du *ridendo dicere verum* de notre cher Horace. S'il est vrai, comme l'on dit, que l'auteur ait été jeté dans la rivière, on lui a fait subir l'ancien supplice des parricides, à cela près que ce n'étoit pas dans un sac rempli de couleuvres, ni par l'autorité du magistrat. Il y a bien de l'apparence que l'on se soit défait de ce pauvre diable de quelque manière que ce puisse être, car dans le beau train où il étoit, il avoit bien encore de la matière devant lui, qu'il n'auroit pas manqué de traiter si on lui en avoit laissé le loisir. Bien heureux sont ceux qui emploient leurs talents à quelque chose de plus innocent et de moins dangereux.

Je suis, avec autant d'estime que d'amitié,

Monsieur mon cousin,

Votre très-humble et très-obéissant serviteur,

De Sénecé.

A M. DE SALORNAY. [1]

Le 6e de mars 1728.

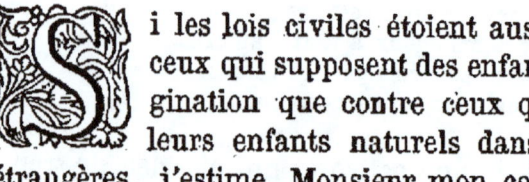 i les lois civiles étoient aussi sévères pour ceux qui supposent des enfants de leur imagination que contre ceux qui introduisent leurs enfants naturels dans des familles étrangères, j'estime, Monsieur mon cousin, que nous verrions faire le procès à quantité d'auteurs qui, depuis quelques années, se sont avisés de donner au public des rapsodies de gazettes, à la tête desquelles ils ont mis quelques noms connus pour les faire valoir, et pour en faciliter le débit à l'imprimeur. Je ne doute point que vos Mémoires de Gourville ne soient de ce caractère, et voici quelques-unes des raisons sur quoi je me fonde :

1º Le style de ce livre est trivial et n'a rien du tout de cette politesse que Gourville s'étoit acquise par un grand usage du monde. C'étoit un des hommes de France aussi bien disant, comme j'ai pu le remarquer par quelques conversations que j'ai eues avec lui, et qui semoit toujours du sel et de la gaieté dans tout ce qu'il traitoit, même dans les affaires les plus sérieuses. Le style de son prétendu livre est extrêmement sec et dénué de tous ornements.

2º Le caractère n'y est point uniforme ni soutenu. Tantôt vous y voyez Gourville entreprenant et brave jusqu'à la témérité, allant au feu comme un dragon et entreprenant jusqu'à vouloir enlever M. le coadjuteur

---

1. Cette lettre, en partie rongée, m'a paru devoir être publiée néanmoins, à cause de la dissertation critique qui s'y trouve.

de Retz au milieu de Paris, où ce prélat faisoit alors la
pluie et le beau temps. Et dans la suite vous le trouvez
caché dans une grange à la bataille de Sénef et y attendre paisiblement à la garde des prisonniers que l'action fût terminée pour aller voir c
qu'étoit devenu M. le prince.

3º On le représente autant inégal dans ses libéral
dans sa bravoure. Cet homme, qui remet gra
à M. Du Plessis une   pli
et une de cent et tant
homme qui ne veut
de M. le prince un leg
Ce même homme nous
qu'il avoit mis à la
neveux et petits
dix n'étoit pas là

4º L'auteur de ce livre a bien fait de n'y pas mêler
beaucoup d'épisodes. Il n'y en a qu'un seul, qui est
celui des amours de l'Anglade et de madame de Saint-
Loup, qui est à mon gré la chose la plus froide et la
plus mal écrite qui se puisse lire, et qui cependant auroit pu fournir matière à s'égayer.

5º La vanité qui y règne partout ne me paroît point
du style de Gourville, que j'ai connu pour un homme
fort modeste. Dans ses prétendus Mémoires, vous le
voyez familier avec le roi jusqu'à le voir pisser dans
une écuyerie, gouvernant tous les ministres avec ascendant. Dès qu'il paroît en Angleterre, le voilà dans la
confidence du roi Charles second. A la Haye, il entre
dans tous les conseils du prince d'Orange. C'est lui qui
est le médiateur de la secrète liaison entre l'Angleterre
et la Hollande; c'est lui qui donne le premier branle
à la ruine du pensionnaire de Witt; c'est lui qui donne
le branle à toutes les délibérations de la cour des princes

de Brunswik, qui domine dans celle du gouverneur de Flandres, qui redresse la reine de Suède sur les honneurs qu'elle devoit rendre aux princesses du sang de France. En vérité, en voilà trop pour un homme de son étoffe, et si on ne faisoit dire tout cela à Gourville, je suis persuadé qu'il n'auroit jamais eu l'effronterie de nous le dire lui-même si crûment.

6º Il y a encore une chose qui me paroît convaincante pour me faire juger que Gourville n'a point écrit ces Mémoires. C'est qu'on s'y sert de certaines façons de parler précieuses que l'amour de la nouveauté introduit de temps à autre dans notre langue, et qui n'ont vu le jour de plus de vingt ans après la mort de l'auteur prétendu. En voici une entre plusieurs autres. Partout où alloit le Gourville des Mémoires, les seigneurs, les princes, lui faisoient beaucoup de politesses. Il répète cela en plusieurs endroits. Dites-moi, je vous prie, ce que c'est que faire de la politesse à quelqu'un. Qu'appelle-t-on politese? C'est une conduite honnête et gracieuse dans les mœurs et dans l'entretien, dont on use avec les gens que l'on veut obliger. On ne peut donc pas dire, pour parler juste, qu'on fait de la politesse l'on veut honorer. C'est une qualité inhérente, et qui
. On peut fort bien dire qu'on a
celui qui la reçoit n'en
pourroit traiter un sot, et
eut fait de la politesse.
faits contre la vérité, qui
qui étoit parfaitement
autres, qui sautent aux
dit ton auteur toute
une maladie dangereuse
du roi d'Espagne encore enfant, de faire élire pour roi de cette nation, Monsieur, frère unique du roi; grande

entreprise pour un si simple homme d'affaires que M. le
prince. Remarquez en passant que ce zèle ne lui dura
guère, et qu'en un autre endroit il propose l'un des fils du
duc de Bavière. Mais, pour revenir à Monsieur, il dit en
deux ou trois mots qu'on l'appeloit alors le duc d'Anjou.
Cela se passoit en soixante et dix. Sur quoi il est à
remarquer qu'il y avoit dix ou douze ans que Monsieur étoit duc d'Orléans par la mort de Gaston de
France, son oncle, arrivée en cinquante-neuf, auquel
temps, ou peu après, le roi avoit changé l'apanage
de monsieur son frère, ce que Gourville n'auroit pas dû
ignorer.

8º Il en est de même de ce qu'on lui fait dire que
dans la dernière maladie de M. le prince il envoya des
relais en toute diligence pour amener le père Deschamps
pour l'assister à la mort. Ce fut le père Bourdaloue qui
fit cette fonction, et j'ai vu toute la cour lui faire compliment sur ce sujet.

9º Ce qu'il y a de meilleur dans ces Mémoires, ce
sont quelques remarques qu'il fait sur les mœurs des
Espagnols. Mais par malheur ce n'est qu'une copie
qu'il fait mot à mot des Mémoires de madame d'Aunoy
et d'un conseiller du parlement qui nous a laissé une
relation fort ingénieuse d'un voyage qu'il fit en Espagne dans le temps des conférences pour la paix et le
mariage, en 1659.

Par ces raisons, et autres à suppléer de droit, je conclus que ces Mémoires sont un livre apocryphe; que,
tant par son style que par son peu d'exactitude et la pe-
titesse de son sujet, il ne mérite aucune considération,
et qu'il doit être mis au rang de celui que Catulle
nommoit

Annales Volusi, cacata charta.

Si jamais je parviens à être Garde des Sceaux, je ferai
bon règlement contre ces illusions que l'on fait a
et j'ordonnerai que sous peine d'une grosse am
de confiscation d'exempt
puisse mettre un nom d'a
que sur l'autographe,
que le livre véritab
que cela arrive, et m
Monsieur mon c

J'ai mis mon approbation
au bas de la Fayonn

A M. DE SALORNAY.

Le 2e d'avril 1726.

i j'avois quelque crédit à la cour, Monsieur
mon cousin, je tâcherois d'en obtenir une
lettre de cachet pour vous commander de
garder votre logis pour prison, au moins
pendant vingt-quatre heures, car à moins de cela je
désespère de vous trouver chez vous, après tant de tentatives inutiles. J'y fus encore hier pour vous reporter
vos livres de Réflexions sur la poésie et la peinture,
par M. du Bos, et pour m'en entretenir avec vous. A
défaut d'avoir pu vous rencontrer, je vous en dirai ici
mon sentiment en quatre mots. C'est là ce qui s'appelle
un bon livre, et il seroit à souhaiter que tant d'autres
qui occupent inutilement le temps, et dont par malheur
on ne connoît le peu de mérite qu'après l'avoir inutilement consumé à les lire, fussent de ce caractère. Il est
rempli d'érudition et brillant de pensées assez neuves,
chose à quoi l'on court volontiers et que l'on attrape assez

rarement. Il auroit été meilleur, à mon avis, s'il avoit
été moins gros, et la moitié du premier volume se pouvoit retrancher sans que le lecteur y eût beaucoup
perdu; car ce sont des efforts qu'il se fait pour tirer de
l'obscurité le goût de la musique et de la danse des
anciens, pays où l'on ne marche qu'à tàtons et dont les
écrits qui nous restent donnent peu d'intelligence. J'en
ai un traité fait exprès par le fameux Boëce, que le roi
Théodoric fit mourir, dans lequel je ne comprends rien.
Il faut que ce soit ma faute et que je ne sois pas assez
instruit dans l'algèbre et la géométrie, d'où il paroit
que ses principes sont tirés. Cependant Lully ou Cam-
prat, qui ne savoient ni géométrie ni algèbre, n'ont pas
laissé de faire de bonne musique, et pour plaire, à mon
avis, elle dépend plus du génie et de la nature que des
règles. Pour revenir à votre auteur, son livre m'a fait
beaucoup de plaisir, et la seconde partie plus que la
première, ce qui lui fait d'autant plus d'honneur, parce
qu'il y a beaucoup plus du sien. Le style en est bon
et fort châtié, à certains mots près, qu'il affecte et qu'il
répète. C'est assez le goût du temps de rechercher des
termes à la mode : cela n'est pas tout à fait vicieux;
mais il y faut de la sobriété jusqu'à ce que ces termes
aient acquis incontestablement le droit de bourgeoisie,
car, en cherchant d'enrichir sa diction, il se trouve
dans quelques années qu'on l'a défigurée, quand ces
mots sont tombés, qui n'étoient soutenus que par l'agrément d'être sortis de quelque belle bouche. Quand
vous aurez de semblables présents à me faire pour me
renouveler un peu, je vous en serai fort obligé.

Je suis, Monsieur mon cousin,

Votre très-humble serviteur,

DE SÉNECÉ.

A MADAME DE BELLOCQ.

A Mâcon, le 6e de juillet 1726.

e suis persuadé, Madame, que par mon long silence vous aurez eu lieu de croire ou que je suis mort, ou que je suis le plus ingrat de tous les hommes. Je ne suis cependant ni l'un ni l'autre : je n'eus jamais plus de santé que celle dont je jouis présentement, et jamais aucun cœur ne fut plus reconnoissant que le mien, ni plus pénétré de toutes les bontés que vous continuez de me témoigner depuis si longtemps. Pour excuser en quelque manière mon procédé, il faut reprendre la chose de plus haut et vous dire que, quand vous me fites l'honneur de m'écrire que vous me conseilliez de m'adresser à M. Paris, secrétaire des commandements de la reine, pour lui demander la grâce de m'assister de son crédit pour être payé de la gratification que le roi m'avoit accordée l'année dernière, je n'étois plus en état de le faire. J'avois envoyé mon ordonnance à monseigneur de Fréjus en lui écrivant que, puisque j'avois obtenu cette grâce par son crédit, je me flattois qu'il voudroit bien la faire valoir dans toute son étendue, et que si ce même crédit me manquoit en si beau chemin, je courrois risque de n'en retirer jamais aucun avantage, ou qu'il viendroit si tard que je n'aurois pas assez de vie pour en profiter. Ma confiance ne fut point trompée ; et le prélat me manda qu'il prendroit soin de mon affaire quand la conjoncture se trouveroit favorable. Cette conjoncture a demeuré trois ou quatre mois à se présenter; elle est enfin venue. Monseigneur de Fréjus fit recevoir mes deniers par son intendant, et me les a fait

toucher sans frais, partie sur ses fermiers de l'abbaye
de Tournus, qui n'est qu'à cinq petites lieues de cette
ville, et le reste par un rescrit sur le receveur des
tailles. Dans toute cette sollicitation, cinq ou six mois
se sont écoulés, et il n'y a que huit jours que j'ai été
achevé de payer. Je n'ai point voulu vous écrire, Madame, que je ne fusse assuré de mon fait, crainte que,
si je n'avois pas contentement, vous ne fussiez en droit
de me faire des reproches de ce que je n'ai pas suivi
votre conseil. Voilà le récit sincère de toute cette petite
affaire, qui s'est heureusement terminée pour moi. J'ai
payé mes dettes de cet argent, et je me trouve présentement en état de jouir en paix du peu de bien qui me
reste, autant de temps qu'il plaira au seigneur de me
laisser sur la terre.

Pour y parvenir avec plus de commodité, ayant fait
réflexion que j'étois dans un âge trop avancé pour me
donner le soin d'économer des biens de campagne, j'ai
pris le parti de mettre ma terre en ferme et de me retirer entièrement à la ville. Je l'ai assez bien amodiée et
à de très-bons fermiers, et j'ai loué une maison qui
n'est ni ville ni campagne, et qui est tous les deux ensemble. Elle est petite, mais commode, isolée, très-
claire et cotoyée de deux jolis jardins qui en dépendent.
Elle est toute seule dans une grande place qui est environnée de trois couvents, des Jacobins, des Capucins et
des Carmélites; de manière que je suis là comme dans
un petit hermitage, où mes amis ne laissent pas de me
venir voir quelquefois, et où, quand il me plaît d'en
sortir, je n'ai qu'à faire deux cents pas pour me trouver
dans le cœur de la ville. Je ne profite pourtant pas souvent de cette commodité, et je suis souvent des huit
jours entiers sans sortir de chez moi que pour aller à
l'église, dont j'ai à choisir de trois ou quatre, m'occu-

pant fort agréablement et sans ennui de mes jardins et de mes livres, sans oublier les muses, avec lesquelles j'ai toujours quelque petit entretien; car quand une fois on est frappé de cette agréable folie, on peut s'assurer d'en tenir pour le reste de ses jours, et de mourir, pour ainsi dire, en rimant. Si je vous connoissois autant de goût pour la poésie qu'en avoit feu votre époux, mon cher ami, je vous envoyerois quelque fruit de mon loisir; mais du moins je vais ici vous transcrire le compliment que j'ai fait à mon patron sur les derniers mouvements de la cour; il est du temps, il est court.

A MONSEIGNEUR DE FRÉJUS.

u d'Apollon la lumière n'est claire
Sur l'avenir, on vous effacerez
Armand et Jule, à qui le ministère
A fait des noms si grands, si révérés.

Seul héritier vous serez de leur gloire,
De leurs défauts franc et débarrassé;
Car fut l'un d'eux, au rapport de l'histoire,
Vindicatif, et l'autre intéressé.

Or, en deux points, qui me font quelque peine,
Vous surpassez ces fameux devanciers;
L'un, c'est l'éclat de la pourpre romaine,
L'autre est le rang des ministres premiers.

Pour celui-ci, Louis peut à toute heure
Vous honorer d'un nom si respecté.
Qu'importe, au fond, si, sans titre, en demeure
Par devers vous toute l'autorité?

Quant au surplus, bien seroit Rome ingrate
De n'envoyer au jeune successeur
Du vieux Pépin, ce large donateur,
Pour son Mentor barrette d'écarlate.

Après cela, Madame, vous ne me ferez pas jurer que je n'aie ressenti beaucoup de joie de l'élévation de mon protecteur. Si j'avois trente ans de moins, cet événement réveilleroit dans mon cœur quelque étincelle d'ambition ; mais il faudroit être fou pour songer à courir après les emplois à l'âge où je suis de quatre-vingt-trois ans. Dans cette situation, on ne doit plus songer qu'à vivre tranquillement et à mourir en chrétien quand l'heure en sera venue. Peut-être que la source des grâces ne me sera pas fermée, si je m'en trouve dans le besoin ; mais je puis vous assurer qu'à moins d'une pressante nécessité, je ne me rendrai pas importun.

Il ne me reste qu'à vous demander de vos nouvelles ; en premier lieu de votre santé, ensuite de vos affaires, et si la petite pension vous est continuée. Je serai ravi encore d'apprendre quelque chose de la destinée de M. et de Mme de Bécel. Sont-ils toujours insulaires, et la cour n'a-t-elle rien fait de plus pour eux ? Ce rétablissement de M. Le Blanc m'en fait bien espérer. C'est une ancienne connoissance, un homme généreux et bienfaisant. Sa justification a été une joie publique, et la mienne en a été très-grande par rapport à vous. Si après cela votre loisir et votre commodité vous le permettent, ce me sera une grande satisfaction si vous me voulez apprendre quelques nouvelles du temps. Nous ne les savons ici que par des bruits confus qui ne nous les rapportent que comme les objets que l'on envisage au travers des verres colorés qui en changent toute l'apparence. Je sais bien que les gens de la cour sont très-réservés à débiter ce qui s'y passe, mais je crois que vous me faites la justice de ne pas soupçonner ma fidélité, et que vous ne doutez pas que, dans une si longue vie, je n'aie appris à user discrètement de ce que l'on me confie.

Je prie Dieu, Madame, du plus profond de mon cœur, qu'il lui plaise vous accorder une vie aussi longue que la mienne, aussi exempte de maladies et de chagrins et comblée des faveurs de la cour, et surtout des grâces d'en haut. C'est ce que ne cessera point, pendant qu'il vivra, de demander pour vous à Sa divine Majesté,

Madame,

Votre très-humble et très-obéissant serviteur,

DE SÉNECÉ.

Si vous voyez quelquefois M. Mesnard, je vous prie de lui dire que je ne perdrai jamais le souvenir des obligations que je lui ai. Il m'a fait l'honneur de m'écrire trois ou quatre lettres des plus polies et des plus spirituelles, et il m'a rendu tous les services qu'il a pu. Je crois que je dois à votre recommandation toutes ces honnêtetés.

FIN DES ŒUVRES POSTHUMES.

TABLE DES MATIÈRES

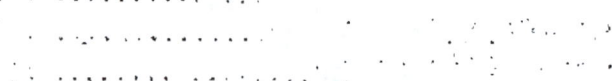

PARIS. — IMPRIMERIE DE J. CLAYE ET Ce, RUE SAINT-BENOIT,